天劍無缺 천검무결

매은 新무협 판타지 소설
FANTASTIC ORIENTAL HEROES

천검무결 7
매은 新무협 판타지 소설

초판 1쇄 찍은 날 § 2011년 5월 2일
초판 1쇄 펴낸 날 § 2011년 5월 9일

지은이 § 매은
펴낸이 § 서경석

총괄팀장 § 유경화
편집책임 § 박우진
편집 § 주소영 · 어정원

펴낸곳 § 도서출판 청어람
등록번호 § 제1081-1-89호
등록일자 § 1999. 5. 31
어람번호 § 제2-2084호

주소 § 경기도 부천시 원미구 심곡2동 163-2 서경B/D 3F (우) 420-822
전화 § 032-656-4452 팩스 § 032-656-4453
http://www.chungeoram.com
E-mail § eoram99@chollian.net

ⓒ 매은, 2009

ISBN 978-89-251-2502-2 04810
ISBN 978-89-251-1833-8 (세트)

※ 파본은 구입하신 서점에서 교환하여 드립니다.
※ 저자와 협의하여 인지를 붙이지 않습니다.
※ 이 책은 도서출판 청어람과 저작자의 계약에 의해 출판된 것이므로,
  무단 전재 및 유포 · 공유를 금합니다.

매은 **新무협 판타지 소설**
FANTASTIC ORIENTAL HEROS

천검무결
天劍無缺

7

전설에서 신화로
[완결]

目次

제1장	백파검의 진실	7
제2장	결심	53
제3장	수왕 출현	103
제4장	복마전	149
제5장	몰락	185
제6장	밖으로 나가다	219
제7장	제마성의 붕괴	243
제8장	전설에서 신화로	277
작가후기		334

"말해! 어서!"

고함 소리가 방 안을 가득 메웠다. 수 장 흙의 무게를 지탱해 온 석벽도 흔들릴 만큼 거대한 고함 소리는 분노와 서글픔으로 점철되어 있었다.

모용천은 손아귀에 힘을 가하며 다시 한 번 다그쳤다.

"어서 말해! 어서!"

"캐, 캐캑! 뭐, 뭐를 말하라는… 꺼억!"

모용천의 손안에서 허우적대는 청년 기유붕의 얼굴에는 핏기가 사라져 가고 있었다. 기유붕은 필사적으로 몸부림쳤지만, 그럴수록 모용천의 손은 더욱 단단히 조여지는 것이었다.

"백파검의 말이 무슨 뜻인지 말하란 말이다! 뭐가 거짓이라는 것이야!"

"껙, 꺼억… 그, 그건… 모, 모르는 일……!"

해를 보지 못해 하얀 얼굴이 하얗다 못해 푸르게 물들었다. 그러나 그런 기유붕을 모용천은 더욱 사납게 다그쳤다.

"닥쳐! 닥치고 대답해!"

"끄윽……!"

"……!"

잡아먹을 것같이 몰아붙이던 모용천의 기세가 순간 틈을 보였다. 등불 하나에 의지하고 있는 석굴 안, 어둠을 등에 업은 마천상야공의 검은 기운이 느껴지는 것이다.

휘익!

좁은 방 안에서 펼쳐진 마천상야공은 끓는 피도 식히기에 충분한 위력을 가지고 있다. 모용천은 기유붕의 목을 놓고 황급히 몸을 날렸다.

쉬시식—

마천상야공의 검은 기운은 두 줄기로 갈라져, 하나는 모용천이 있던 허공을 가르고 다른 하나는 기유붕을 보듬듯 끌어당겼다. 두 갈래 기운이 다시 하나로 합쳐지니, 모용천과 서너 걸음 떨어진 곳에 기유붕을 데리고 선 황지엽으로 화한 것이다.

"모용 형! 처사가 과하오!"

마른기침을 하는 기유붕의 목살은 검붉게 죽어 있었다. 그를 감싸며 일갈하는 황지엽에게 모용천이 싸늘히 대답했다.

"처사가 과하다고? 백파검의 안언(眼言)을 보고도 그런 말이 나오오?"

백파검 유호림은 본래 희귀한 병에 걸려 죽어가는 상태라고 알려져 있었다. 이 병에 걸리면 서서히 온몸의 근력을 잃어 마침내는 걷지도 못하고 손가락 하나 마음대로 쓰지 못하게 된다. 혀도 움직이지 못해 말도 못함은 물론, 종국에는 몸 안의 장기들마저 움직이지 못하고 죽음에 이르는 병이다.

현재 백파검의 상태는 온몸의 근력을 잃고 겨우 눈이나 뜨고 지낼 수 있는 정도였다. 숨만 쉴 뿐 죽은 것이나 다름없었던 것이다. 자연히 어떤 명의라도 그 정신까지 살았는지 죽었는지 명확히 알 길이 없어 다만 정신은 마지막까지 또렷할 것이다 짐작만 할 따름이었다.

그러나 백파검의 정신이 또렷한지 아닌지는 모용천의 말마따나 목도한 황지엽이 가장 잘 알 것이다. 백파검의 정신은 멀쩡했고, 눈동자를 굴림으로써 자신의 의지를 전달하기까지 했다.

고칠 수 없는 병이라는 기유붕의 말을 거짓이라고 눈동자를 굴려 쓴 백파검의 말을 어찌 못 보았다 할 수 있겠는가?

"물론 나도 보았소."

"보았다면 어찌 그놈을 구하시오!"

황지엽이 보니 모용천은 이미 눈이 돌아가 제대로 된 사리 판단이 힘든 상태였다. 백파검이 눈으로 한 말이 맞고 그른지를 떠나서, 지금의 모용천에게 기유붕을 돌려주는 것은 굶주린 늑대 무리로 밀어 넣는 것이나 다름없는 처사였다.

성큼!

태산이 밀려오듯 거대한 중압감과 함께 모용천이 큰 걸음으로 다가왔다.

"내놓으시오!"

탁!

황지엽은 마천상야공을 전력으로 끌어올리며 모용천이 내미는 손을 쳤다. 그러나 쳐내지기는커녕 모용천의 손이 황지엽의 손에 달라붙는 게 아닌가? 모용천의 손이 황지엽의 손을 단 채로 크게 원을 그리고 오히려 황지엽의 몸이 모용천에게로 끌려가는 것이다.

"흡!"

모용천이 자신보다 몇 수 위임을 알고는 있었지만 이토록 무력하게 끌려 다닐 줄이야! 놀란 황지엽은 헛바람을 들이켜며 다시 마천상야공을 끌어올렸다. 모용천의 손에 붙었던 황지엽의 손이 검게 흐려지더니 재처럼 흩어졌다.

휘익!

물을 휘젓듯 모용천의 손이 마천상야공의 검은 기운을 갈랐다. 겨우 모용천의 손에서 빠져나온 황지엽은 다급히 뒤로 물러나며 마천상야공을 다른 방식으로 펼쳐 내기 시작했다.

화아악—

황지엽의 몸에서 나온 검은 기운은 분무처럼 퍼져 나와 모용천의 앞을 가로막았다.

"……!"

완쾌되었다고는 하나 얼마 전까지 병석에 누워 있던 몸이다. 황지엽이 뿜어낸 검은 안개 속으로 뛰어들기가 부담스러워 모용천이 잠시 머뭇거린 순간,

끼익―

낡은 소리와 함께 신선한 공기가 밀려들어 왔다. 공기에 떠밀려 마천상야공의 검은 기운이 모용천에게 달려들었다.

쇳가루처럼 덮쳐 오는 마천상야공의 검은 기운! 뜻밖의 상황이라 모용천도 감히 경시하지 못하고 내력을 한껏 끌어올려 소매를 휘둘렀다.

파사삭!

마른 잎이 부서지는 소리를 내며 검은 기운은 사방으로 흩어졌다. 그리고 그 너머, 황지엽과 기유봉 대신 굳게 닫힌 문이 모습을 드러냈다.

"…뭐 하는 거요!"

모용천은 소리치며 문으로 다가갔다. 동시에 드르르륵! 하는 육중한 소리가 문 너머로 들려왔다. 판단에 앞선 느낌이 모용천의 머리를 때렸다.

모용천은 황급히 문을 밀었다. 나무로 된 얇은 문은 못이라도 박힌 듯 움직이지 않았다. 모용천은 문을 세게 쳤다.

쾅!

파편이 흩어지며 문에 커다란 구멍이 뚫렸다. 그러나 구멍으로 보이는 것은 문 반대편이 아니라 흰 돌덩이였다. 문 뒤를

석문이 가로막고 있었다.

'아까의 소리는 이것이었나!'

당황해하며 모용천은 석문을 두드렸다. 두께가 만만치 않은지 석문은 꿈쩍도 하지 않았다.

우우웅!

모용천은 다급히 진기를 끌어올리며 다시 한 번 쌍장을 내밀었다. 푸른 기운이 매섭게 일렁이는 것이 전력을 끌어올렸음을 말해주었다.

콰앙!

그러나 석문은 굉음을 낼 뿐 흠집 하나 나지 않았다.

무진총주 석공이 왕년에 천하를 떠돌며 손수 골라낸 백석(白石)이다. 무진총의 공사가 시작되기 이십여 년 전부터 준비한 돌들이니 모용천이라 한들 맨손으로는 어찌할 도리가 없었다.

도리어 손바닥을 타고 되돌아온 장력이 가슴을 파고들었다. 모용천은 뒤로 물러나며 장력을 해소했다.

"으음……!"

모용천은 직관적으로 이 석문이 무진총 내에서 작동하는 기관의 일부임을 알 수 있었다. 이것이 무진총의 주인을 위해 만들어진 기관이라면 방 안에서 이를 열 수 있는 방법은 없을 것이다. 있다 해도 모용천 같은 외부인이 알 수 없도록 교묘히 숨겨져 있을 터. 찾을 수 있을 리 만무했다.

그러나 기관을 작동시킬 수 있는 자는 문밖의 기유붕뿐이니 순간 막막함이 모용천을 덮쳤다.

"젠장!"

 감정이 여전히 격앙되어 있었는지 모용천은 욕을 하며 석문을 때렸다. 완쾌되었다고는 해도 병석에서 막 일어난 참이라 마음을 추스르기가 쉽지 않았다. 그런 때에 백파검의 눈을 읽었으니…….

 쾅! 쾅!

 한참 석문을 때리다 보니 꽉 쥔 뼛속으로 통증이 파고들었다. 고통은 때로 격정을 식히는 물과 같아 머릿속을 맑게 해주는 효능이 있다. 모용천은 때리던 손을 멈추고 한발 물러섰다.

 강하게 때릴수록 고통은 자신에게 돌아오는 법. 한발 물러나니 석문의 단단함이 한결 명확히 느껴졌다.

 그렇게, 무엇이든 너무 가까우면 보이지 않는 법이다.

 '내가 성급했구나.'

 목을 졸려가며 대답을 강요받았던 기유붕의 처지 또한 저 석문과 다를 게 없었음이다. 두드리면 두드릴수록 더 굳게 닫히는 석문이 바로 기유붕의 마음이었으리라.

 모용천이 스스로 돌아보니 기유붕의 입에서 무슨 대답이 나왔던들 그대로 목을 부러뜨렸을 것이다. 생각이 그에 미치자 목덜미에 소름이 돋았다.

 '황 형 덕분에 큰 화를 면했구나!'

 모용천은 주먹으로 제 이마를 몇 번 때리고 누워 있는 백파검에게로 돌아갔다. 피골이 상접하여 광대가 툭 튀어나온 백파검은, 그러나 눈빛만큼은 형형하니 살아 있었다.

차가운 석총 안에 누워 죽음을 기다리는 것보다 더 억울한 일은 스스로 아직 살아 있음을 증명조차 하지 못하는 것이다. 생사고락을 나누었던 지기조차 몰라주는 그 억울함이 쌓인 지도 벌써 몇 해. 그런 차에 드디어 자신이 아직 살아 있음을 알아봐 주는 이를 만났으니 눈에 생기가 도는 것이 당연하다.

  모용천은 그런 백파검의 마음을 알 수 있을 것 같았다. 모용천은 백파검과 눈을 마주하며 고개를 끄덕였다.

  "유 선배, 너무 걱정하지 마십시오. 제가 이 무덤에서 유 선배를 데리고 나가겠습니다."

  석문에 갇힌 처지로 할 말은 아니지만 이것이 진심이었다. 더 이상 백파검을 이곳에 방치할 수는 없다.

  손끝 하나 움직이지 못하는 백파검이 혼신의 힘을 다해 움직인 적막의 외침. 고치지 못하는 병이라는 기유붕의 말에 눈동자가 대답한 거짓을 본 순간, 모용천이 도출해 낸 결론은 무도하기 그지없는 동시에 서글픈 것이었다.

  고치지 못한다는 말이 거짓이라면, 고칠 수 있음에도 불구하고 치료를 고의로 하지 않는다는 이야기다. 치료를 미루고 백파검을 볼모로 붙잡아두는 이유는 오직 하나.

  '기 선배……!'

  절창이라는 절대적인 힘을 제 것으로 잡아두기 위해. 그 외에 무슨 이유가 더 있겠는가!

  "황종류!"

  백파검과 눈을 마주하자 다시금 분노가 치솟았다. 모용천은 마왕의 이름을 외치며 벽을 쳤다.

쿠웅!

석문을 두드릴 때와는 비교도 안 될 육중한 소리가 땅 밑 어둔 무덤을 뒤흔들었다.

후두둑—

주먹을 떼자 벽에서 돌가루가 떨어졌다. 거미줄처럼 사방으로 뻗은 금 가운데 푹 들어간 주먹의 흔적이 선명했다.

"황종류……."

모용천은 다시 한 번 잡아먹을 듯 마왕의 이름을 되뇌었다.

이전까지 모용천에게 있어 마왕의 존재는 다분히 피상적인 것이었다.

모용천에게 있어 마왕은 권왕의 숙적이었으며, 도야객의 원수였으며, 서해영을 괴롭히는 자였다. 물론 도야객과는 흔치 않은 우정을 쌓은 사이이며, 서해영 역시 각별한 사이인 것은 맞다. 그러나 모용천은 안타까워하긴 하였어도 그들의 처지에 서서 함께 분노하는 법을 몰랐다.

특히 서해영에 관하여.

서해영을 속박하는 것이 마왕이라는 사실은 모용천에게 큰 의미가 없었다. 모용천에게 무엇보다 중요했던 것은 서해영이 자유로워야 한다는 사실이었다. 마왕이 아닌 그 누구였다 한들 모용천의 감정은 서해영에 대한 안타까움에서 한 발짝도 더 나아가지 못했을 것이다.

어째서 누구나 당연히 느낄 수 있는 감정이 모용천에게만 작용되지 않았던 걸까? 모용천이 선천적으로 상상력이 부족한 탓인가?

아니, 모용천의 상상력은 평균으로 딱히 남들보다 뛰어나거나 떨어지는 편이 아니었다. 원인은 오직 하나. 그전에 이미 받았던 상처가 너무 컸던 탓이다. 자신으로부터 초래된 연인과 아버지의 죽음. 누구에게 돌릴 수도 없이 오로지 홀로 감내해야 했던 분노로 가득 찬 가슴이었다. 그런 가슴을 안고 있었으니 누구의 아픔을 헤아려 분노할 수 있었을 것인가?

그런데 지금 유독 백파검의 처지와 절창, 도야객의 사정을 두고 황종류에게 분노하는 자신이 모용천은 이해할 수 없었다. 아니, 이해하고 싶지 않았다.

모용천은 움켜쥔 주먹을 떨며 고개를 숙였다.

분노마저 마음의 여유가 있어야 할 수 있다는 사실이, 그러한 자신이 몹시도 절망스러웠다. 누구나 자신을 돌아볼 여유가 있을 때 비로소 타인의 처지를 헤아릴 수 있음을 모용천은 아직 몰랐던 탓이다.

"……"

어쨌든 생각이 그에 미치자 달아올랐던 머리가 순식간에 식어버렸다. 쓰린 손을 들어보니 살이 터져 피가 나오고 있었다. 공력으로 손을 보호하지 않은 채 석벽을 때려대니 멀쩡할 리 없었다.

닫힌 문이 열릴 기미가 없자 모용천은 몸을 돌려 백파검이 누워 있는 침상으로 향했다.

"제 말이 들리십니까?"

뼈 위에 거죽을 얹은 듯 깡마른 백파검을 내려다보며 모용천이 물었다. 백파검은 대답 대신 눈을 깜박였다. 긍정의 표시일 것이다. 모용천은 짐작하며 다시 말했다.

"걱정하지 마십시오. 무슨 수를 써서라도 선배님을 고쳐 놓도록 만들겠습니다."

자신의 절망과 별개로 모용천은 무진총주로 하여금 백파검을 치료하게 만들겠다고 결심했다. 의원이라는 자가 고의로 치료를 미루는 행태라니. 어떤 형태로든 대가를 치러야 할 것이었다.

그러나 백파검의 눈은 다른 말을 하고 있었다.

[아니다, 그런 게 아니다.]

예상치 못한 말이었다. 모용천은 눈을 크게 뜨며 대꾸했다.

"아니라니요? 무엇이 아니란 말입니까?"

백파검의 눈이 움직였으나 이번에는 모용천도 읽을 수 없었다. 눈동자를 움직이기도 힘든 것이 백파검의 상태였다. 시선이 그리는 획은 곧 길을 벗어나고 글자는 글이 아닌 어지러운 선의 집합이 되어버렸다.

읽지 못하는 모용천도 답답하였으나, 더딘 눈동자 위로 백파검의 절망이 비치는 듯했다. 그 모습이 모용천의 마음을 더욱 아프게 했다.

"마음 놓으십시오. 말씀하실 수 있다는 걸 이제 제가 알지 않았습니까?"

[……]

백파검은 말하기를 포기하고 눈을 감았다. 그리고 동시에 닫혔던 석문이 움직이기 시작했다.

드르르륵―

모용천은 반사적으로 한 걸음 물러났다. 기유붕에게 위협을 가하지 않겠다는 의사를 온몸으로 표시하듯 말이다. 그러나 열린 문 너머로 보이는 광경은 전혀 뜻밖의 것이었다.

사라졌을 때와 마찬가지로 문 너머로 나타난 이는 두 사람, 황지엽과 기유붕이었다. 그러나 두 사람의 모습은 사라질 때와 판이하게 달랐다.

황지엽의 손이 기유붕의 목덜미를 쥐고 있었던 것이다. 기유붕의 얼굴은 지옥이라도 본 듯 사색이었고, 황지엽의 얼굴은 감출 수 없는 분노로 일그러져 있었다. 당장 손에 힘을 주어 기유붕의 목을 끊어버린다 해도 이상하지 않을 광경이었다.

"황 형……?"

오히려 당황한 모용천이 조심스럽게 황지엽을 불렀다. 황지엽은 굳게 다문 입을 여는 대신 기유붕을 내동댕이쳤다. 기유붕의 몸이 바닥에 부딪치고 한 바퀴 굴러 모용천의 발밑에 엎어졌다.

"크흑……!"

드러난 기유붕의 목덜미에 손자국이 선명했다. 머리를 감싸며 고통스러워하는 기유붕에게 황지엽이 싸늘히 내뱉었다.

"모용 형께 사실대로 낱낱이 고해 바쳐라."

기유붕은 고개를 푹 숙인 채로 더듬거렸다.

"고, 공자… 제발 살려주십시오. 저는 그저 스승님께서 시키는 대로… 헉!"

고개를 숙이고 더듬거리던 기유붕이 휙 고개를 들었다. 황지엽에게서 뻗어 나온 마천상야공의 검은 기운이 어느새 기유붕의 목을 휘감고 있었다.

"나 또한 입이 있으니 네 입이 굳이 필요한 건 아니다."

"꺽, 꺼억… 아, 알겠습니다."

황지엽이 마천상야공의 기운을 회수하고, 기유붕은 목을 부여잡고 마른기침을 했다. 모용천은 무슨 상황인지 알 수가 없어 어리둥절해 있는데, 곧 기유붕이 입을 열었다.

"사실대로 말씀드리겠습니다. 제발 목숨만은 살려주십시오."

조아린 뒤통수로 내리꽂히는 황지엽의 시선은 싸늘하다 못해 뚫어버릴 듯 사나웠다. 항상 온화하고 여유로운 황지엽만 봐온 모용천에게는 낯선 모습이었다.

가까스로 모용천이 입을 열었다.

"황 형, 아까부터 자꾸 무엇을 말하라는 거요?"

모용천이 말을 걸자 황지엽의 표정이 바뀌었다. 분노보다 더 큰 서글픔, 그리고 부끄러움. 황지엽은 모용천의 시선을 회피하며 대답했다.

"내가… 모용 형께 면목이 없소."

그리고 기유붕의 말이 시작되었다.

"백파검의 병에 대해서는 제가 앞서 말씀드린 그대로 한 치의 틀림도 없습니다. 백만 명에 한 명 꼴로 나타난다는 희귀한 병이며, 그 원인이나 치료법 등 무엇도 명확하게 밝혀진 것이 없습니다. 밝혀진 것이 없다기보다는 실제로 없는 것이라는 게 의원 사이에서 정설처럼 받아들여지고 있는 실정입니다."

모용천이 말했다.

"지금 신의라고 일컬어지는 이 무덤의 주인도 유 선배의 병을 고칠 수 없다고 말하는 거요?"

"그… 그렇습니다."

모용천은 다시금 식어버린 마음 밑바닥에서 분노가 끓어오르는 것을 느꼈다. 그렇다면 백파검이 거짓말이라도 했다는 말인가?

"거짓말 마시오! 유 선배의 눈을 보고도 그런 말이 나온단 말이오? 유 선배가 저렇게 필사적으로… 거짓을 말한단 말이오?"

"그게… 그게 아닙니다."

"뭐요?"

"백파검의 말도 제 말도 둘 다 맞는 말입니다."

힘없는, 그러나 단호한 기유붕의 말이 모용천을 혼란스럽게 했다. 모용천은 스스로에게 정리하듯 말했다.
 "무진총주는 유 선배의 병을 고의로 고치지 않고 있는 게 아니오? 유 선배가 완치되면 절창 기 선배가 더 이상 제마성을 위해 일하지 않을까 두려워한 마왕의 지시가 아니냔 말이오!"
 모용천이 아는 절창은 설령 치료가 실패로 돌아가 백파검이 죽었다 한들 마왕을 배신할 자가 아니다. 그런 절창의 신의를 의심하는 마왕의 처사, 그 안목이 모용천의 언성을 높이고 있었다.
 "고치지 않는 것이 아닙니다."
 "…그게 무슨 말이오?"
 "고치지 않는 것이 아니라 살리고 있는 것이란 말입니다."
 "……?"
 기유붕의 말은 언뜻 이해할 수 없어 말장난처럼 느껴졌다. 기유붕은 여전히 발밑에 엎드려 고개를 숙이고 있었고, 황지엽은 모용천의 눈을 피하고 있었다.
 "그게… 무슨 말이오? 나는 머리가 나빠 이해할 수가 없구려. 황 형! 황 형이 설명해 주시오."
 황지엽의 얼굴에는 당황한 기색이 역력해, 훈장 앞에 선 학동을 연상케 했다. 그러나 둥글게 만 기유붕의 등이 그에게서 더 이상 말이 나오기를 바라지 말라고 하는 것만 같았다. 황지엽은 깊은 숨을 내쉬며 모용천과 시선을 마주했다.
 "저자의 말 그대로요. 무진총주와 아버지, 아버지는… 유 선배를 살리려 했던 것이오."

"그것은 아까와 같은 말 아니오? 이해할 수 있게 설명해 주시오. 대체 그게 무슨 말이오?"

"젠장! 내가 하는 말이 그대로 사실인데 뭘 더 하란 말이오!"

콰앙!

마천상야공으로 뒤덮인 주먹이 석벽을 부쉈다. 황지엽의 마음속 분노 역시 갈 곳을 모르고 있었다.

"유 선배가 걸린 병은 치료법이 없는, 말 그대로 불치병이오! 노예도 황제도, 고수도 하수도 가리지 않고 발병하면 죽음에 이른단 말이오! 그건 천하의 무진총주도 고칠 수 없다고 하지 않았소!"

갈 곳을 잃고 헤매는 황지엽의 분노가 고스란히 모용천에게 전해졌다. 모용천은 그제야 비로소 기유붕과 황지엽, 그리고 백파검의 말이 무슨 뜻인지 알 수 있었다.

"그렇다면… 살리려 했다는 말……?"

"그래, 그래! 모용 형이 생각하는 바로 그거요! 아버지는 기 선배를 마음대로 부리기 위해 유 선배를 살리고 있는 거요! 죽어야 하는, 설령 신이라도 바꿀 수 없는 운명을 무진총주가 그 잘난 의술로 거스르고 있단 말이오. 기 선배를 붙잡아둘 인질로서의 기능을 다하도록, 타인은 결코 알 수 없는 지독한 고통의 삶을 계속하도록, 죽어야 할 자를 죽지 못하도록! 젠장! 젠장……!"

고칠 수 있는 병을 고치지 않는 것이 아니다.

죽어야 할 자의 명줄을 억지로 붙들고 있는 것이다.

움직일 수 없는 팔다리로 친구의 발목을 잡는 족쇄가 되는 그 마음, 그 고통이 과연 어떠한 것인지 뉘라서 짐작할 수 있단 말인가? 온몸의 기능이 사라져 가는 육신의 고통이 어찌 저 치욕과 비교할 수 있겠는가?

"……"

모용천은 말을 잃고 황지엽을 바라봤다. 황지엽은 애써 모용천의 시선을 피하며 나직이 욕을 내뱉고 있었다. 간혹 들리는 기유붕의 마른기침이 적막을 더욱 서글프게 만들고 있었다.

시간이 얼마나 흘렀을까? 모용천이 입을 열었다.

"…알았소."

"……?"

무엇을 알았다는 것인지? 황지엽이 의아한 눈으로 묻고, 모용천이 담담히 대답했다.

"일단 나는 이곳을 나가겠소."

"나간다고?"

황지엽이 되묻자 모용천은 고개를 끄덕였다. 그리고 고개를 돌려 백파검을 보며 말했다.

"유 선배를 데리고 이곳을 나갈 것이오. 더 이상 유 선배를 마왕의 뜻대로 좌지우지하게 둘 수 없소."

"……!"

당연한 반응이다—라고 생각하면서도 황지엽의 마음이 다급해졌다. 지금 모용천이 백파검을 데리고 무진총을 떠나겠다는 말은 곧 마왕에게 약속된 도전의 권리도 버리겠다는 뜻이다. 물론 이런 상황에서 마왕과의 약속을 이야기하는 것이 더 우스운 이야기지만, 그것은 모용천의 사정이 아닌가?

"모용 형!"

"말씀하시오."

착 가라앉은 모용천의 얼굴을 보는 순간 황지엽은 입속에 맴돌던 수많은 말이 깨끗이 사라지는 진귀한 일을 경험할 수 있었다.

내가 그에게서 기대하는 것이 무엇이며, 그가 그녀에게 해줄 수 있는 것이 무엇인가? 아버지의 여자가 되지 않는 것만으로 나는 만족할 수 있단 말인가? 그리고 나는 그에게 그녀를 어떻게 불러야 하는가?

입안에서 사라진 말은 머릿속으로 갔나 보다. 무수히 많은 말들이 황지엽의 머릿속에 빽빽이 돋아나고 있었다. 그 가운데에는 말로 할 수 없는 것도 있었고, 말이어서는 안 될 것도 있었다. 황지엽은 어떻게든 그것을 뽑아 입 밖으로 뱉으려 했지만, 단단히 뿌리박은 말들은 어느 하나 쉽게 뽑히는 것이 없었다.

"……!"

황지엽은 결국 말하기를 포기하고 고개를 숙였다. 모용천은 황지엽에게서 시선을 돌려 여전히 엎드려 있는 기유붕을 일으켜 세웠다.

"일어나시오."

"예……?"

모용천의 손이 닿자 기유붕은 자신의 의지와 상관없이 자리에서 일어났다. 모용천은 기유붕의 어깨를 가볍게 두드렸다.

"당신이 할 일이 있소."

"무, 무슨 일입니까?"

기유붕은 여전히 겁먹은 얼굴로 모용천을 바라봤다.

"이곳을 나가야겠소. 길을 안내하시오."

"예? 하, 하지만……?"

기유붕은 놀라며 황지엽을 돌아봤다. 황지엽은 기유붕의 눈빛을 아는지 모르는지 홀로 다른 생각에 잠겨 있었다. 기유붕은 모용천과 황지엽을 번갈아 보더니 입술을 깨물며 대답했다.

"따라오시지요."

기유붕의 대답을 들은 모용천은 고개를 끄덕이고, 누워 있는 백파검을 안아 들었다. 기유붕은 놀랐지만 아무 소리도 낼 수 없었다. 바람없는 날의 호수처럼 잔잔한 모용천의 얼굴이 왜인지 귀신처럼 목을 조르던 얼굴보다 더 두려웠던 탓이다.

방을 나서면서 기유붕은 황지엽의 눈치를 살폈다. 그러나 황지엽은 제재는커녕 별다른 반응도 보이지 않고 고목처럼 우두커니 서 있을 뿐이었다. 황지엽을 지나쳐 기유붕이 먼저 방을 나서고, 백파검을 안은 모용천이 그 뒤를 따랐다. 황지엽을 지나치면서 모용천이 조용히 말했다.
"서 아우를 부탁하오."
"……!"
황지엽은 온몸에 번개를 맞은 듯 정신이 번쩍 들었다. 크게 뜬 눈으로 돌아보았으나 모용천은 이미 방문을 나가고 없었다. 황지엽은 다급히 문으로 다가가 모용천의 등을 향해 손을 뻗었다.
"그……!"
여전히 할 수 있는 말은 없었다. 간혹 횃불만이 비추는 무진총의 복도, 모용천의 신형은 그 어둠 속으로 사라졌다.

어둠 속을 걸으며 모용천은 황지엽이 무슨 말을 하려 했는지 생각하지 않았다. 뼈와 거죽뿐인 백파검의 무게가 너무나도 무거운 탓이었다. 다만 그 감당치 못할 서글픔 가운데에서도 모용천은 서해영을 생각했다.
애초에 서해영을 빼내고자 향했던 제마성이다. 서해영을 자유롭게 하기 위해 마왕에게 도전하려 했고, 그 권리를 갖기 위해 마왕의 손발이 되어 싸웠다. 그러나 이제 모용천이 백파검을 빼돌린다면 사왕과 싸워가며 애써 얻은 권리를 스스로 내버리는 꼴이 된다.
그것을 모르는 게 아니다.
그러나 지금은 눈앞에 있는 백파검을 외면할 수 없었다. 이런 백파검을 모른 체하고 마왕의 주구가 된 절창을 외면할 수 없었다. 이런 백파검을 모른 체하고 무당과 소림을 적으로 돌린 도야객을 외면할 수 없었던 것이다.

그래서였을까? 모용천은 스스로 생각해도 어이없는 일을 저질렀다고 생각했다. 누구도 아닌 마왕의 아들에게 서해영을 부탁하다니! 하지만 모용천이 서해영을 위해 할 수 있는 일은 적어도 지금은 그게 다였다.

'일단 나가자. 뒤는 나가서 생각하자.'

사방이 꽉 막힌 어둠, 차가운 석벽으로 이루어진 세계는 본디 사람의 것이 아니다. 어서 밖으로 나가고 싶다. 모용천은 황지엽에게 서해영을 부탁한 행동을 무진총의 탓이라고 생각했다.

"……?"

말없던 기유붕이 문득 멈춰 섰다. 모용천은 무슨 일이냐고 물어보려다 어둠 너머에서 다가오는 불빛을 보고 입을 다물었다. 기유붕을 제외하고 무진총 내부를 활보할 자는 한 사람, 무진총주 석공뿐이다.

기유붕은 어찌하면 좋겠냐는 얼굴로 모용천을 돌아봤다. 모용천이 뭐라 대답하기도 전에 석공의 목소리가 들려왔다.

"무얼 하는 게냐?"

다가오는 불빛을 향해 기유붕이 대답했다.

"그, 그게……."

기유붕이 앞뒤로 고개를 돌리며 더듬거렸다. 평생 석공을 신처럼 떠받들며 살아온 기유붕이다. 석공의 성정이 일그러진 만큼 두 사람은 보통의 사제 관계랄 수 없었다. 석공을 대하는 기유붕의 모습은 스승을 받드는 제자라기보다는 주인을 두려워하는 종에 가까웠다.

"…잠깐."

모용천은 기유붕의 어깨를 잡으며 뒤로 끌었다.

불빛은 하나이되 발소리는 셋이다.

셋 모두 무공을 익혔으며, 그중 둘은 절정에 달한 고수. 무진총 안에서 석공의 안내를 받는 절정고수라면 당연히 제마성의 사람일 터. 백파검을 안고 있는 모용천이 만나서 좋을 게 없는 상대인 것은 틀림없다.

휙!

그러나 상대는 모용천의 경계보다 한발 앞서 행동했다. 두 개의 그림자가 불빛으로부터 쏘아져 나왔다.

"부탁하오."

모용천은 기유붕을 제 뒤로 끌어당기며 백파검을 떠안겼다.

'오늘따라 부탁할 일이 많군.'

쓴웃음도 나오지 않는 날이다. 모용천은 진기를 끌어올리며 다가오는 그림자들을 향해 손을 내밀었다.

* * *

"안색이 좋지 않으십니다."

"……!"

장년인의 말이 상념의 바다에서 허우적거리던 노인을 건져냈다. 근래 부쩍 주름살이 느는 노인, 제마성의 부성주 진첩결은 퍼뜩 정신을 차리고 시선을 돌렸다. 그의 눈앞에는 눈매가 무서운 장년인, 외중각주 관음지 허규가 있었다.

진첩결은 어색한 미소를 지으며 찻잔을 들었다.

"부성주라는 자리가 항시 그렇지 않소? 신경 써야 할 일이 어디 한두 가지라야 말이지. 어제오늘 일도 아니고, 예민하시구려."

허규는 수염을 쓰다듬으며 너스레를 떨었다.

"제가 그랬습니까? 이것 참, 허허헛!"

진첩결은 빈 찻잔을 내려놓고 말했다.

"신경 쓰지 마시오."

말은 그리하였어도 허규의 말은 진첩결의 가슴에 꽉 박혀 있었다. 진첩결 자신의 말마따나 성주를 대신하여 제마성을 총괄하는 부성주의 자리가 유난히 힘든 것이 사실이다. 그러나 겨우 그런 것으로 안색이 나빠질 정도라면 광명통 제갈창운과 함께 정사의 양대 모사로 추앙받는 천리안의 이름이 아까울 것이다.

진첩결은 찻잔을 채우며 화제를 바꿨다.

"혼례 준비는 잘되어가고 있습니까?"

"다른 사모들께서 주도하여 잘되어가고 있답니다."

"각주께서도 신경 좀 써주십시오."

"그래야지요."

허규는 마지못해 고개를 끄덕였다.

진첩결의 입에서 나온 혼례 준비라 함은 당연히 황종류와 서해영의 혼례다. 하나 아무리 마왕의 혼례라 한들 어찌 외오각주의 수장이랄 수 있는 허규의 손이 필요하단 말인가?

물론 진첩결이 허규에게 신경 쓰라고 한 것은 다른 뜻이 있어서가 아니다. 황종류와 서해영의 혼례는 겉으로 보아 남녀의 결합이니 규방의 일로 치부할 수 있으나 그 속은 훨씬 복잡한 사정이 있었다. 황종류와 서해영은 개인이 아니라 각각 제마성과 환곡기문서가라는 세력을 대표하는 상징이었다. 그 두 사람이 혼례를 올린다는 것은 단순한 남녀의 결합이 아니라 제마성과 환곡기문서가의 힘이 하나로 모아진다는 뜻이다.

문제는 두 사람의 혼인이 여염가의 그것이 아닌 만큼, 제마성과 환곡기문서가의 결합도 말처럼 순탄치 않으리라는 점이었다. 단순한 힘의 차이로 보자면 환곡기문서가가 제마성의 아래로 들어가 자연스럽게 흡수되어야 할 것이다. 그러나 환곡기문서가가 가진 힘의 성질은 강호에 횡행하는 각종 주술과 환술, 진법의 근원이라 일컬어지는 일반 무가와 판이하게 달랐고, 이는 제마성으로서도 쉬이 다루기 힘든 것이었다. 환곡기문서가가 마왕의 무력을 인정하고 한발 물러서긴 했어도 순순히 고개를 숙인 게 아니었기 때문에 이 혼인은 단순한 혼인이 될 수 없는 것이다.

언제나 문제는 발생하기 전에 해결하는 것이 최선이다. 진첩결이 허규에게 기대하는 것은 두 세력 간의 결합이라는 이

민감한 행사에 걸맞은 일 처리였고, 허규 역시 제마성의 뭇 마두 중에 이 일을 맡아 할 적임자가 자신뿐임을 잘 알고 있었다. 그러나 역시 천하의 관음지에게 규방의 일이 성에 찰 리 없다.

그런 허규의 표정이 진첩결의 눈 속을 파고들었다. 허규 정도의 인물이 순간의 감정을 억누르지 못할 리 없다. 기분이 상했음을 일부러 드러냈다고밖에 생각할 수 없으니, 이는 부성주인 자신의 권위에 노골적으로 반하는 처사였다.

그러나 허규가 단순히 감정적인 문제로 하극상을 저지를 리도 없다. 진첩결은 허규의 속을 재며 물었다.

"중각주께서는 달리 하고 싶은 말씀이라도 계시오?"

그 말이 바로 맞았는지 허규는 가만히 진첩결과 시선을 맞추었다. 허규의 눈은 칼처럼 날이 서 있었다.

"왜 그들을 보냈습니까?"

"그들이라니?"

진첩결이 짐짓 모르는 척 눈을 피했다. 그러나 허규는 개의치 않고 이야기를 계속했다.

"좌각주와 흑면주 두 사람을 보내지 않았습니까."

"……."

굳이 나누고 싶지 않은 이야기다. 진첩결의 안색이 급속히 어두워졌다.

제마성이 비록 악랄한 마두들의 집합소이기는 하나 그 안에도 엄연한 법도가 있다. 바로 강자존(强者尊)! 제마성의 고수들은 모두 마왕의 압도적인 무위에 승복한 자들이 아닌가?

백사궁을 무너뜨리고 말 그대로 사파무림을 일통한 지금, 제마성의 최대 관심거리는 두말할 것도 없이 정파 무림맹과의 일전이다. 그러나 그에 앞서, 어쩌면 그보다 더 사람들의 기대를 모으는 것은 바로 모용천이라는 존재였다.

이미 모용천이라는 이름 석 자는 제마성 마두들의 머릿속에 깊숙이 새겨져 있다. 제마성이 세워진 이래 빚어졌던 수많은 실패 모두 모용천이 관련되어 있으니 모르려야 모를 수가 없는 것이다. 그러나 그런 모용천이, 제마성의 제일공적으로 여겨져 왔던 자가 단순히 한 여자를 빼앗기 위해 제 발로 걸어들어 왔다는 사실은 충격 그 자체였다.

또 마왕의 반응은 어떠했는가? 상상할 수 있는 가장 잔인한 방법을 모두 동원해도 모자랄 만큼, 목숨이 하나라는 것이 안타까울 만큼 증오스러운 모용천이다. 그럼에도 불구하고 마왕은 모용천을 당장 죽이기는커녕, 그에게 기회를 주고 앙심을 품은 자들로부터 보호하지 않았던가?

이는 마왕의 무위에 굴복하여 제마성에 합류한 모든 이들에게 자부심을 갖도록 만들어준 선택이었다. 강자존이라는 가치를 고수하는, 그리고 자신의 승리에 추호의 의심도 없는 마왕의 자세는 제마성의 구성원 대부분을 환호케 하였던 것이다. 더구나 모용천은 기대에 부응이라도 하듯 사왕을 홀로 상대해 제압했다.

이러니 무진총에서 몸을 추스르고 돌아올 모용천을 기다리는 기운이 고조되는 것은 지극히 당연한 일이었다.

그러나 제마성의 구성원 모두가 모용천을 기다리는 것은 아니었다. 특히 제마성의 부성주 천리안 진첩결.

그는 다른 이들과 달리 강자존이라는 구호에 큰 가치를 두고 있지 않았고, 다른 이들과 달리 진첩결은 마왕의 무위에 굴복한 것이 아니었다. 진첩결이 중요시하는 것은 오로지 황종류라는 개인이었으며, 그를 중심으로 한 제마성이었다. 그리고 그 제마성이 앞으로 이루어내어야 할 목표. 천년 무림 최초의 정사일통. 그것만이 진첩결에게 있어 지켜야 할 최우선, 아니, 단 하나의 가치였다.

그에 비하자면 강자존이니 비무의 약속이니 하는 것들은 머리가 여물지 못한 채 커버린 강호인이라는 족속들의 치기에 지나지 않는다. 적어도 진첩결은 그 이상의 의미를 부여할 수 없었다.

환곡기문서가와의 결합, 그리고 정파 무림맹과의 일전. 진첩결이 그리는 제마성의 미래는 당장 저 두 개의 장애물을 앞두고 있다. 모용천 따위에 허비할 시간과 정신이 없는 것이다.

그래서 진첩결은 모용천이 몸을 회복하기 전에 처리하고자 은밀히 사람을 보냈다. 누구도 아닌, 제마성이 자랑하는 고수 중의 고수 요검 은삼교와 비혹면주 방난화를 말이다.

진첩결이 침중한 어조로 말했다.

"그걸 굳이 묻는 저의를 모르겠군."

"모용천은 사왕을 제거했습니다. 이번에는 주군께서 약속을 지킬 차례입니다."

"약속?"

"제마성의 모두가 알고 있는 사안입니다. 사왕을 제거한다면 도전할 수 있는 기회를 주겠다는 것 말입니다."

"그래서 중각주는 지금 내가 약속을 지키지 않았다고 비난하려는 거요?"

비로소 진첩결의 눈이 허규를 똑바로 보기 시작했다. 천리안이라는 별호에 묻혀 잊기 쉬우나, 모사 이전에 원마심공이라는 개세 마공의 소유자다. 고요한 눈빛 속에서 꿈틀거리는 위압감이 새삼 진첩결의 악명을 떠올리게 한다.

그러나 관음지의 명성이 어디 천리안의 앞이라고 퇴색할 것인가? 허규는 침착하게 진첩결의 위압감을 받아넘기며 대꾸했다.

"약속을 지키지 않은 것은 부성주이겠으나, 비난을 받는 것은 주군이지 않습니까."

"……."

"이 일로 주군의 명성에 금이 간다면 어떻게 하실 겁니까? 저 마왕이 약관의 애송이를 두려워한 나머지 사왕에게 당한 상처가 채 아물기도 전에 사람을 보내 처리했다고, 그러한 소문이 퍼진다면 어떻게 감당하실 겁니까? 천하의 천리안께서 설마 그 정도 예측도 못하고 일을 추진하실 리는 없겠지만 말입니다."

"그럴 일은 없을 것이오."

진첩결은 굳은 입술로 딱 잘라 말했다. 허규의 치켜뜬 눈이 더욱 위로 솟았다.

"어떻게 장담하십니까?"

"모용천은 사왕과의 일전에서 이미 돌이킬 수 없는 강을 건넌 몸이오. 사왕이 특별히 지니고 다니던 뱀에 물려 중독되었으니 두말할 것도 없지. 절창이 나서긴 하였으되 겨우 명줄을 연장시켰을 뿐이니, 무진총주가 아니라 신선이 와도 그를 살릴 수는 없었소."

"그렇게… 끝낸다면 모두가 납득할 거라고 생각하십니까?"

"물론. 몇 사람만 조용히 한다면."

"조용히 시킬 수 있다는 자신감이 넘치시는군요."

팔걸이를 움켜쥔 허규의 손등에 핏줄이 돋아났다. 진첩결은 싸늘히 말했다.

"원한다면 이 자리에서 보여주겠소."

"……!"

부성주와 충돌해 봤자 득이 될 것이 없다. 허규는 모욕감에 달아오른 가슴을 진정시키며 자리에서 일어났다.

"아무래도 이 건으로 더 이야기할 필요가 없는 것 같습니다."

"나 역시 같은 생각이오."

등을 돌려 나가던 허규가 문 앞에서 걸음을 멈췄다. 돌아본 허규의 눈에 팔짱을 끼고 앉아 있는 진첩결이 보였다.

"부디 생각대로 되길 바라지요. 그러자면 내 입보다 다른 입부터 단속해야 하겠지만."

"다른 입?"

"당사자의 입은 제아무리 부성주라 하여도 막을 수 없을 테니. 부디 좌각주와 흑면주가 성공하기를 바라야지요."

터무니없는 말이다. 사왕의 뱀에 물린 모용천은 절창의 희생으로 겨우 목숨을 부지하였다. 일이 개월로 회복할 수 있는 상세가 아니다. 그럼에도 불구하고 요검과 비흑면주 두 사람이나 동원한 까닭은 그간 모용천이 진첩결의 계획을 수없이 깨뜨려 왔기 때문이다. 그만큼 만전을 기한 일이다. 소심하다고 놀림을 당해도 어쩔 수 없을 정도다.

그걸 모를 허규가 아니다. 그런데도 부정적으로 말하는 것은 무슨 까닭인가?

"그가 아직도 중각주를 괴롭히는 줄은 몰랐소. 이해하오. 패배감은 쉬이 잊을 수 없으니."

진첩결은 깊이 생각하기를 그만두었다. 허규의 걱정은 그저 모용천에게 당했던 기억이 강렬했기 때문일 것이다.

"그렇습니까? 모용천에게 당한 기억은 나보다 부성주께서 더 강렬할 거라 생각했는데 아닌가 보군요. 실례했습니다."

허규는 오히려 진첩결을 조롱하며 사라졌다.

"……."

홀로 남은 허규의 귓가에 진첩결의 조롱이 떠나질 않았다. 그러나 진첩결이 느끼는 것은 모욕감이 아니라 어처구니없는 깨달음이었다. 근래 계속 자신을 괴롭히던 불길한 감정의 정체가 허규의 조롱 속에 숨어 있었던 것이다.

최초 진첩결의 판단은 최소 세 사람의 고수를 보내는 것이었다. 이야말로 견문발검(見蚊拔劍)이니 과하다는 말로도 모자랄 정도였다. 그러나 결국 두 사람 선에서 그친 것은 진첩결이 냉정하게 판단해서가 아니라, 각주와 면주 급에서 세 사람이나 자리를 비우게 할 수가 없어서였다. 현실적인 제약이 없었더라면 세 사람이 아니라 네 사람, 다섯 사람을 보냈을 것이다.

"나도 늙었군."

진첩결은 비로소 모용천을 두려워하는 자신을 받아들였다. 진첩결이 미리 사람을 보내 무진총주에게서 파악한 상태대로라면 모용천은 아직도 침상에서 일어나지 못할 것이다. 아니, 완치될 것인지조차 의아하다고 저 무진총주가 이야기하지 않았던가? 그럼에도 불구하고 여전히 불안하다면 그것은 바로 마음에 병이 있는 탓이다. 모용천에게 당해왔던 기억이 가시지 않는 탓인 것이다.

진첩결은 찻잔을 들어 입으로 가져갔다. 기울이고서야 잔이 비었음을 깨닫고 진첩결은 쓴웃음을 지었다.

"……."

나이가 들어서일까, 아니면 가시거리 안으로 들어온 인생의 목표가 판단력을 흐려서일까?

"…둘 다일지도 모르지."

어차피 모용천의 존재와 명운을 함께할 불안이다. 곧 전해올 소식이 이 모든 불안을 잠재워 줄 것이다. 그때까지는 그저 기다릴 뿐이다.
그렇게 진첩결은 식은 차를 따르며 마음을 다스렸다.

콰쾅!
강렬한 타격음이 바닥과 천장, 좌우 벽을 오고 간다. 그 발원지가 어디인지 알아차리기도 전에 또 다른 소리가 귓속을 꽉 메웠다.
퍼퍽!
모용천의 몸이 한참을 날아 석벽에 부딪쳤다. 가슴팍을 때린 일장의 경력이 등에 닿은 석벽을 때리고 내장을 진탕시킨다.
"크윽!"
고통스러운 신음에 섞여 한 줌 피가 흘러나왔다. 그러나 피를 닦을 틈도 없다. 살의로 무장한 쇠붙이가 어둠을 찢고 심장을 향해 찔러온다. 모용천은 등을 튕기며 몸을 비틀었다.
카앙!
검극이 석벽을 때리고 불꽃이 튄다. 찰나의 순간, 사라지기 위해 피어오른 불꽃이 요검 은삼교의 얼굴을 비추었다. 깊이 파인 주름을 따라 드리운 그림자가 여인인 듯 아름다운 은삼교의 얼굴을 귀신처럼 일그러뜨리고 있었다. 아니, 여인인 듯 아름답기에 일그러진 얼굴이 더욱 무서운 것이리라.
"흡!"
모용천은 숨을 들이쉬며 팔을 휘둘렀다. 그의 손바닥이 비스듬히 호를 그리며 은삼교의 어깨를 내려쳤다. 석벽을 때리는 바람에 흔들린 검신이 그 찰나의 순간을 은삼교에게서 빼앗아 모용천에게 넘긴 것이다.

쾅!

그러나 은삼교의 어깨를 불과 몇 촌 남기고 모용천의 손바닥이 튕겨 나갔다. 동시에 은삼교의 검극이 뱀처럼 머리를 세워 다시금 모용천을 향했다.

쉭! 쉬쉭!

은삼교의 검은 어둠을 찢으며 모용천을 찔렀다. 동시에 한 그림자가 마치 연기처럼 은삼교를 지나쳐 모용천을 덮쳤다.

쾅! 콰쾅!

그림자로부터 뻗어난 손바닥이 은삼교의 검과 교묘히 얽히며 모용천을 압박했다. 방금 전 어둠을 틈타 모용천의 가슴을 강타한 바로 그 일장이다.

콰앙!

모용천은 좌장을 휘둘러 옆구리를 후려쳐 오는 일장을 걷어냈다. 초식이 정묘하기는 하나 그 안에 실린 힘이 어딘가 모르게 가볍다. 항불의 대력금강장에 비하면 깃털이라 해도 무방할 정도다. 물론 그런 장력이라도 제대로 맞으면 아까처럼 피를 볼 터. 추호도 방심할 수 없다.

'그렇지만!'

모용천은 흐릿한 그림자를 향해 손을 뻗었다. 검이 없는 모용천으로선 은삼교보다 같은 맨손인 그림자가 상대하기 수월한 것이다.

　그림자를 향하는 모용천의 우장에는 푸른 기운이 넘실거리고 있었다. 그림자는 감히 맞상대할 엄두를 내지 못하고 빠르게 뒤로 물러났다. 쉬익! 그림자가 물러난 공간을 은삼교의 검이 횡으로 갈랐다.

　"휘익!"

　순간 모용천이 손목을 꺾었다. 세웠던 손바닥이 팔과 일(一)자를 그리며 바닥을 향하고, 그 위를 은삼교의 검이 스쳐 지나갔다. 검은 소매를 자르고 모용천의 어깨에 얕은 상처를 남겼다.

　"허업!"

　검을 휘두른 동시에 은삼교가 놀라 탄성을 질렀다. 자칫 손바닥은 물론 어깨가 잘려 나갈 뻔했는데도 모용천의 전진 속도가 조금도 줄어들지 않은 것이다. 마치 은삼교의 검속과 검극이 그리는 호의 크기 그 모든 것을 계산이라도 했듯이 말이다. 그리고 그 속도 그대로 모용천의 어깨가 은삼교의 몸통을 강타했다.

　"컥!"

　짧은 비명 소리와 함께 은삼교의 몸이 옆으로 밀려났다. 콰직, 소리와 함께 은삼교의 몸이 석벽과 부딪쳤다. 모용천의 신형이 그를 지나쳐 서너 걸음 뒤에 서 있는 그림자에게로 쏘아졌다. 모용천의 기세가 어찌나 흉흉한지 그림자는 자신도 모르게 뒤로 물러났다. 퇴로를 비추는 횃불 밑으로 물러나는 그림자의 얼굴이 드러났다. 중원의 여인과는 다른 향기를 뿌리는 여인, 멀리 초원의 이족이라는 비흑면주 방난화다.

 모용천은 방난화가 누구인지, 그 이름이 무엇인지 몰랐다. 제마성에 머무르는 동안 한두 번 스치며 본 얼굴이기는 하다. 그러나 이름을 굳이 알 필요가 있을까? 요검과 함께 왔다면 그와 격이 맞는 자일 것이다. 아니, 아직도 입가에 맴도는 피비린내가 여인의 무위를 증명하고 있지 않은가!

 파파팍! 파팍!

 네 개의 손이 교차하며 십여 초를 교환한다. 여인의 금나수법은 가히 일류의 경지라고 할 수 있었으나 어딘가 공허했다.

 '맨손의 박투가 익숙하지 않은 자인가!'

 모용천은 오른팔로 여인의 두 손목을 한데 묶어 휘감았다. 동시에 몸을 돌리며 체중으로 여인을 압박해 벽으로 몰았다.

 "아악!"

 석벽과 모용천의 등 사이에서 여인이 비명을 질렀다. 여인치고는 낮고 굵으나 사내에 비할 수 없이 가는 목소리다.

 쉬쉬식!

 어둠 저편에서 다시 한 번 은삼교의 검이 번뜩였다. 모용천은 지체없이 등 뒤의 여인 방난화를 당겨 은삼교의 검 앞으로 던졌다.

 휘익.

 은삼교의 검보다 날아가는 방난화의 기세가 더 거세다. 깜짝 놀란 은삼교가 검을 회수하며 방난화를 받아 안았다.

"…웬일이야?"

은삼교의 품에서 방난화가 물었다. 은삼교의 검에 꼬챙이 신세가 될 뻔했다는 사실을 모르는지 한껏 들뜬 목소리였다.

"뭐가?"

은삼교가 퉁명스럽게 대꾸했다. 방난화는 웃으며 말했다.

"푸훗, 난 자기가 그대로 꿰뚫어 버릴 거라 생각했는데?"

은삼교의 성정이 일반 사람과 판이하게 다르다는 것은 익히 알려진 사실이다. 제마성에 몸담고 있다지만 방난화 역시 그를 아군이라고 믿을 수가 없었다. 은삼교 본인에게 피아의 개념 여부가 존재하는지조차 의심스러울 지경이었으니 말이다.

"그랬으면 둘 다 죽었어."

은삼교는 차갑게 내뱉으며 방난화를 밀쳐 냈다.

"흥!"

방난화는 별 기대도 안 했다는 듯 코웃음을 치며 신형을 바로잡았다. 그녀 역시 은삼교가 자신을 구하기 위해 검을 회수한 게 아님을 알고 있었다. 은삼교가 그대로 검을 뻗어 방난화를 꿰뚫었다면 모용천의 앞에 목을 들이미는 것이나 마찬가지였을 것이다. 단 한 순간이라도 틈을 보였다가는 어떤 꼴이 될지 한차례 손속을 나누어본 것만으로도 충분히 알 수 있었다.

"하아… 하……."

거친 숨소리가 어둠을 타고 날아왔다. 두 사람과 번갈아 가며 싸워 지친 걸까? 그러나 흐트러진 호흡이 귀에 들어올 리 없었다. 모용천으로부터 뿜어져 나오는 살기가 방난화의 온몸을 짜릿하게 만들고 있었다. 마치 수많은 군중 앞에서 맨살을 드러낸 것 같은 느낌이었다.

"이건 얘기가 다르잖아?"

방난화는 중얼거리며 양손에 쥔 철륜을 내밀었다. 한 놈은 미끈하니 머리카락을 대면 잘려 나갈 듯 날이 서 있고, 또 한 놈은 사나운 톱니를 드러내고 있다.

그러나 방난화의 손안에 들린 철륜은 어쩐지 맥이 풀려 있었다. 이들의 자리는 방난화의 손이 아니라 드넓은 하늘이다. 그녀의 허리춤 가죽 주머니 안에 고이 들어 있는 여덟 개의 형제와 함께 지평선 위로 펼쳐진 하늘을 크게 나는 것으로 이들은 자신의 존재를 증명해 왔다. 그 열 개의 철륜이 그리는 궤도를 완벽히 제어하며 상대를 유린하는 것이 방난화의 절기 염마제신륜이었다.

그러나 지금 방난화가 서 있는 곳은 땅 아래 세워진 무진총. 그저 사람이 겨우 지나다닐 수 있을 정도의 통로다. 그녀가 자랑하는 염마제신륜도 이곳에서는 무용지물일 수밖에 없다.

'하지만……!'

그러나 지상이라고, 염마제신륜을 마음껏 펼칠 수 있다고 상황이 달라질 것인가? 방난화는 스스로 묻고 고개를 저었다. 어둠 저편에서 가쁜 숨을 몰아쉬는 모용천은 염마제신륜을 펼칠 수 있다 하여 당해낼 수 있는 상대가 아니다. 무엇보다 방난화 자신이 절정의 고수이기 때문에 절실히 느끼는 패배감이었다. 은삼교가 없었다면 뒤도 돌아보지 않고 도주했을 것이다.

"크크큭……!"

방난화로 하여금 도주의 욕구를 억누르게 하는 은삼교는 어깨를 들썩이며 웃고 있었다. 그의 입가에서 새 나오는 낮은 웃음소리는 어둠 저편의 가쁜 숨소리와 섞여 묘한 균형을 이루고 있었다. 그렇게 세 사람이 한차례 격돌 이후 서로를 응시하며 섣불리 움직이지 않고 있는 시간이 지속되던 중.

챙그랑!

"크큭, 큭… 하핫, 하하하하핫!"

희미하지만 끊이질 않던 웃음은 급기야 박장대소로 이어졌다. 은삼교는 검수로서 있을 수 없는, 생명과도 같은 검도 떨어뜨린 채 배를 잡고 웃는 것이었다.

모용천도 방난화도 광정요검이라는 말마따나 미친 그의 성정을 잘 알고 있었다. 그러나 세상에는 아무리 잘 알아도 익숙해질 수 없는 일들이 있다. 이런 은삼교를 편안히 받아들일 수 있는 날은 결코 오지 않을 것이다. 방난화는 그리 생각하며 눈썹을 추켜세웠다.

"미쳤어? 갑자기 무슨 짓이야?"

미친 사람에게 미쳤냐니, 스스로도 한심하게 여겨지는 말이었지만 그 외에 달리 할 말이 없었다. 모용천이라는 대적을 앞에 두고 무기를 버려가며 웃는 자에게 달리 무슨 말을 할 수 있단 말인가?

그런데 놀랍게도 은삼교는 웃음을 뚝 그치더니 방난화를 돌아보며 대답하는 것이었다.

"지금 이 상황이 웃기지 않나?"

"…뭐?"

뜻밖의 반문에 방난화는 말문이 막혔다. 당황한 기색이 역력한 방난화를 비웃어주고 은삼교는 다시 모용천을 향해 고개를 돌렸다. 깊은 어둠 속, 일렁이는 횃불만이 희미하게 모용천의 신형을 비추고 있었다. 거칠던 호흡은 그새 가라앉았는지 들리지 않았다.

"저자는 분명 주군과 약속을 지켰고, 따라서 주군 역시 저자와의 약속을 지킬 의무가 있지. 이건 마왕 개인이 아니라 제마성의 주인으로서 한 약속이 아닌가? 그런데 당사자도 아닌 마왕의 부하가 제 주인을 믿지 못하고 주인을 위한답시고 죽이려 하고 있는 이 상황 말이야!"

"……."

"부성주가 저자를 죽이라고 했을 때 솔직히 난 그가 미친 줄 알았어. 세상에! 미친놈에게 미쳤다는 소리를 듣다니! 오오, 불쌍하고 안타깝고 가련한 진가여! 그리고 그런 진가를 부하랍시고 둔, 더욱 불쌍하고 더욱 안타까우며 더욱 가련한 우리네 주인! 마왕님!"

마치 노래를 부르듯 은삼교의 말은 운율을 타고 복도 양 끝으로 퍼졌다. 어둠 속에 숨어 있던 기유붕도, 백파검도 은삼교의 노래 아닌 노래를 똑똑히 들을 수 있었다.

"물론 나는 미친놈이니까 미친 진가의 명령을 기꺼이 따르겠다고 했지. 그런데 이걸 보라고! 족히 한 달은 더 정양해야 자리에서 일어날 거라던 자가 멀쩡히 두 발로 서서, 게다가 무공까지 회복해서 우리를 상대하고 있다는 사실이 믿어지나? 오호라! 우리의 군사님이자 부성주님이신 진가께서는 사실 미친 게 아니었다는 게 확인되는 순간이로군. 그의 걱정은 망상이 아니라 냉정하게 판단한 현실이었어!"

은삼교의 등을 바라보며 방난화는 입술을 깨물었다. 되는대로 지르는 소리라면 좋으련만, 은삼교의 말 중 틀린 곳이 없었다. 방난화 또한 마왕의 이목을 피해 모용천을 죽이러 왔으나 진첩결의 지시에 불만을 가지고 있었던 것이다.

그러나 사왕의 비독에 당하고도 불과 몇 주 만에 멀쩡히 서서 두 사람을 상대하는 모용천이다. 당사자가 아니라면 말도 안 되는 헛소리라 치부했을 일이다. 은삼교는 미쳤다고, 방난화는 소심하다고 비웃었던 진첩결이 사실은 누구보다 현실을 꿰뚫어 보고 있었다.

덜덜덜덜덜—

문득, 방난화는 철륜을 쥔 손이 흔들리고 있음을 깨달았다. 머리가 미처 깨닫기 전에 몸이 먼저 어둠 너머의 공포를 받아들이고 있는 것이다.

'내가… 떨고 있어?'

절로 무릎을 꿇게 만들었던 마왕의 압도적인 힘, 그 앞에서도 떨지 않았던 방난화다. 그러나 어둠 너머의 모용천은 그와 달랐다. 그는 인간의 탈을 썼으되 인간이 아닌 그 무언가 이질적인 존재였다. 익숙한 무리 안의 낯섦, 그것이 인간 내면의 밑바닥에 깔린 가장 근원적인 공포를 자극하는 것이었다.
'크흑!'
방난화는 떨리는 두 손을 석벽에 때려가며 떨림을 진정시키려 했다. 은삼교는 웃음을 그치더니 검을 다시 집었다. 어둠 너머로 음산한 목소리가 방난화의 귓가에 들어왔다.
"마왕이 아니라 부성주의 지시인가?"
방난화는 감히 대답하지 못했다. 은삼교가 웃으며 대답했다.
"이제 와 누구의 지시인지가 뭐 그리 중요하지? 중요한 건 내가 널 죽이러 왔다는 사실이고, 살려거든 너는 나를 죽여야 한다는 것인데?"
그러면서 은삼교는 검을 옆으로 뻗었다. 은삼교의 검극이 석벽에 닿았다.
"……."
한편 모용천은 이들이 자신을 죽이러 왔다는 사실에 놀라지 않는 자신이 더 이상했다. 은삼교의 말마따나 중요한 건 지금 이들이 자신을 죽이려 든다는 것이었다.
"그렇지."
모용천은 짧게 동의하며 고개를 끄덕였다. 일렁이는 횃불 속에서 끄덕거리는 고개가 보였을까? 은삼교가 만족스러운 얼굴로 말했다.
"그래… 이제 너도 죽음이 누구에게나 어김없음을 이해한 것 같군. 좋아! 아주 좋아!"

아주 좋다는 말을 반복하며 은삼교가 뛰기 시작했다.

끼끼끼끼끽!

옆으로 뻗은 검극이 석벽 위를 함께 달리며 흰 불꽃을 수놓기 시작했다. 흰 불꽃이 어둠 속으로 달려가는 은삼교의 뒷모습을 반쯤 비추고 있었다.

"저 미친……!"

은삼교를 욕하며 방난화 역시 뛰기 시작했다. 두 손은 여전히 떨리고 있었다.

캉! 카앙!

순식간에 은삼교가 횃불이 닿지 않는 어둠 속으로 뛰어들었고, 몇 차례인가 쇳소리가 울려 퍼졌다. 그리고 방난화가 미처 당도하기 전, 어둠 속으로 사라졌던 은삼교의 뒷모습이 다시 나타났다. 쇳소리가 아닌 육성의 비명과 함께.

"크헉!"

뒤로 넘어지는 은삼교의 입에서 한 모금 핏줄기가 솟아올랐다. 방난화는 자신에게로 넘어오는 은삼교를 뛰어넘으며 두 팔을 휘둘렀다. 어둠 속 희미한 윤곽만으로도 상세를 파악한 듯 두 개의 철륜이 각기 다른 날을 번뜩이며 모용천을 핍박했다.

그러나,

"……!"

차마 비명조차 나오지 않았다. 아니, 뱉을 수 없었다. 사고의 속도가 시간의 흐름을 뛰어넘으면서 육신에 대한 통제력을 잃어버린 것 같았다.

그래, 그렇지 않으면 저렇게 천천히 다가오는 푸른 손바닥을 피할 수 없을 리 없지. 무언가 잘못된 걸 거야.

퍽!

고통을 느낄 새도 없이 모용천의 일장이 둔탁한 소리를 내며 가슴팍에 닿은 순간 방난화는 모든 감각을 잃어버렸다. 오직 푸른 기운 일렁이는 손바닥만이 그녀가 본 마지막 장면이었다.

살얼음이 녹기 시작한 것이 엊그제건만 바닥은 녹음으로 가득했다. 오후의 빛은 세상을 온통 하얗게 물들였으며, 사람들은 흘러내리는 땀을 닦고 또 닦는 악순환에서 벗어나지 못하고 있었다. 훈풍이 미처 세상을 한 바퀴 돌기도 전에 폭염이 강림한 것이다.

때 이른 더위는 무한을 뜨겁게 달구고 있었다. 도시 전체가 불 위에 올린 솥처럼 기름만 부으면 사람이나 가축은 물론 건물까지 튀겨질 것만 같았다.

그 뜨거운 빛이 닿지 않는 곳. 대낮임에도 불구하고 달 없는 밤처럼 어두운 방 안에 한 사내가 앉아 있었다. 앉아 있다기보다는 매달려 있다는 표현이 정확할까. 사내의 몸은 과도하게 앞으로 기울어져 있었는데, 몇 번이나 칭칭 감은 밧줄이 아니었다면 당장에라도 앞으로 고꾸라졌을 것이다.

이 모든 게 빛 없는 어둠 속에서 사내와 의자가 그리는 윤곽만으로 간신히 보이는 모습이었다. 그렇게 얼마나 시간이 흘렀을까? 사내가 아닌 무언가가 방 안에서 움직이기 시작했다.

팟—

심지에 붙은 불은 미약해 방 안은커녕 사방 몇 자도 밝히기 힘겨웠다. 그러나 그 안에 들어온 사내의 처참한 모습을 비추기에는 부족함이 없었다. 아니, 오히려 희미한 빛이어서 다행이라고 해야 할 정도로 사내의 몰골은 말이 아니었다.

튀어나왔어야 할 광대는 함몰되었고 살갗에는 붉은 줄이 가로세로 가득 그어져 있다. 콧잔등은 주저앉아 오른쪽으로 휘어져 있었고, 그 위로 몇 겹이나 더해졌는지 모를 피딱지가 앉아 원래 어떤 생김새인지 알아볼 수 없을 정도였다. 사내를 묶은 밧줄에도 검은 핏자국이 선명했다.

그렇게 처참한 몰골의 사내는 고개를 목 뒤로 젖힌 채 정신을 잃고 있었다.

"깨워라."

낮은 목소리를 기다렸다는 듯 한 바가지 물이 사내의 얼굴 위로 쏟아졌다.

"푸헉!"

물을 맞고 깨어난 사내가 허우적대며 고개를 바로 했다. 사내는 퉁퉁 부은 눈꺼풀을 힘겹게 들어 올리더니 황급히 고개를 돌렸다. 오랫동안 어둠에 방치된 그에게는 희미한 빛마저 고통스러웠다.

"크윽!"

어둠 속에서 돋아난 손이 사내의 머리를 붙잡아 되돌렸다. 사내는 잠시 저항하다가 이내 굴복하고 손들에 머리를 맡겼다.

"그만."

깨우라고 명령했던 목소리가 다시 들리고 손들은 어둠으로 돌아갔다. 희미한 빛은 사내만을 담고 있었지만, 방 안에는 그 외에 수 명이 더 존재하고 있었다.

"으음……."

온몸에 새겨진 아픔이 이제야 되돌아오는 듯 사내는 고통스러운 신음을 흘렸다. 눈을 뜨지도 못하게 하는 빛 너머로 예의 낮은 목소리가 다시 들려왔다.

"대개방의 방주께서 꼴이 말이 아니시군."

대개방의 방주 이소는 실눈을 뜨며 목소리가 들리는 방향으로 대답했다. 이도 몇 개 나갔는지 간혹 바람 새는 소리가 섞였다.

"큭, 내 꼴이 무슨 대수라고… 대무림맹의 수장께서 이목을 두려워하며 꽁무니로 좀스런 계략을 획책하는 꼴에 비하면 뭐 그리 우습지도 않소이다."

"강단 하나만큼은 방주의 그릇일세."

이소의 비아냥거림을 가볍게 넘기며 어둠 속에서 무림맹의 수장 우진의 목소리가 이어졌다.

"하지만 그릇에 걸맞은 일을 하지 않는다면 소용없는 일이지. 자네가 방주라면 방을 위해 어찌해야 할지 올바른 판단을 해야 하지 않겠나."

"나는… 항상 방을 위해 최선의 판단을 했소."

이소가 결연히 말했다. 우진의 목소리가 비웃듯 이소의 귀를 때렸다.

"무림맹을 탈퇴하는 게 정말 방을 위한 최선의 판단이었나?"

"맹주가 나에게 하는 짓을 보니 아주 확신이 서는구려."

지난겨울, 이소는 방주의 이름으로 개방의 무림맹 탈퇴를 선언했다. 개방의 무림맹 탈퇴 선언은 그 자체로 충격적인 것이었지만, 그를 선언한 시기가 더욱 그러했다. 바로 사왕 좌오린과 백사궁이 무너지면서 사파무림이 마왕의 이름 아래 하나가 된 직후였던 것이다.

천년 무림의 역사에서 단 한 번도 일어나지 않았던 일. 사파무림 일통을 이룬 제마성의 기세는 실로 위풍당당했다. 더구나 백사궁을 무너뜨린 중심에는 근래 들어 인구에 가장 많이 회자되는 이름, 모용천이 자리 잡고 있었다.

한때 정파 무림맹 소속으로 십왕 중 새외에 위치한 두 사람 수왕과 빙왕을 설득하였고, 제마성의 고수들을 제압한 젊은 고수. 그러나 색에 눈멀어 남궁세가의 여식을 납치하고 종리세가를 멸절시켜 악명이 하늘까지 치솟은 모용천이 사왕 좌오린을 베었다는 사실은 사람들에게 두 가지 충격을 안겨주는 것이었다.

하나는 젊은 고수들 중 빼어나다는 정도로 알려졌던 모용천이 십왕인 좌오린을 능가했다는 사실이다. 서로가 서로에게 불행인 자들. 다른 시대에 태어났다면 능히 일인자의 자리에 올랐을 자들이 바로 십왕이다. 모용천이 사왕을 베었음은 단순히 후기지수가 기존의 절정고수를 능가했다는 사실을 넘어 십왕의 시대에 살고 있는 사람들의 감정을 뒤흔드는 일대 사건이었다.

다른 하나는 바로 그런 모용천이 누구도 아닌 마왕의 주구가 되었다는 점이다(적어도 겉으로 드러난 사실은 모두 이 결론으로 수렴하고 있었다). 사파무림을 제패하고 모든 마인의 힘을 하나로 모은 제마성에 모용천마저 가담하다니! 이는 세인들의 마음에 경악을 넘어 공포를 불어넣었고, 일부는 비관적인 미래를 보게 만들었다.

황종류가 몇 년의 암약을 끝내고 다시금 모습을 드러냈을 때, 그는 마왕이 아니라 성주가 되어 있었다. 바로 제마성이라는 단체를 설립하고 천하의 악인들을 수하로 끌어 모은 것이다. 독야청청하던 마왕이 번거로움을 감내하고 제마성을 설립하였음은 곧 그의 목표가 사파무림의 일통에 지날 리 없음을 가리킨다.

마왕으로서 황종류는 십왕의 시대를 종결지을 것이며, 제마성의 주인으로서 정사무림을 하나로 만들 것이다. 저잣거리의 필부도 능히 짐작할 수 있는 일이었다.

반면 정파 무림은 어떠한가? 사파무림이 마왕의 이름 아래 하나되어 힘을 모으는 지금도 정파 무림은 여전히 사분오열, 혼란을 면치 못하는 실정이었다. 권왕 우진이 구파일방을 모아 만든 무림맹은 아직 그 무게감이 완전치 못했다. 검왕의 남궁세가, 도왕의 하북팽가, 독왕의 사천당문이 가담치 아니하고 한발 물러선 탓이었다. 당장에라도 제마성이 정사대전(正邪大戰)을 일으킨다면 정파 무림이 제 역량을 온전히 발휘할 수 있을지조차 의문인 게 현실이었다.

그런 시점에 이소가 개방의 정파 무림맹 탈퇴를 선언하였으니 자연 사람들의 시선이 고울 리 없었는데, 문제는 그 시선이 이소보다 오히려 우진에게 더 쏠렸다는 점이다.

처음 우진이 무림맹을 창설하고 세력을 규합하였을 때 그 취지는 명확했다.

그간 기우, 혹은 망상으로 치부되기 일쑤였던 정사대전. 마왕과 제마성이 그 허구의 참극에 부여한 명백한 가능성을 제거하고, 만에 하나 실패 시 반드시 승리자가 되는 것. 그러한 대의명분이 십왕의 출현으로 인해 오대세가로 무게추가 기운 정파 무림을 재편하고자 하는 이들의 움직임과 맞물려 만들어진 것이 바로 무림맹이었다.

오대세가 중 일부와 구파일방이 하나의 깃발 아래 모일 수 있다고 누가 상상이나 했겠는가? 상상 속에서나 가능한 일을 현실화시킨 것은 권왕 우진의 역량이 첫째요, 제마성의 출현이 불러일으킨 경각심이 둘째였다.

하나 창설 이후 우진과 무림맹의 행보는 지극히 실망스러운 것이었다. 거대 단체의 수장이 된 우진은 도리어 그 무게에 눌려 제 문파만 이끌던 시절의 행동력을 잃고 심지어는 맹원들에 대한 영향력마저 의심받는 지경에 이르렀다. 오대세가와 구파일방이라는 이질적이고 거대한 힘을, 단순히 제마성에 대항하고자 급조한 울타리 안에 가두고 보자는 안일함이 빚은 촌극이었다.

권왕 우진의 명성은 높았고 무공은 누구나 인정하는 바였으나, 그 아래에 모여든 세가와 방파는 오랜 세월 쌓아온 명문의 긍지를 등에 업고 있었다. 이는 우진 개인의 용력으로 감당할 수 있는 영역 밖에 존재하였으니, 안타깝지만 그 사실을 겸허히 받아들이고 늦게나마 재정비에 돌입하는 게 순리요, 유일한 해결 방안이었다.

그러나 하늘은 변덕스러워 인간이 순순히 뜻한 바를 이루도록 내버려 두는 법이 없다. 우진이 채 무림맹을 재정비하기도 전에 두 가지 변수가 발생했던 것이다. 그러나 우진은 하늘을 원망할 수 없었다. 그 두 가지 변수에 우진 자신이 모두 깊이 관여되어 있었기 때문이다. 바로 마왕 황종류와 모용천이 그것이었다.

한 사람의 수행인만을 거느리고 강호에 나타난 마왕은 모든 정파인들로 하여금 헛된 꿈을 꾸게 만들었다. 마왕을 쓰러뜨린 자, 혹은 문파로 역사에 이름을 남길 수 있다는 꿈을. 우진은 그 꿈이 헛되어 이루어질 수 없음을 주지시키고, 여의치 않을 경우 강제로라도 억눌렀어야 했다. 그러나 전술한 바, 당시 무림맹은 아직 완전히 조직화되기 전이었다. 맹주의 권위는 제마성이라는 거대한 위협에 기댄 부분이 더 컸고, 산하의 방파는 권왕이라는 이름으로도 제어하기 힘든 명문들이었던 것이다. 결국 맹주의 명이 무색하게도 마왕을 잡기 위해 제갈세가와 무당파가 나서기에 이른다. 그 결과는 모두가 알고 있는 바. 제갈세가는 멸문에 가까운 화를 입어 가주인 제갈창운의 무림맹 내 입지마저 흔들리게 되었다. 무당파는 자그마치 일백에 가까운 검수와 진광자를 비롯한 다수의 장로를 잃었다. 제갈세가에 비할 수는 없으나 역시 회복하기 힘든 피해를 입은 것이다. 무림맹이 무당을 제마성에 맞설 전력으로 논하기에는 적어도 십 년의 시간이 필요할 정도였다.

사실상 마왕 한 사람에 의해 무당파와 제갈세가를 잃었음에도 우진은 섣불리 움직일 수 없었다. 애초에 마왕은 개인의 자격으로 강호에 나타났으며 그 목적이 지극히 개인적인 일을 처리하기 위함이라는 진첩결의 발표가 앞섰다. 죽은 자들은 모두 불나방처럼 마왕에게 달려든 자들이지, 마왕이 죽이기 위해 찾아 나선 게 아니었던 것이다. 게다가 현재의 전력으로는 제마성에 맞서 승리를 장담할 수 없었으니, 우진 개인의 입장에서나 무림맹의 입장에서나 살육의 책임을 물을 수 있는 힘도 명분도 없었다. 물론 사람들은 그러한 우진의 처지를 이해할 이유도 의무도 없었다. 단지 마왕에게 정파의 수많은 고수가 목숨을 잃었으면서도 상응하는 대가를 치르게 하지 못했음을 비난할 뿐이었다.

두 번째 변수, 모용천이 우진에게 입힌 상처는 그보다 더 컸다. 마왕은 모두가 인정하는 공적이니 그에게 입은 피해가 차라리 낫다고 해야 할까. 그에 반해 모용천은 다른 누구도 아닌 우진 자신의 사람이었다(고 사람들은 생각했다). 몰락한 세가 출신의 애송이를 마왕의 아들을 상대로 보여준 무위만을 근거로 하여 무림맹에 끌어들이고 주요한 임무를 맡겼으니 그러한 세간의 시선도 무리가 아니었다. 그리고 버거운 것이라고 생각되어졌던 임무 수왕과 빙왕의 정파 무림맹 지지를 이끌어내는 데 성공했을 때 그 찬사는 당사자인 모용천보다 그 능력을 꿰뚫어 본 우진의 혜안에 더욱 집중되었다. 여기까지는 우진과 모용천 두 사람에게 모두 그 이상을 상상할 수 없는 최선의 결과였다.

그러나 모두가 알고 있듯이 두 사람을 향한 찬사와 칭송은 딱 거기까지였다. 높이 날수록 추락하는 속도가 빠른 법이다. 몰락한 세가가 낳은 천재를 넘어 십왕의 다음 시대를 이끌 것이라는 섣부른 예상까지 낳을 정도로 치솟았던 모용천에 대한 평가는 누구도 아닌 모용천 자신의 선택에 의해 바닥으로 곤두박질쳤다.

남궁세가의 여식을 납치한 색마에서 종리세가를 멸문시킨 살인귀로, 그리고 다시 사왕을 베고 백사궁을 마왕에 바친 수

치스런 배신자로. 근 백 년 새 누구도 모용천과 같이 그 세간의 평가가 극적으로 바뀐 이가 없었으리라. 그리고 모용천에 대한 세간의 시선은 고스란히 우진에게도 함께 향하였다. 모용천의 인성을 바로 보지 못하고 무림맹으로 끌어들인 점과 끌어들이고 난 후 그를 바른 길로 인도하지 못했다는 점 등, 우진에 대한 불만과 불신은 곪을 대로 곪아 부풀어 오른 종기와 같았다.

개방의 탈퇴 선언이 이루어진 것은 바로 그러한 시점이었다. 종기가 기어코 터져 고름이 새어 나오고 만 꼴이다. 급조된 울타리 안에서 명분을 앞세우고 뒤로는 그저 보신과 이익을 위해 아우성치는 명문 방파들로 인해 무너지고 있는 무림맹의 실상이 최초로 드러난 셈이었다.

"크윽!"

불손한 언사를 응징하는 주먹이 옆구리에 꽂혔다. 쇠약해질 대로 쇠약해진 이소는 저도 모르게 신음을 흘렸다. 고개 숙인 이소의 정수리에 우진의 말이 비수처럼 꽂혔다.

"자네는 나를 믿을 수 없다고 하지만 개방의 장로들도 자네를 믿지 못하는 것 같더군. 방주가 행방불명이 되었는데 아무도 찾으려 들지 않는 걸 보면 말이지. 수장이라는 자리가 이렇게 가혹하고 외로운 자리일세."

"……"

"개방은 자네를 대신해 새로운 방주를 세우고 무림맹으로 돌아왔다네. 물론 끝까지 자네의 편에 서려던 자들도 있었지만, 타구봉을 내세우니 결국 순응하게 되더군. 방주의 신물이란 참으로 편한 것이야. 이것이 세월이 쌓아올린 명문의 힘인가 싶어 감탄을 금치 못하겠더군."

이소가 개방의 무림맹 탈퇴를 선언한 직후, 우진은 결국 넘지 말아야 할 선을 넘고 말았다. 이소를 강제로 납치, 구금하고 장로 중 한 사람을 내세워 개방을 제 손에 넣은 것이다. 개방의 탈퇴를 용인한다면 그 이후의 전개가 불을 보듯 뻔하니 우진으로선 어쩌면 당연한 대처였다.

"고작해야 날 조롱하려고 살려두는 거라면 그만하시오. 맨몸으로 나서 넝마 하나 걸치고 살아온 몸이니 미련도 없소이다."

고개 숙인 채 이소가 말했다. 미련이 없다는 말은 온전히 진심이라고 할 수 없었지만 아주 거짓도 아니었다. 그리 무책임한 자였다면 애초에 방주의 직위에 앉지도 않았을 것이다. 본래 거지로 태어난 자들은 놀고먹는 것을 으뜸으로 치니, 개방에 속하더라도 장로 등의 직을 받아 일하는 것을 꺼리는 족속이다. 이소가 방주 직을 수락하였음은 선대 방주인 항와개의 선택 이전에 본인의 의사가 앞설 수밖에 없다.

그러나 이제는 모든 게 힘들고 지친다. 수십 일에 걸친 감금과 고문은 이소의 의지를 꺾어놓기에 충분했다.

"설마. 고작 조롱하기 위해 살려둘 리가 없지."

"그게… 무슨 뜻이오?"

"개방의 일은 이제 정리가 다 되었으니, 자네가 필요한 다른 일을 해보려 한다네."

"……!"

어째서일까? 뜬구름 잡는 우진의 말이 이소의 귀에는 너무나 명확하게 들려왔다. 이소는 고개를 들었지만 우진의 모습은 여전히 어둠 속에 묻혀 보이지 않았다.

"모용천."

건조하기 짝이 없는, 그래서 도리어 혀 아래 꾹꾹 눌러 담은 분노가 선명한 이름이 들리자 이소는 눈을 감았다. 어쩌면 개방의 일보다 더 우진이 언급하지 말기를 바라던 게 모용천이었다.

"천둥벌거숭이처럼 날뛰는 놈이지만 사람들이 말하듯 아주 망나니가 아니라는 건 나도 잘 알고 있지. 그래서 자네가 필요한 걸세."

"설마……."

"유 총관이라 했던가? 아비가 죽은 이상, 놈에게 남은 건 그 하나뿐이겠지. 유 총관이라는 늙은이가 지금 어디에 있는지 자네는 알고 있겠지?"

"권왕이라는 이름이 부끄럽지도 않소!"

온몸을 부들부들 떨며 이소가 소리쳤다. 그러나 우진의 목소리는 냉랭하기만 했다.

"당연히 부끄럽지. 나를 능멸한 것들이 두 발로 걸어 다니도록 놔두었으니 어찌 부끄럽지 않겠나?"

"내가 순순히 불 것 같소?"

"맞는 말일세. 아무래도 이런 방면에 관해서는 무지한 게 사실이니까. 한다는 게 고작 이 정도가 아니겠는가?"

어둠 속에서 커다란 손이 쑥 튀어나와 이소의 어깨를 잡았다. 두둑! 하는 소리가 나고 이소의 비명이 뒤를 이었다.

"끄아악!"

이제껏 수하에게 맡겨두었던 우진이 직접 손을 쓴 것이다. 우진은 부서진 이소의 어깨를 거머쥔 채로 말했다.

"착각하지 말게. 그 늙은이의 거처를 알기 위해서만 자네를 살려둔 건 아니니까."

"끄윽… 그럼… 대체 왜?"

"개방 방주로서 자네의 효용 가치는 이제 없지만 모용천에 관해서라면 아직 남아 있지 않은가. 유 총관을 돌보고 지금의 거처도 마련해 주었으니 은원이 분명하다면 자네를 내버려 둘 리 없겠지. 아니 그런가?"

"끄으… 어찌, 어찌 그런! 끄아악!"

놀란 이소가 다시 비명을 질렀다. 정파 무림의 구심점으로 불리던 권왕이 어찌 이리 타락했단 말인가! 놀라움과 실망을 토로하기도 전에 우진의 손이 부서진 어깨를 잡고 흔든 것이다.

비명을 지르는 이소에게 우진이 말했다.

"감히 나를 비난하려 들지 마라. 일을 이 지경으로 만든 건 바로 네놈들이니까."

"끄윽……."

희미한 빛 속에서 고통에 몸부림치는 이소를 보며 우진은 입술을 깨물었다. 자신이 한 말 그대로다. 어둠 속에서 이소를 괴롭히는 일이 달가울 리 없다. 하지만 이처럼 어둠에 자신을 묻지 않으면 이제껏 쌓아올린 모든 게 무너질 터. 그에게 다른 선택지는 주어지지 않았다.

"맹주님."

문을 열고 누군가 들어왔다. 역시 어둠에 묻혀 음성만으로 겨우 사내이리라 짐작할 수 있는 자였다. 사내는 어둠을 헤치고 우진에게 다가가 낮은 목소리로 무언가를 보고했다. 사내의 보고가 끝나자 우진이 이소에게 말했다.

"다행이군. 자네를 미끼로 쓰지 않아도 되겠어."

"……."

대답은 돌아오지 않았다. 고통을 견디지 못하고 이미 실신한 것이다. 우진은 이소의 어깨를 놓고 어둠 속에 있는 자들에게 명했다.

"반드시 산 채로 확보하라. 숨만 붙어 있으면 된다."

* * *

무한과 같은 대도시와 달리 산길은 봄이 더디 가고 있었다. 이제 막 새 살을 돋아낸 흙은 싱그러운 내음을 대기 가득 흩뿌리고 겨우내 굶주렸던 산의 주인들을 부르고 있었다. 인적 드문 세상은 언제나 봄이었다.

 짐승이 네발로 만든 산길이다. 사람의 두 발로도 힘들 터, 나귀가 끄는 수레바퀴에게는 백척간두 벼랑길보다 힘든 험로(險路)다.

 그그그극!

 튀어나온 돌을 받고 넘어가는 도중, 기어이 바퀴살이 부러지고 말았다. 부러진 바퀴 쪽으로 비스듬히 경사가 지고 그 위에 누워 있다가 아래로 구르는 중년인을 두 손이 황급히 받아냈다. 모포에 싸인 중년인은 바닥으로 굴러 떨어질 뻔했는데도 눈을 깜빡일 뿐 손끝 하나 움직이지 않았다.

 "으음……."

 움직이지 않는 중년인, 백파검 유호림을 안아 든 모용천은 부서진 수레 앞에서 난감한 표정을 짓고 있었다. 아직 갈 길이 남았는데 유호림을 옮길 마땅한 운송 수단이 부서진 것이다. 구르지 않는 수레가 버거운지 나귀도 제자리에 서서 모용천을 바라보고 있었다.

 "잠깐 봐도 되겠습니까?"

 나귀와 나란히 걷던 청년이 모용천에게 다가왔다. 오른 눈 밑에 사마귀가 있는 청년은 유호림을 이리저리 살피고 말했다.

 "너무 걱정하지 마십시오. 잠깐 놀란 정도입니다. 제 말 들리십니까?"

 청년은 그리 말하고 검지와 중지를 세워 유호림의 눈앞에 흔들었다. 유호림은 대답 대신 눈을 깜빡였다.

본래 희었을 청년의 옷은 먼지투성이로 누렇게 변해 있었다. 옷만이 아니라 기름기 껴 꾀죄죄한 얼굴도 그러했으니 누가 지금의 그를 보고 무진총주의 유일한 제자인 기유붕이라 상상이나 할 수 있겠는가?

무진총주 석공은 죽은 사람도 살리는 의술로 강호에 명성이 높았으나, 사람이나 오물은 물론 먼지 한 톨마저 극도로 기피하는 기벽(奇癖)이 더 유명했다. 무진총 역시 석공이 오로지 자기 자신을 위해 만든 거처였으니, 그 이름만으로도 주인의 성향을 능히 짐작할 수 있었다. 자연 그의 유일한 제자로 함께 거하며 허드렛일을 도맡아하는 기유붕 역시 성정이 닮아 있으리라 짐작하는 이들이 많았다. 모용천 역시 그중 하나였는데, 어쩔 수 없는 것이 무진총에 있던 기유붕은 항상 얼룩 하나 없는 흰옷을 입고 다니며 탁자에 내린 먼지 한 톨도 용납하지 않는 자였다. 환자를 돌보고 처방을 하고 스승의 지시를 이행하는 와중에서도 그 넓은 무진총을 돌아다니며 하루도 빠짐없이 털고 쓸고 닦는 모습이 제 스승보다 더하면 더했지 모자라지 않았던 것이다.

그런데 지금 기유붕은, 무진총 안에서 봤던 그 사람과 동일인물이 맞는지 의심스러울 정도로 위생에 있어 소탈한 모습을 보여주고 있었다. 사실 에둘러 말해 소탈한 것이지 바로 말하면 그냥 더럽다고 해야 하겠지만 말이다.

무진총을 나와 길을 나선 지 보름째. 모용천은 기유붕이 물한 방울 손에 묻히는 모습을 보지 못했다. 안 씻는 것으로 따지자면 개방의 거지들이 강호에 으뜸이라 하겠는데, 그 거지들 중 으뜸이라는 방주—당시는 방주 대행이었으나—이소와 많은 날을 함께한 모용천도 놀랄 정도였다. 또 강호를 주유하다 보면 옷이야 몇날 며칠 빨지 못하고 입는 게 다반사인데, 기유붕의 경우는 오히려 옷이 더러워도 갈아입지 못하는 게 즐거워 보이는 것이다. 저런 사람이 어떻게 무진총주 밑에서 버텨 냈을까? 모용천은 때때로 기유붕이 감탄스러웠다.

기유붕은 하늘을 올려다봤다. 해는 마침 중천을 넘어 서녘으로 다소 기울고 있었다. 기유붕은 조심스럽게 모용천의 눈치를 살피며 말했다.

"이렇게 된 김에… 잠시 멈춰서 처방을 했으면 합니다만. 괜찮으시겠습니까?"

기유붕은 모용천보다 사오 년 연상이다. 그러나 모용천을 대하는 모습이 몹시 공손하여 마치 상전 앞에 선 하인 같았다. 새삼스러울 것도 없다. 무진총을 나선 이후 기유붕이 모용천을 대하는 태도는 쭉 이랬으니까. 그러나 새삼스럽지 않다는 게 익숙해졌다는 말은 아니다. 여전히 모용천은 그런 기유붕의 태도가 불편했다.

"기 형, 제발 그만 좀 하시지요. 기 형이 그러시면 제가 더 불편하단 말입니다."

이 말도 벌써 몇 번을 반복했는지 모른다. 그러나 기유붕이 머리를 긁으며 내놓은 대답은 한결같았다.

"저도 노력은 하는데… 죄송합니다."

기유붕이라고 좋아서 모용천에게 이리 대하는 게 아니다. 하지만 모용천의 눈빛만 봐도 간이 콩알만 해지고 오금이 저리는데 어쩌겠는가?

'무서운 놈!'

기유붕은 모용천의 시선을 피하며 속으로 부르짖었다. 모용천이 지금은 저렇게 말을 하지만 한번 꼭지가 돌면 무슨 짓을 할지 모르는 자다. 기유붕은 자기도 모르게 손으로 목을 만졌다. 아직도 그날, 모용천에게 목이 졸렸던 날이 생생한 것이다.

하지만 단지 목이 졸렸던 경험만이라면 이렇게 벌벌 기지 않았을 것이다. 진정한 공포는 그다음에 이어졌으니 말이다.

몇 장 깊이의 지하. 그 어둠을 밝히는 유일한 빛이 두 구의 주검 위에 일렁이고 있다.

일남 일녀.

사내의 시체는 강호에 요검으로 악명 높은 검객 은삼교였다. 스스로 칭하고 다니는 별호 요검 앞에 사람들은 '광정' 두 글자를 붙여 광정요검이라 부르곤 했다. 은삼교의 종잡을 수 없는 성정이 미친 자와 같다 하여 붙은 이름이다. 그리 미친 자와 같은 성정으로도 은삼교가 강호를 횡행할 수 있었던 까닭은 그 검극이 주인의 성정보다 더욱 종잡을 수 없었기 때문이다. 당금 강호에 검수라면 누구나 검왕 남궁익을 먼저 떠올릴 것이나, 요검 은삼교의 이름 또한 열 손가락을 벗어나지 않았다. 그 역시 일가를 이룬 절정 검객이었다.

반면 여인의 시체는 강호에 알아보는 이가 극히 드물 것이다. 방난화라는 이름의 여인은 저 멀리 초원의 품에서 나고 강호에 이름이 알려지기 이전에 마왕의 수하로 들어간 이다. 끝없이 펼쳐진 초원, 바람이 그리는 대지의 물결을 눈에 담고 자란 방난화는 염마제신류이라는 수법을 십성 연마한 고수였다. 비록 그 무위를 중원 강호에 뽐낼 기회가 없었으나 이미 절정고수의 경지에 올라 있음은 은삼교도 인정하는 바였다.

각자가 웬만한 군소 방파를 궤멸시키는 데 하루도 필요치 않은 자들이다. 그런 자들이 시체가 되어 나란히 누운 광경은 누구라도 선뜻 받아들이기 힘들 것이다. 누구나 제 눈을 의심부터 하고 볼 일이다.

그러나 지금 두 발로 서 있는 자들은 제마성의 외좌각주와 비흑면주 두 절정고수가 어떻게 주검으로 화하였는지 똑똑히 목격한 터. 그조차 믿기 힘든 게 사실이었으나 일렁이는 횃불이 밝히는 서로가, 경악과 불신으로 채색된 얼굴들이 도리어 조금 전의 일이 명백한 현실이었음을 증언하는 것이었다.

"……."

"……."

누구도 먼저 말을 꺼내지 못하고 침묵에 무게를 더하고 있었다. 멈춰 선 공기를 다시 흐르게 만든 것은 두 주검 사이 서 있는 청년, 모용천이었다.

"요검과… 이 여인은 누구요, 황 형?"

모용천의 물음이 향한 곳에 뒤늦게 쫓아온 황지엽이 있었다. 황지엽은 이 가운데 모용천의 무공 수위를 가장 잘 알고 있는 입장이었지만 그조차 방금 전 목도한 광경에 놀란 상태였다. 물론 지금 모용천이 과거 자신과 대전했던 때와 비교도 할 수 없이 강해진 것은 알고 있었다. 사왕 좌오린을 홀로 쓰러뜨린 자다. 이제 모용천은 십왕과 같은 선에 놓여 있으니, 깊은 원한을 품고 있는 섭영귀나 황무기들이 닿을 수 없는 곳으로 날아가 버린 것이다.

그러나 생사의 기로를 헤매다 생환한 지 겨우 며칠이다. 몸을 추스르기도 전에 은삼교와 방난화라는 이대고수를 맞아 맨손으로 상대하기가 버겁지 않을 리 없다.

그런데 모용천은 황지엽을 비웃기라도 하듯 무리없이 두 사람을 제압했다. 군더더기없이 정갈한 수법으로, 오한이 일 만큼 냉정한 마음으로. 그런 모용천이 황지엽은 방금 전 기유붕의 목을 죄고 길길이 날뛰던 때보다 몇 배나 더 두려웠다.

"그녀는 비사면주 중 한 사람으로, 비흑면주의 직위를 맡고 있는 자요."

황지엽의 대답을 들은 모용천은 잠시 생각에 잠겼다. 누구도 손가락 하나 움직일 엄두를 내지 못하고 그저 모용천이 이 정적을 어서 깨주기만 바랄 뿐이었다. 억겁 같은 시간이 흐르고 나서야 비로소 모용천이 입을 열었다.

"둘 다 나와는 개인적인 원한이 없는 자들이군. 한 사람은 좀 미묘하긴 하지만……."

그리 말하며 모용천은 은삼교에게 시선을 던졌다. 죽음은 누구에게나 공평하다고 나에게 말하던 자. 무언가 알 수 없는 감정을 광기로 덮어 감추었던 자다.

"어쨌든, 외오각주 중 한 사람과 비사면주 중 한 사람이 나를 보자마자 손을 썼다는 걸 어떻게 해석하면 좋겠소?"

"……."

모용천이 무슨 말을 하려는지 황지엽은 알 수 없었다. 다만 이제껏 보지 못한 모용천의 차가운 얼굴과 어조가 두렵기만 했다. 그의 입에서 무슨 말이 나올지조차 두려워 견딜 수가 없었다.

"이 두 사람이 나를 해하려고 든 것을 제마성의 뜻이라고 봐도 되겠소, 황 형?"

"그… 그럴 리 없소!"

비웃듯 묻는 모용천에게 황지엽이 소리를 질렀다. 모용천이 하려는 말이 무엇인지 황지엽은 이미 알고 있었다. 다만 애써 부정하고 싶었을 뿐이다. 그런 황지엽에게 모용천은 여전히 차가운 목소리로 되물었다.

"제마성의 뜻이 아니면? 제마성 성주가 아니라 마왕 개인의 자격으로 벌인 일인가? 내가 병석에서 일어나 제마성으로 돌아가기 전에 이 두 사람을 보내 제거하려 든 것이?"

"……."

대답은 돌아오지 않았다. 모용천은 고개를 돌렸다.

"하긴 황 형은 이곳에 쭉 나와 같이 있었으니 알 리 없겠군. 아는 사람에게 물어보는 게 빠르겠지."

쉭—

유일하게 어둠을 밝히던 횃불이 심하게 일렁였다. 지하에 불 리 없는 바람이 불고, 모용천의 신형이 사라졌다가 나타났다. 무진총주 석공의 앞에서.

"무, 무슨……!"

절정의 경지는 아닐지언정 석공 역시 무학의 고수다. 비록 몸은 노회하였으나 수십 년 쌓아온 공력은 누구도 경시하지 못할 것이다. 그러나 석공이 모용천의 움직임을 포착한 것은 그가 이미 자신의 목 끝에 검을 들이민 후였다. 폭이 좁아 중원의 그것과 다소 이질적인 모양의 검은 죽은 은삼교의 것이다. 제 주인과 함께 바닥에 떨어져 있었던 검인데, 그를 주워 석공의 목에 갖다 댄 과정조차 본 사람이 없을 정도로 모용천의 움직임이 신속했다.

"저자들이 왜 이곳에 왔는지 알고 있을 거요. 말해보시오."

"……!"

석공은 무슨 말을 어떻게 해야 할지 재빨리 머릿속으로 셈을 헤아렸다. 그러나 모용천과 눈이 마주친 순간 머릿속이 하얗게 물들어 움직이질 않는 것이었다. 이런 눈빛을 가진 자 앞에서 어떻게 처신해야 하는지 석공은 잘 알고 있었다. 이토록 차가운 눈을 가진 자 앞에서는 오직 진실을 말하는 것 외에 달리 보신할 방법이 없다. 과거 마왕에게서 무진총을 지켰을 때 그랬던 것처럼.

"자네 말이… 맞네. 두 사람 모두 자네를 제거하라는 명을 받았다고 했네."

꿀꺽. 짧은 말을 힘겹게 마친 석공은 자기도 모르게 마른침을 삼켰다. 수족처럼 부리는 제자 앞임에도 불구하고 체면도 권위도 모두 버린 모습이었다.

모용천은 고개를 끄덕이고 시선을 돌렸다. 황지엽의 얼굴에 낭패한 기색이 역력했다.

"모용 형, 이건……!"

아버지가 그런 명을 내릴 리 없다. 황지엽은 강하게 부정하면서도 마음속 한구석에 돋아난 의심을 잘라낼 수 없었다. 모용천이라는 이질적인 존재가 흩뿌리는 위화감은 주변인들을 한없이 나락으로 떨어뜨린다. 자신이 이제껏 쌓아올린 것들에 대한 믿음, 상식이라는 이름으로 통용되어 온 지식이 모용천 앞에서는 아무런 힘을 발휘하지 못하고 마는 것이다.

모용천은 하루가 다르게 끊임없이 강해지고 있다. 영약을 복용한 것도 아니고 무공 비급을 익힌 것도 아니다. 모용천이 익힌 무공은 몰락한 세가의 것으로, 그나마 전대의 심득도 흐려져 겨우 이류를 면한 것에 불과하다. 그가 익힌 검, 권, 장, 퇴 어느 것 하나 그 자체로 빼어난 것이 없었다. 오로지 모용천이 펼쳐 내기 때문에 빼어나 보일 뿐이다.

황종류가 비록 마왕이라는 이름으로 공포의 대상이기는 하나 그가 무공을 익혀 고수가 된 과정 자체는 극히 일반적인 것이다. 빼어난 재능을 가진 자가 마천상야공이라는 지고의 무학을 얻어 각고의 노력 끝에 대성하였다, 라는 흔한 이야기.

'아니, 그럴 리 없어······!'

황지엽은 고개를 세차게 흔들었다. 설령 아버지가 모용천을 이질적으로 느낀다 한들 두려워하지는 않을 것이다. 게다가 사왕 좌오린을 쓰러뜨린다면 서해영의 거취를 두고 일대일의 승부를 받아주겠다던, 당신 입으로 하신 약속을 깰 리 없다. 그것은 마왕 개인이 아닌 제마성 주인으로서 아버지의 권위를 스스로 짓밟는 꼴이 될 테니까.

비로소 머리가 돌아가기 시작한다. 황지엽은 누가 이 두 사람을 보냈는지 알 것 같았다.

"모용 형, 이건 모두 부성주가 획책한 일일 것이오. 아버님의 뜻과는 무관하오!"

"부성주?"

"그래, 부성주! 천리안 진첩결!"

고개를 갸우뚱거리는 모용천에게 황지엽이 외쳤다. 모용천이 말했다.

"그자가 나를 왜 해하려 든단 말이오?"

"모용 형의 존재가 제마성에 해가 된다고 판단했을 것이오. 그자에게는 아버님의 명예보다는 제마성의 안위가 우선이니까. 그러니 제발!"

"제발?"

황지엽의 마지막 말이 무슨 뜻인지 알 수 없다. 모용천은 황지엽의 마지막 말을 되풀이하며 풀이를 강요했다. 황지엽은 머뭇거리며 주변을 둘러봤다. 석공, 기유붕, 유호림. 모용천 외 살아 있는 세 사람이 자신의 말을 들을 것이다.

"…제발 제마성으로 돌아가 주시오."

황지엽은 눈을 감고 마음속에 있는 말을 내뱉었다.

백파검 유호림에 관한 진실을 알았을 때에는 도저히 할 수 없는 말이었다. 아니, 하고 싶어도 그럴 기회가 없었다. 모용천의 눈이 뒤집혀서가 아니라 스스로 그리 말할 염치가 없었던 탓이다. 죽어야 할 자의 명줄을 붙들고 산 자를 부리는 자의 아들이 되어 무슨 말을 할 수 있을까? 그래서 황지엽은 지금 진첩결에 대해 감사하는 마음마저 들 정도였다.

"제마성으로 돌아가 달라고? 무엇 때문에?"

모용천이 물었다. 기왕 올라탄 말이다. 황지엽은 거침없이 대답했다.

"그녀를 위해서."

"……"

거칠 것 없이 차갑게 내지르기만 하던 모용천이 갑자기 말을 멈췄다. 황지엽이 말하는 그녀를 떠올린 탓이다. 그녀, 서해영.

망설임 끝에 모용천이 겨우 입을 열었다.

"서 아우에 대해서라면 아까 황 형에게 부탁한 걸로 끝난 것 아니오?"

"내게 뭘 기대하고 부탁한 거요? 내가 그녀를 위해 뭘 할 수 있는 줄 알고?"
 "……."
 "그녀는 모용 형을 기다리고 있소. 자신을 위해 아버님과 싸우러 와줄 거라고. 마음속 깊이 모용 형을 기다리고 있단 말이오!"
 황지엽의 말에 감정이 실려 점점 격해지더니 급기야 끝맺음은 비난에 가까울 정도였다. 모용천은 그런 황지엽을 가만히 바라보다 대답했다.
 "서 아우에게는 미안하지만 지금은 유 선배를 모시는 걸 우선으로 생각할 수밖에 없구려."
 황지엽은 모용천의 꽉 쥔 주먹이 부들거리는 걸 보았다. 모용천도 쉽게 내뱉은 말은 아니리라. 그렇기 때문에 그 마음을 되돌릴 수 없다는 걸 알아서 더 서글픈 일이다.
 "정녕… 그래야겠소?"
 "전해주시오, 내가 멋대로 한 약속을 바로 지키지 못해 미안하다고. 하지만 서 아우를 구하겠다는 약속은 반드시 지킬 거라고 말이오."
 "모용 형 혼자 제마성으로 돌아오겠다는 거요?"
 황지엽이 놀라 물었다. 진첩결은 마왕 다음가는 제마성의 이인자다. 그가 은삼교와 방난화를 동원해 모용천을 처단하려 했다는 것은 마왕의 뜻을 거스르겠다는 각오가 섰기 때문에 가능한 일이다. 진첩결은 마왕 개인의 명예가 더럽혀지는 것을 무릅쓰고 제마성이라는 단체의 존립을 위해 모용천을 제거하려 한 것이다. 이미 진첩결에게 황종류는 마왕이 아니라 제마성의 성주였고, 그의 모든 사고는 주군이라고 부르는 마왕 한 사람이 아니라 황종류가 대표하는 '제마성' 그 자체를 중심으로 돌아가고 있었다.

그런 각오를 세운 이상 진첩결은 무슨 수를 써서든 모용천을 제거하려 들 것이다. 제아무리 모용천이라도 제마성 안에서 진첩결의 손을 피할 수 없을 것이다. 진첩결의 살수로부터 모용천이 안전할 수 있는 방법이 하나 있다면, 그것은 지금 무진총을 떠나는 순간부터 제마성으로 들어가 마왕과 일전을 치르는 순간까지 황지엽이 그의 곁을 떠나지 않는 것 하나뿐이다.

황지엽은 고개를 저으며 말했다.

"모용 형이 잘 몰라서 하는 말인데, 지금 나와 함께 가지 않으면 다시는 제마성으로 돌아갈 수 없을 거요. 부성주는 치밀한 사람이오. 모용 형이 아버님과 마주할 기회도 주지 않을 거란 말이오."

"돌아갈 수 없다고?"

쉬익—

흔들리는 횃불이 모용천의 얼굴에 그늘을 드리웠다가 다시 밝은 곳으로 데려왔다. 황지엽은 그 짧은 순간 모용천의 얼굴에서 웃음을 봤다. 어둠은 얼굴을 가려도 공기를 통해 전해지는 감정까지 가릴 수는 없는 법이다. 모용천의 얼굴에 떠올랐던 것은 경멸 섞인 비웃음이었다.

"그래, 돌아가야지. 하지만 마왕과 마주할 기회 따윈 필요없소."

"그게 무슨……?"

"서 아우를 위한 비무 따위를 위해 돌아가지 않을 것이오. 가서 성주든 부성주든 누구에게라도 전하시오, 죽음을 빌미로 산 자를 농락했던 대가를 내가 받아내러 가겠다고."

차갑게 가라앉아 있었던 모용천의 얼굴에 드디어 노골적인 감정이 떠올랐다. 어둠이 감춰주었던 경멸과 그에 더해진 분노.

"그 말… 제마성에 싸움을 걸겠다는 말로 들리는데, 진심이오?"

메마른 목으로 황지엽이 물었다. 모용천이 대답했다.

"아니, 싸움을 걸겠다는 말이 아니오."

"그럼……?"

"부숴 버리겠다는 경고요."

서슬 퍼런 모용천의 눈빛에 황지엽은 반박의 말을 잃었다. 말도 안 된다. 모용천이 아무리 강하다 해도 제마성에 맞서 홀로 싸우겠다고? 아니, 부숴 버리겠다고?

"…무림맹으로 돌아가겠다는 뜻이오?"

아닌 줄 알면서 굳이 물은 것은 그만큼 간절했기 때문이다. 부숴 버리겠다는 모용천의 목소리에 담긴 감정은 여전히 경멸과 분노뿐이었다. 차라리 이제 막 무리(武理)의 초입을 넘어선 자의 오만이든지 그도 아니라면 무림맹으로 돌아가 다시 적이 되든지. 부디 모용천의 말이 상식 안에서 이루어진 것이기를 황지엽은 간절히 바란 것이다.

그러나 간절한 까닭은 그것이 이루어지지 않는 바람이기 때문이다.

"무림맹?"

모용천은 고개를 저었다.

"아니, 아니. 내 힘으로 충분하오."

"제마성은 종리세가가 아니오!"

참지 못하고 황지엽이 크게 소리쳤다. 그 외침이 석벽을 타고 무진총의 개미굴 같은 복도에 메아리쳤다.

"그래… 종리세가. 그들도 죽음으로 산 자를 능멸하였지."

"……!"

그제야 황지엽은 모용천이 분노하는 지점을 알 수 있었다. 서해영을 저버리는 꼴이 되더라도 그가 제마성으로 돌아갈 수 없는 이유를. 움직일 수 없는 백파검에 대해 어째서 이토록이나 분노하는지. 모용천 역시 미처 몰랐던 이유를 바로 지금 황지엽이 일깨워 준 것이다.

오로지 절창을 마음대로 부리기 위한 재료로 그 생명을 능멸당한 백파검 유호림에게서 모용천은 아버지 모용담을 본 것이다.

"그래… 그랬었지."

황지엽은 아무 말도 못하고 모용천에게서 시선을 돌렸다. 모용천은 그런 황지엽에게 물었다.

"무진총은 제마성에 어떤 의미요?"

"어떤 의미냐 한들… 산하 기관 중 무게감으로는 단연 으뜸을 다투는 곳이오. 무진총주의 의술은 우리에게 절대적으로 필요한 전력이니까."

"좋아. 선전포고의 대상으로 나쁘지 않군."

"그게 무슨……?"

되묻는 황지엽을 무시하고 모용천은 기유붕을 바라봤다. 기유붕은 겁에 질린 얼굴로 백파검을 업고 있었다.

"기 형 자신 외에 유 선배의 명을 유지하는 데 필요한 게 무엇이오?"

기유붕은 떨리는 목소리로 몇 가지 약재를 말했다. 기유붕이 입을 닫자 모용천이 단호히 말했다.

"그것들을 챙겨서 밖으로 나가시오. 당분간 기 형도 나와 함께해야겠소."

"말도 안 되는 소리!"

석공이 기유붕의 맞은편에서 고함을 질렀다. 그 역시 모용천이 두려웠지만 더 이상 잠자코 있을 수 없었던 것이다. 모용천이 고개 돌려 노려보자 석공이 말했다.

"지금 백파검의 상세를 알고도 그런 말이 나오나? 저놈 의술이 제법이기는 하나 그를 살릴 수는 없다는 걸 알아야지!"

"살리는 게 아니오."

"뭐… 뭐?"

놀라 눈을 크게 뜬 석공에게 모용천이 차갑게 말했다.

"죽이기 위함이오."

"……!"

"강호제일의 의원이라는 사람이 고칠 수 없다면 고칠 수 없는 거겠지. 살고 죽는 것은 모두 하늘의 뜻인데, 그 가운데 사람이 개입하면 항상 더러운 꼴을 보게 되더군."

"그, 그런… 말도 안 되는 소리!"

"그럼 그렇게 알고 계시오."

쉬익―

다시 바람이 불었다. 통, 통, 공처럼 무언가 둥근 것이 바닥에 떨어졌다. 멀리 날아 떨어진 둥근 물체는 바닥을 굴러 황지엽의 발밑에서 멈췄다.

"모용 형……!"

어금니를 꽉 문 황지엽이 모용천을 불렀다. 발밑까지 굴러 온 것은 석공의 머리였다.

"모용 형! 이게 무슨 짓이오!"

"말하지 않았소?"

"무슨……!"

"이게 제마성에 대한 내 선전포고요."

공처럼 구르던 스승의 머리를 떠올리자 절로 몸서리가 쳐진다. 기유붕은 고개를 좌우로 흔들며 기억 속의 영상을 지웠다.

"후……."

기유붕은 한숨을 쉬었다. 그 후 모용천은 무진총 내에 있던 각종 서적과 약재를 모두 걷어내고, 그 외 집기라든지 기관 장치 등을 모조리 박살 냈다. 석공이 오랜 시간에 걸쳐 건설한 지하의 왕국이 하루 만에 흙으로 돌아간 것이다. 지긋지긋하지만 자신의 집이었고, 가혹했으나 일단은 스승이었다. 무진총을 파괴하던 모용천을 생각하면 아직까지도 몸이 떨려온다.

멀찍이 서서 그 모습을 보던 모용천은 부서진 수레를 보며 역시 한숨을 쉬었다. 수레가 부서질 만큼 험한 길이다. 손가락 하나 움직일 수 없는 유호림에게는 무척이나 가혹할 거라 생각하니 절로 한숨이 나왔다. 그러나 이 길 끝에 유 총관과 도야객 이서곤이 있다. 우선 두 사람을 만나게 하고, 제마성을 무너뜨려 절창을 빼내올 것이다. 자신의 것이든 타인의 것이든 세 사람 모두 죽음으로부터 자유롭게 해줄 것이다. 모용천은 새삼 다짐하고 또 다짐했다.

* * *

공기가 무겁다. 언제나 그렇지만 진첩결의 집무실로 호출당할 때마다 드는 껄끄러움이 허규는 못마땅했다. 그러나 거부할 수 없는 것은 엄연히 그가 부성주라는 직책으로 제 위에 앉아 있는 사람이기 때문이다.

진첩결의 집무실에 모인 이들은 모두 다섯 명으로, 모두 제마성의 중추에 위치한 자들이었다. 부성주 진첩결을 중심으로 허규와 항불, 혈랑도객까지 외오각주 중 세 사람과 비사면주 중 고호. 마왕 황종류를 제외한다면 제마성의 전력 중 반 이상이 이 방에 모여 있는 셈이었다.

각자의 앞에 놓인 차가 식을 때까지 아무도 입을 열지 못하고 있었다. 침묵이 길수록 공기는 더 무거워진다. 참지 못하고 허규가 입을 열었다.

"자, 이미 벌어진 일은 벌어진 일이고, 설마 일이 틀어졌다고 통보만 하러 우리를 부른 건 아닐 거 아닙니까? 천리안의 고견을 듣고 싶습니다만."

허규는 비아냥거리며 일부러 진첩결을 천리안이라는 별호로 불렀다. 부성주의 권위를 무시하겠다는 뜻으로 받아들인다면 진첩결이 어떻게 나올지 모를 일이다. 그러나 허규의 예상대로 진첩결은 묵묵히 허규의 비난을 감수할 뿐이었다.

"그런데… 정말이오, 놈이 벌써 자리에서 일어나 요검과 비흑면주를 죽였다는 게?"

허규가 한번 물꼬를 트자 이제껏 조용히 있던 고호가 뒤를 이었다.

비사면주들이 모두 그렇지만 특히 고호는 제마성 내에서도 그 내력을 아는 자가 없었다. 멀리 해동 사람이라고만 알려졌을 뿐, 그의 본신 무공이 어느 정도이고 어떤 연유로 마왕의 수하가 되었는지 드러난 정보가 거의 없었던 것이다. 더구나 고호는 제마성 내에서도 스스로 고립을 자처하며 말 한마디 나눌 상대조차 만들지 않았다. 그의 목소리조차 듣기가 어려우니 그에 대해 아는 사람이 있을 리 만무했다.

그런 고호의 입을 열게 할 만큼 사람들을 모아놓고 진첩결이 이야기한 내용은 충격적인 것이었다.

사왕의 독사에 물려 생사가 불분명했던 모용천이다. 부성주가 독단으로 그런 모용천을 제거하기 위해 요검과 비흑면주를 보냈다는 사실도 유난을 떤다고 지탄받을 일이다. 하물며 두 사람이 도리어 모용천에게 당했으니 쉬이 믿지 못하는 게 당연했다.

그러나 혈랑도객과 항불의 반응은 그와 사뭇 달랐다.

"그래… 그럴 수 있지. 놈이라면 충분히 그럴 수 있어."

"으음."

항불은 손안에서 염주를 굴리며 이를 갈았다. 혈랑도객은 동의하듯 고개를 끄덕였다. 모용천과 상대해 본 경험이 있는 두 사람이다. 모용천이라면 그 짧은 시간으로도 상처를 치료하고 본래의 힘을 되찾을 수 있을지 모른다. 믿을 수 없는 일도 주체가 모용천이라면 이야기가 다른 것이다.

그러면서 항불과 혈랑도객은 동시에 허규를 바라봤다. 동의를 구하는 눈이다. 허규는 고개를 끄덕이며 말했다.

"가능한지 여부에 관한 일은 중요한 게 아니오. 이미 벌어진 일이고 엎지른 물이니까. 이 자리는 그걸 어떻게 수습해야 하는지 대책을 논의하고자 모인 자리 아니오?"

슬그머니 허규의 시선이 다시 진첩결에게로 이동한다.

"그게 아니라면 주군께 보고하고 처분을 기다리고 있어야 할 테니까. 안 그렇습니까?"

진첩결이 사나운 눈으로 허규를 보며 반박했다.

"보고도 처분도 당연히 해야 할 일이오. 하나 주군께서 폐관에 드셨으니 일단 처리부터 해야 할 게 아니오."

'흥! 말은 잘하는군. 그럼 이 자리에 왜 우리만 불러?'

허규는 속으로 진첩결을 비웃었다.

황종류가 제마성의 일을 진첩결에게 일임하고 잠시간의 폐관수련에 들어간 것은 사실이다. 그러나 진첩결이 부성주의 소임으로 이 일을 처리하고자 한다면 그의 집무실이 아닌 공적인 공간에서 지금 모인 자들 외에 섭영귀나 황상, 황무기 등 다른 인사들을 모아놓고 해야 할 일이다.

그러나 언제까지고 불평만 늘어놓을 수는 없는 법. 허규 역시 황지엽을 제마성의 차기 성주로 추대하고자 하는 입장이었다. 그러니 파벌의 중심인 진첩결의 실패가 입맛 좋을 리 없다. 개인적인 감정이라면 참 고소하다고 한껏 비웃어줄 테지만 말이다.

"어쨌든, 그럼 이제 어떻게 하는 게 좋을지나 논의해 봅시다. 물론 천리안께서 명성에 걸맞은 해결책을 제시해 줄 거라 믿습니다."

속에서 열불이 나는 것 같았지만 잠자코 듣고 있을 수밖에 없다. 진첩결은 숨을 들이쉬어 마음을 진정시키고 말했다.

"좌각주와 적면주, 무진총주가 놈의 손에 목숨을 잃었소. 그리고 장차 제마성의 강호 일통을 지원해야 할 무진총마저 무너지고 말았으니 모용천 그자와 제마성은 앞으로 한 하늘을

이고 살 수 없는 입장이 되었소. 어떻게든 놈을 제거해야 하오."

 그렇게 말하고 진첩결은 좌우를 둘러봤다. 그러나 허규는 물론 항불과 혈랑도객, 심지어 고호마저 딴청을 피우며 시선을 마주치지 않으려 하는 게 아닌가?

 쾅!

 진첩결은 손바닥으로 탁자를 세게 치며 일갈했다.

 "도대체가! 놈이 그렇게 두렵소들? 두려울 게 없다며 천하를 종횡하던 이들 아니었소? 저 애송이 놈이 요행으로 사왕을 잡았던 게 그렇게 무섭단 말이오?"

 "……."

 "……."

 도발적인 언사에도 불구하고 답은 돌아오지 않았다. 결국 보다 못한 허규가 다 식은 차를 들이켜고 나섰다.

 "천리안께서도 당시 백사궁에 같이 있었으면서 무슨 그런 말씀을 하십니까? 설마 진심으로 그걸 요행이라 생각하시는 건 아니겠지요?"

 사왕 좌오린과의 대결에서 모용천이 승리를 거둘 거라고 예상한 이는 아무도 없었다. 하지만 그렇다고 해서 모용천의 검이 사왕의 정수리를 쪼갠 것을 요행이라고 폄하할 수 있는 사람은 없었다. 아니, 그전에 어느 누가 요행으로 사왕을 이길 수 있다고 생각하겠는가?

 허규는 자리에서 일어나 앉아 있는 항불과 혈랑도객의 뒤에 가서 섰다. 허규는 두 사람의 의자 등받이에 손을 얹고 말했다.

"우리 셋은 놈과 몇 차례 싸워본 전력이 있지요. 누구보다 놈의 무서움은 잘 알고 있습니다. 천리안께서 어떤 복안을 가지고 계신지는 모르겠지만, 장담컨대 한둘을 움직여서 은밀히 처리하는 건 불가능하다고 생각해야 할 겁니다. 수십 전력을 움직인다면 모를까… 아니면 부성주께서 직접 나서시는 건 어떻습니까? 적어도 저희보다야 나을 텐데 말입니다."

"……"

진첩결이 미간을 찌푸려 노기를 표했다. 그러나 허규의 말은 틀림이 없다. 요검과 방난화 두 사람의 힘으로도 제거는커녕 역으로 당했으니 산술적으로 계산해도 각주나 면주 급의 절정고수가 최소 세 사람이 필요하다. 현재 진첩결이 운용할 수 있는 이들 중 그 조건에 부합하는 고수는 그 자신을 포함해 여기 있는 네 사람이 전부가 아닌가? 더구나 이들은 장차 일으킬 정사대전에서 정파의 고수들과 싸워야 할 가장 핵심 전력이다. 요검과 방난화를 잃은 뼈아픈 실책을 되풀이해서는 안 될 일이다.

"두 가지."

진첩결이 입을 열어 네 사람의 시선을 한데 모았다.

"두 가지 방법이 있소."

"말씀해 보시죠."

자리로 돌아와 앉은 허규가 물었다. 항불과 혈랑도객, 고호도 고개를 끄덕이며 진첩결의 말을 기다렸다.
"하나는 별다른 방법이라고 할 수도 없소. 본 성이 보유한 고수 중 놈을 제거할 수 있는 자를 보내는 것이지."
"주군을 제외하고 그게 가능한 자가 있단 말입니까?"
방법이라는 게 겨우 그것인가? 허규가 비아냥거리며 물었다. 진첩결은 차분히 고개를 끄덕였다.
"절창."
"아아!"
진첩결의 입에서 절창이라는 이름이 나오자 누가 먼저랄 것도 없이 작은 탄성을 질렀다. 절창 기소위는 십왕에 가장 가까운 자. 그러면 단 한 사람을 움직여서 모용천을 제거하는 것이 가능하다.
"불가합니다."
일견 수긍하는 가운데 허규가 반대하고 나섰다.
"이유는?"
진첩결이 이유를 묻자 허규 역시 손가락 두 개를 폈다.
"첫째, 그는 우리처럼 제마성에 소속된 몸이 아니라 객장의 신분입니다. 주군이 직접 내리는 명이 아니면 움직일 리 없지요. 그리고 둘째, 절창과 놈 사이의 친분이 보통 두터운 게 아닙니다. 보셨잖습니까? 백사궁에서 절창이 제 진기를 나누어 주면서까지 그를 살리려 했던걸. 그런 절창이 놈을 제거할 리 있겠습니까?"
진첩결이 절창을 떠올렸을 때, 이미 허규가 말한 두 가지 걸림돌도 염두에 둔 상태였다. 진첩결은 백파검을 이용하면 절창을 충분히 움직일 수 있다고 생각했지만, 굳이 이 자리에서 끄집어낼 필요는 없다. 백파검을 인질로 하여 절창을 조종하는 일은 표면에 드러내지 말아야 할 이야기였으니까.

"내 생각도 같소. 그래서 두 번째 방법을 떠올렸소."

"그게 뭡니까?"

고호가 먼저 나서서 물었다. 진첩결은 수염을 쓰다듬으며 가볍게 말했다.

"우리에게 여력이 없을 땐 외부의 힘을 빌리는 것도 병가지상사(兵家之常事)요. 아니, 남의 손을 빌려 우리의 피해를 최소화하고 목적을 달성할 수 있다면 그게 바로 상책이지."

"설마……?"

무언가를 떠올린 듯 허규가 나서서 물었다. 진첩결은 웃으며 허규의 짐작을 확인시켜 주었다.

"벽암당의 힘을 빌릴 것이오."

* * *

"그게 전부인가요?"

짧은 한마디가 천금의 무게로 황지엽의 가슴을 짓눌렀. 각오는 했으나 이토록 무거울 줄이야. 여인의 떨리는 목소리가 이토록 무서울 줄이야.

여인을 볼 낯이 없다. 비록 한 공간에 있기에는 이목이 두려운 사이라 문 하나를 가운데 두어 볼 수도 없지만. 그럼에도 불구하고 황지엽은 고개를 떨어뜨렸다.

문 저편에서 여인의 목소리가 다시금 들려왔다.

"왜 말이 없으시죠?"

"…예?"

"정말 지금 말씀하신 게 전부냐고 물었습니다. 그게 전부인가요?"

어느새 목소리의 떨림은 가라앉아 있었다. 황지엽은 대답하지 못하고 창호를 덧바른 문을 바라보기만 했다. 늦은 오후의 햇빛이 들어와 여인 서해영의 그림자를 창에 비추고 있었다.

"전부… 입니다."

드르륵―

힘없는 대답을 부정하듯 거친 소리를 내며 문이 열렸다. 방 안에서 들어오는 불그스름한 햇빛을 후광 삼아 서해영이 제 얼굴을 황지엽의 눈앞에 들이밀었다.

"정말 그게 전부인가요? 제 눈을 보고 똑바로 말해보세요."

너무 가깝다. 서해영의 흰 얼굴에서 풍겨오는 분내에 아득해 황지엽은 저도 모르게 한 발 뒤로 물러섰다. 그러나 서해영은 그를 용납지 않고 과감히 황지엽의 손목을 잡았다.

"이, 이러지 마십시오."

"제 눈을 보세요."

"……"

"모용 형이… 아무 이유 없이 도망칠 리 없어요. 당신은 내게 말하지 않은 게 있어요. 솔직히 말하세요."

뿌리쳐야 한다고 생각했지만 몸이 말을 듣지 않았다. 순간적으로 제 몸의 통제권을 상실한 황지엽은 당황하여 몸부림쳤다. 그러나 보이지 않는 밧줄에 묶인 듯 온몸이 딱딱하게 굳어 움직이지 않는 것이었다. 그제야 황지엽은 무언가 퍼뜩 깨닫고 서해영으로부터 시선을 돌리려 했다. 그러나 깨달은 순간 황지엽은 이미 서해영의 깊은 두 눈에 빠져 움직일 수 없는 상태였다. 그런 황지엽의 귓가에 서해영의 속삭임이 아주 달콤하게 들려왔다.

"마음속에 깊이 묻어둔 이야기가 있죠? 그것 때문에 괴로워하고 있군요. 번민이 쌓이고, 눈이 흐려지고, 망상은 하늘로 치닫고."

짓누르는 시선과 어루만지는 음성. 서해영은 지금 강호 환술의 원류라고만 전해져 오는 가문 환곡기문서가(幻谷奇門西家)의 술법을 황지엽에게 쓰고 있었다. 서해영이 환곡기문서가 가주의 여식이라 그 피가 정통 후계자의 것이라는 사실은 황지엽도 익히 알고 있었다. 그러나 환곡기문서가라는 가문의 실체를 본 자는 황종류뿐이었다. 서해영 역시 제마성으로 온 이후 출신을 짐작케 하는 일을 한 번도 한 일이 없었으니 대부분의 사람들은 그녀를 단순한 여염집 처녀 이상으로 여기기 힘들었던 것이다.

황지엽 역시 마찬가지였다. 차라리 서해영의 신비스럽기까지 한 미모가 그녀의 가문을 더 쉬이 짐작케 할 정도였으니까.

그렇지 않았다면 서해영의 환술에 이리도 어이없게 걸려들지 않았으리라.

우우웅—

황지엽은 흩어지는 심력을 애써 모으고 마천상야공을 일으켰다. 서해영에게 상처를 입히긴 싫지만 어쩔 수 없는 선택이었다.

"이러지 말아요."

"……!"

서해영의 손이 황지엽의 뺨을 어루만졌다. 동시에 황지엽의 눈에서 초점이 흐려지고, 발목으로부터 일렁여 올라오려던 마천상야공의 검은 기운이 팟! 소리를 내며 흩어졌다. 서해영의 환술이 황지엽을 이지(理智) 잃은 인형으로 만든 것이다.

"자, 말하고 싶었던 걸 말해봐요. 무진총에서 무슨 일이 있었던 거죠?"

서해영의 말이 끝나기가 무섭게 황지엽의 입술이 열렸다. 높낮이가 없는 단조로운 음성이 그로부터 흘러나왔다.

"백파검… 백파검의 진실을… 그가 알게 되었습니다……."

"백파검의 진실?"

서해영이 미간을 찌푸렸다. 백파검 유호림이 누구이며 어떤 상황에 처해 있는지 그녀도 익히 알고 있다. 하나 진실이라니? 무진총주는 그를 살리기 위한 방도를 찾고, 그 대가로 절창은 마왕에게 충성을 다하는 것 외에 무슨 진실이 더 있단 말인가?

"백파검의 병은… 고칠 수 없는 것……. 무진총주일지라도… 그것이 변하지 않는… 사실……."

"그건 알고 있어요. 그래도 고치기 위해 여러 방도를 궁리하고 있는 게 아니었나요?"

"무진총주가 하고 있었던 것은… 살리기 위함이 아니라… 그저 살아 있게 만들 뿐… 입니다. 절창을… 부리기 위해… 죽어야 할… 이를 죽지 못하게 하는… 것……."

"……!"

놀란 서해영이 두 손을 모아 코와 입을 가렸다. 시전자의 정신이 흐트러진 탓일까, 환술도 깨어져 황지엽이 이지를 되찾았다.

두 손을 모아 얼굴 대부분을 가린 서해영이 단지 큰 눈만을 더 크게 뜨고 말했다.

"그걸… 모용 형이 알게 되었군요?"

한참을 몰아의 늪에서 허우적거리다 막 빠져나온 황지엽은 그러나 자신이 했던 말을 고스란히 기억하고 있었다. 황지엽은 참담한 심정으로 고개를 푹 숙였다. 대답하지 않는 것으로 대답을 대신한 황지엽에게 서해영이 말했다.

"당신들은… 정말… 정말 대단하시군요."

아니, 이건 아버님이 하신 일입니다. 나와는 무관합니다! 밖으로 낼 수 없는 외침이 가슴을 찢어발긴다. 황지엽은 극심한 고통에 시달렸지만 차마 고개를 들 수 없었다. 서해영의 얼굴을 본다면 지금의 고통은 어린애 장난으로 여겨질 게 분명했으니까.

"……."

숨소리가 들리도록 가깝게 선 두 사람은 한참이나 말이 없었다. 고개 숙인 황지엽은 그곳에 뿌리박은 나무처럼 움직이지 않았고, 서해영은 뭐라 말하기 힘든 표정으로 황지엽을 노려볼 뿐이었다.

알아차리지 못한 새 넘어간 해가 창 안으로 들어오는 빛을 거두어가고 있었다. 서해영은 짙어진 어둠이 발밑에 와 닿았음을 깨닫고 몸을 돌렸다.

서해영이 몸을 돌리자 황지엽은 겨우 고개를 들 수 있었다. 닫히는 문틈으로 서해영의 뒷모습이 살짝 보였다. 황지엽은 완전히 닫힌 문에 대고 말했다.

"쓸데없는 말로 심기를 어지럽혀 죄송합니다. 하지만 이는 성의 일이니 부디 다른 마음을 품지 마십시오."

"……."

대답은 돌아오지 않았다. 황지엽은 자신이 괜한 소리를 한 건가 자책하며 돌아섰다. 그 순간, 문이 열리며 사나운 목소리로 서해영이 황지엽의 등 뒤에 대고 소리쳤다.

"당신들 황 씨 일족 모두 뒈져 버려요! 저주받을 것들!"

쾅!

황지엽이 다시 돌아보기도 전에 난폭한 소리를 내며 문이 닫혔다. 후우! 황지엽은 긴 한숨을 쉬고, 복도를 걸어나가며 시녀를 불렀다.

"아무도 없느냐!"

황지엽 자신이 물렸던 시녀들이 하나둘 모습을 드러냈다. 황지엽은 사나운 얼굴로 그녀들에게 윽박지르듯 말했다.

"당분간 작은마님이 거처 밖으로 나가지 못하도록 해라. 아버님 외에 외부의 손님도 받지 마라. 너희 외에 누구도 작은마님과 만나게 해서는 아니 된다. 알겠느냐?"

서해영은 제마성 내에서도 비교적 자유로운 편으로, 다른 마왕의 부인들과 비교해 운신의 폭이 넓었다. 혼례를 올리지 않았으니 아직 서해영의 공식적인 신분은 환곡기문서가의 손님이었던 탓이다.

시녀들은 영문을 몰라 서로를 바라봤다. 황지엽이 다시 한 번 눈을 부라리며 말했다.

"만약에 그러한 일이 발생한다면 내 친히 너희는 물론 너희의 일가 친족 모두를 죽일 것이다. 명심해라."

제마성의 삼공자는 성품이 부드러워 마왕의 아들답지 않다고 소문이 나 있었다. 그런데 지금 보는 황지엽의 얼굴은 저승의 야차처럼 일그러져 있고, 온몸에서 뿜어져 나오는 기세가 험악하기 그지없었다. 시녀들은 근거없는 소문을 탓하며 허리 숙여 그러마고 맹세했다.

서해영은 방 안을 빙글빙글 돌았다.

백파검 유호림에 관한 일은 적어도 자신과 직접적인 관계가 없다, 라는 말로 자신을 달래보고 또 달래도 효과가 없었다. 마음속에 한번 인 불길은 도저히 가라앉질 않는 것이다. 생각하면 할수록 화가 났고, 짐작하면 할수록 참담했다.

알려 하지 않아도 알 수 있다. 왜 모용천이 자신을 버리고 무진총을 부수고 백파검을 빼돌렸는지.

그는 백파검에게서 아버지 모용담을 보았으리라. 그 오랜 세월을 살아도 살지 못한 사람으로 지내며 종국에는 아들의 발목을 잡는 걸림돌이 될 수밖에 없었던 운명을 모용담 자신은 어떻게 받아들여야 했을까. 십수 년 동안 이지를 잃고 그저 숨만 쉬어도 다행이라고 생각했던 아버지가 실은 정신이 온전했음을 마지막 순간에야 알았을 때 모용천이 느껴야 했던 참담함은 대체 어느 정도였을지.

몇 바퀴나 방 안을 빙글빙글 돌던 서해영은 잠시 어지러움을 느끼고 의자에 앉았다.

백파검에 아버지를 투영했던 모용천이 해야 했을 일은 분명하다. 백파검을 아버지처럼 만들 수 없고, 절창과 도야객을 자신처럼 만들 수 없다. 그렇게 사람들을 조롱하고 조종하려 했던 자들을 용서할 수 없다.

서해영은 자리에서 일어나 창밖을 보았다. 날짐승도 쉬이 오기 힘든 심곡에 위치한 제마성이다. 창밖이라고 해도 푸르다 못해 검기까지 한 산과 숲뿐이다.

"…미안해요."

미안하다고? 누구에게? 붉은 입술이 절로 뱉은 말이 누구에게로 향했는지 굳이 자문할 필요도 없었다. 모용천이 그저 황종류에 대한 분노만을 일으켜 그런 일을 벌였을 리 없다. 분명 그는 제마성에 홀로 놓은 자신을 두고 깊이 괴로워했을 것이다. 모용천이 한 행동은 그로선 최선의 것이었겠으나, 그를 위해 버려야 하는 서해영을 두고 마음 편했을 리 없다.

"……."

서해영은 창가에 기대어 생각에 잠겼다. 백파검의 진실을 알게 된 모용천을 생각하고, 무진총주를 베었던 모용천을 생각했다. 그로 인해 서해영 자신을 버려야 했던 모용천을 생각했다. 지금 이 순간 모용천의 마음을 생각했다.

서해영은 몸을 돌려 방을 가로질렀다. 반대편 벽면에는 마왕이 서해영을 위해 특별히 선물한 전신거울이 걸려 있었다.

커다란 거울 속 서해영은 짙은 화장을 하고 긴 머리를 곱게 땋아 늘어뜨리고 있었다. 소매와 치맛단이 긴 옷은 형형색색 화려했고, 목과 귀에는 귀한 보석으로 만든 장신구가 달려 있었다. 아름답다는 말로 다 담아낼 수 없는 여인이 거기에 있었다.

"……."

서해영은 잠시 모용천을 생각하기를 그만뒀다. 대신 거울 속에 비친 자신을 생각했다. 지금 자신이 할 수 있는 일이 무엇인지, 그리고 해야 할 일은 무엇인지.

마음을 정하기 전에 이미 거울 속의 서해영은 몸에 붙은 장신구들을 떼어내고 있었다.

사천성 성도(省都)로부터 북서쪽으로 느긋이 걷다 보면 산을 만나게 되는데 그 이름이 청성산(靑城山)이라. 바로 구파일방 중 하나인 청성파를 낳은 영산(靈山)이다. 본디 산세와 주변에 서린 영험한 기운이 청성파라는 명문의 요람이 되었을 터이나, 이제는 청성파가 배출한 영걸들의 기세가 영기를 북돋아주고 있었다. 더구나 사천성에는 마치 왕처럼 군림하는 사천당문이 있었다. 사천당문은 무림세가로서 가진 힘과 금전을 적절히 이용하여 관부를 구워삶고 사천성 중심부를 마치 제 영토인 양 굴었는데, 이로 인해 부당한 대우나 요구를 받는 백성의 원성이 자자했다. 그러나 그런 사천당문도 제 본가에서 엎어지면 코 닿을 거리에 있는 청성산만큼은 함부로 손을 대지 못하였으니, 주변 주민들이 청성파를 얼마나 떠받드는지는 짐작할 수 있을 것이다.

 그러나 근 십 년 새, 그러한 사천성의 판도에 다소 변화가 있었다. 청성파가 빼어난 고수를 배출하지 못하고 답보하는 사이 사천당문은 유례없는 천재, 십왕 중 하나로 추앙받는 독왕 당사윤을 강호에 내보인 것이다.

 사실 이는 청성파만의 문제가 아니라 역사의 거대한 흐름이었다. 약속이나 한 듯 무림 그 자체라 해도 과언이 아니었던 구파일방에 모두 인재의 씨가 말라붙은 반면 오대세가와 새외의 세력들, 혹은 독행하는 낭인 중에서 절정고수들이 우후죽순 솟아난 것이다. 그리고 무림이 십왕이라는 이름으로 재편되었을 때, 그곳에 구파일방의 자리는 없었다.

 따라서 당사윤의 출현 이후 청성파의 입지 또한 한없이 줄어들고 말았다. 아직까지는 청성파를 배려하는지 청성산 주변에 직접 영향력을 행사하지는 않았으나, 그 배려가 언제까지 지속될지는 아무도 모르는 일이었다. 아니, 오히려 언젠가 반드시 깨어질 거라는 긴장감을 지속적으로 부여하는 게 당문의 목적인지도 몰랐다. 당문이 언제 태도를 바꿀지 몰라 전전긍긍하는 가운데 청성파의 기세는 제풀에 꺾였고, 이제는 그 기운이 산세에 미쳐 청성산의 영기마저 빛이 바랬다는 주민들의 탄식이 그칠 줄 몰랐던 것이다.

 그렇게 기세 꺾인 사문의 분위기는 자연 말단 제자들에게까지 영향을 끼치고 있었다. 청성파의 정문을 지키고 있는 숭현(崇玄)과 제문(濟文)도 예외는 아니었다.

"후, 힘들다."

가만히 서 있는 게 힘들었는지 숭현이 중얼거리며 자리에 주저앉았다. 숭현의 엉덩이 밑에는 정문 한쪽 기둥을 받치는 주춧돌 일부가 깔려 있었다. 반대편 기둥 앞에서 마치 기둥처럼 바른 자세로 서 있던 제문이 그런 숭현을 꾸짖었다.

"숭현 사제! 사문을 지키는 자가 무슨 짓인가!"

"사문을 지키기는 쥐뿔……."

혼잣말처럼 중얼거렸지만 뻔히 들으라고 하는 이야기다. 제문의 얼굴이 붉게 달아올랐다.

"사제! 지금 그게 무슨 망발인가!"

"나 참, 귀가 먹었수? 내가 뚫어줄까?"

숭현은 손가락으로 귀를 파며 심드렁히 대답했다.

숭현과 제문은 이십대 동년배로 같은 스승을 둔 청성파의 도사였다. 나이는 숭현이 제문보다 이 년 연상이지만 청성파 입문 시기는 제문이 일 년 앞선 사형이었다. 이는 무가에 비일비재한 일로, 때로는 손자뻘 되는 사숙을 모시는 경우도 있는 만큼 숭현이 제문을 사형으로 깍듯이 모셔야 함은 두말할 필요도 없다. 그러나 항렬을 따져 앞서 말한 경우처럼 아주 차이가 크면 모를까, 이렇게 한 스승 밑에서 동문수학한 사이에서는 오히려 나이와 항렬이 충돌하여 미묘한 기류를 형성하는 경우도 적지 않았다.

물론 기강이 바로 선 사문이라면 이런 일이 쉽게 일어날 리 없다. 하물며 그것이 구파일방 중 하나인 청성파라면 더더욱. 그러니 항렬을 무시하는 숭현과 위엄을 잃고 어쩔 줄 모르는 제문의 모습은 작금 청성파의 현실을 그대로 반영하고 있었다.

평소에도 숭현의 이런 태도에 불만이 쌓였던지 참지 못한 제문이 검을 뽑아 숭현에게 겨누고 윽박질렀다.

"당장 일어나서 수호자의 자세를 갖춰라! 그렇지 않으면 내 사형으로서 올바른 법도를 가르치겠다!"

그러나 제문의 얼굴에 서린 비장함을 비웃기라도 하듯 숭현이 의뭉스럽게 대답했다.

"거 다리 아파서 좀 앉아 있는 것도 안 됩니까? 이런 산골에 찾아올 사람이 누가 있다고?"

"남에게 보이기 위해 서 있는 게 아니다! 대청성의 정신은 잘 갈린 검처럼 날이 서 있어야 하는 법! 정문을 지키고 있는 우리 수호자가 무딘 칼이어서야 어찌 사문의 기강을 세울 수 있겠나!"

"아니, 그러니까 그 기강이라는 게 제대로 서질 않았는데 내가 암만 수호자라도 어찌 똑바로 서 있겠냐고. 당장 당가 놈들이 쳐들어오면 찍소리도 못하게 생겼는데!"

"네놈이 정녕 돌았구나! 내 아무리 수호자의 명을 받들어 수행 중이라 하나 네놈의 머릿속을 이 자리에서 바로잡지 않으면 안 될 것 같다!"

인내심이 바닥난 제문이 검을 들고 한 발짝 다가섰다. 숭현은 그런 제문을 보고 웃으며 말했다.

"사형, 정문을 지키는 수호자들끼리 싸우는 게 말이 됩니까? 상장로(上長老)께서 아시면 당장 경을 칠 텐데요?"

숭현의 유들유들한 말에도 제문은 아랑곳하지 않고 다가왔다. 결국 두 사람 사이에 두 발짝 정도 거리만이 남았을 때, 제문의 검극이 숭현의 턱 끝에 와 닿았다.

"왜, 막상 내가 이렇게 나오니 두려운가 보지?"

순서가 바뀌었는지 이번 도발은 제문의 몫이었다.

"뭐?"

"하긴, 평생 나를 이겨본 적 없으니 무섭겠지. 허세 부리지 말고 지금이라도 바로 서거라. 그래야 중원으로 나가신 사부님께 내 부끄럽지 않을 게 아니냐."

쉭―

말이 끝나기가 무섭게 숭현의 허리춤에서 빛이 튀어나와 비스듬히 곡선을 그리며 제문을 베었다. 황급히 회수한 제문의 검과 숭현의 검이 부딪치며 날카로운 소리를 냈다.

캉!

숭현의 십성 공력이 담긴 일검이었다. 호구가 얼얼해 제문은 검을 두 손으로 쥐며 물러났다. 그의 눈앞에는 검을 든 숭현이 있었다.

"사형이라고 봐줬더니 그게 진실로 네 실력인 줄 알았더냐? 어리석기는… 큰제자라는 놈이 그 꼴이니 스승님이 중원으로 나가실 때 둘째, 셋째 사형을 동반하신 게야. 끌끌!"

"죽일 놈!"

가까운 사이일수록 약점이 잘 보이는 법. 겨우 서너 차례 오가는 대화로 서로의 상처를 후벼 판 두 사람은 누가 먼저랄 것도 없이 검을 움직였다.

캉! 카앙!

산허리에 세워진 청성파의 정문은 대낮에도 수풀이 울창해 다소 어둡고 고요하다. 서로 볕을 받겠노라 겹치고 겹친 잎들이 빛은 물론 소리마저 먹어치우기 때문이었다. 그러나 지금 두 사형제 간의 칼부림 소리는 선명히 울려 퍼지고 있었다. 두 사람의 검에 독이 잔뜩 올라 있어 날과 날이 부딪칠 때마다 수풀이 몸서리를 치는 것이었다.

'이놈! 이번 기회에 아주 버릇을 단단히 고쳐주마!'

제문은 단단히 마음을 먹고 검을 휘둘렀다. 하지만 마음과 달리 제문의 공세는 숭현의 방어를 뚫기가 쉽지 않았다.

제문과 숭현의 스승인 풍청자(風靑子)는 청성파 장문인인 채운(砦雲) 진인의 직전제자로 차대 장문인이 유력한 이였다. 무공도 일대제자 가운데 단연 발군으로 강호에도 '청성의 풍청자'라며 청성파의 대표 고수로 알려질 정도였다.

자연히 그 제자인 제문의 검도 스승의 명성에 부끄럽지 않게 군더더기없이 정결했다. 일검 일검, 초식 하나하나 모두 무리에 부합되니 과연 명문정파의 힘이 이런 것이구나 싶을 정도였다. 이는 상대인 숭현 역시 마찬가지였으니, 두 사람의 검에 잔뜩 독이 올랐으면서도 그 가는 길은 세상없이 정직한 것이다. 서로가 서로의 초식을 제 것처럼 꿰고 있으니 어찌 결판이 쉽게 날 것인가! 그렇게 검과 검이 겨루기를 오십 초가 훌쩍 넘었을 무렵, 느닷없이 큰 웃음소리가 터져 나왔다.

"크하하하핫!"

놀란 두 사형제가 동시에 검을 멈췄다. 자신들 외에 다른 누군가가 여기에 있다! 그 순간, 제문은 덜컥 겁부터 났다. 장로급 인사에게 들켰다가는 당장 무공을 폐하고 쫓겨나도 불평할 수 없는 신세가 될 것이다.

그러나 청성파의 본당들은 청성산 산등성이에 위치해 있다. 두 사람이 지키고 있던 정문에서는 잰걸음으로도 반 시진쯤 더 올라가야 하니 칼부림 소리를 듣고 내려왔을 리 없다. 두 사람이 교대한 지 겨우 한 시진이 되었으니 다음 시간대 수호자가 내려온 것도 아니리라.

두 사형제는 검을 회수하고 웃음소리가 난 쪽으로 고개를 돌렸다. 그곳에는 덩치 큰 두 사내가 산길 아래에서 사형제의 칼부림을 올려다보고 있었는데, 피부가 유난히 어두운 것이 중원에 보기 힘든 남만인이었다. 두 남만인 사내 중에서도 좀 더 덩치가 큰 젊은이가 흰 이를 드러내며 웃고 있었다.

"웬 놈이냐!"

부끄러운 모습을 보였다는 자괴감에 얼굴이 새빨개진 제문이 괜한 호통을 쳤다. 그러나 젊은 남만인은 제문의 말을 알아듣지 못하는지, 아니면 알아들으면서도 무시하는지 계속 웃는 것이 아닌가?

"우리말을 모르는 건가?"

"그, 그럴지도……?"

손님은 안내하고 적은 벤다. 청성파 정문 수호자의 임무는 이 두 가지로 요약할 수 있다. 그러나 말이 통하지 않는 상대를 둘 중 무엇으로 구분해야 하는지는 제문도, 숭현도 배운 바가 없었다. 청성파의 제자라면 누구나 수호자의 직위를 거친다지만 작고 가는 잎이 만연한 숲에 어울리지 않는 남만인과 마주한 수호자는 이들이 처음이리라.

두 사람이 당황해하는 사이, 젊은 남만인이 웃음을 그쳤다. 그리고 중년의 남만인에게 제문과 숭현을 가리키며 뭐라 하는데, 남만어인지 알아들을 수가 없었다.

"……!"

중년의 남만인이 역시 알아들을 수 없는 말로 대답했다. 그러자 젊은 남만인이 고개를 돌려 제문과 숭현을 보고 씩 웃어 보였다.

젊은 남만인의 미소는 몹시 해맑아 중원인의 그것과 비할 바가 아니었다. 제문과 숭현이 몸담고 있는 청성파가 도가의 일맥으로 마음가짐이나 씀씀이가 청빈한 축에 속하기는 하나, 저 남만인의 미소에 비하면 지금껏 했던 마음 수행이 초라할 지경이었다. 제문과 숭현은 저도 모르게 마음을 풀고 남만인에게 같이 웃어 보였다.

순간, 젊은 남만인의 신형이 두 사람의 시야에서 사라졌다.

"…으응?"

이해할 수 없는 상황에 제문이 저도 모르게 소리를 낸 순간, 남만인의 모습이 다시 나타났다. 바로 제문의 눈앞에서.

"크헉!"

홍채에 비친 남만인을 머리가 채 인식하기도 전에 극심한 통증이 온몸으로 퍼졌다. 순식간에 퍼진 고통은 먹처럼 시야를 가려 결국 제문은 남만인을 다시 볼 수 없었다.

남만인의 맨손이 제문의 왼쪽 가슴을 꿰뚫은 것이다.

"사형!"

숭현은 방금 전까지 검을 들이밀던 제문을 향해 크게 외쳤다. 가슴을 뚫고 등 뒤로 나온 남만인의 손에는 붉은 심장이 펄떡펄떡 뛰고 있었다. 적출된 심장에 생명력을 모두 빼앗긴 듯 제문은 남만인의 팔에 꿰인 채 사지를 축 늘어뜨린 채였다.

"……!"

숭현은 필사적으로 지금 무엇을 해야 하는지 생각했다. 그리고 줄과 방울을 이어 돌발 상황을 빠르게 전파하는 기관을 작동해야 한다는 정답을 떠올렸다. 기둥 옆에 설치된 기관을 작동시키기 위해 숭현이 몸을 돌린 순간, 제문의 시체를 팔에 꿴 채로 남만인이 몸을 날렸다. 순식간에 석 장 거리를 좁힌 남만인이 몸통을 돌리며 자유로운 손으로 숭현의 얼굴을 후려쳤다.

콰직!

숭현의 머리가 돌아가며 하관이 살점째 뜯겨져 나갔다. 온전했더라면 정수리와 턱의 위치가 바뀌었을 터, 지금은 뜯겨져 나간 코 아래 단면이 하늘을 보고 있었다.

목뼈가 부러져 즉사한 숭현의 시체가 쿵! 소리를 내며 흙바닥에 쓰러졌다. 젊은 남만인은 팔을 털어 꿰여 있던 제문의 시체를 빼냈다.

"너무 거칠다."

어느새 다가온 중년의 남만인 아자할이 낮은 목소리로 말했다. 한쪽 팔이 온통 피로 물든 젊은 남만인 타사주가 대답했다.

"이놈들이 너무 약한 거요!"

오랜만에 피를 봐서일까, 흥분한 타사주의 목소리가 반음 정도 높았다. 열대우림의 남만. 그 상하의 땅의 젊은 주인은 항상 침착하고 아비의 위엄을 먼저 생각하는 자였다. 그러나 지금 중원에 나온 타사주는 오로지 저 자신을 먼저 생각하는 자로 바뀌어 있었다.

아자할은 고개를 저으며 말했다.

"닭 잡는 데 소 잡는 칼을 쓸 수는 없다. 이런 자들을 상대할 때는 그에 걸맞은 힘만 사용할 줄 알아야 한다."

"왜 그래야 하는데?"

타사주가 언성을 높이고 아자할은 미간을 찌푸렸다.

타사주는 교룡의 내단을 복용함으로써 가공할 만한 내공을 손에 넣었다. 중원에 수왕 안남효라는 이름으로 잘 알려진 아나흘의 장자로, 아비의 힘과 신체를 물려받은 타사주에게 교룡의 내단이 가져다 준 막대한 내공은 말 그대로 호랑이 등에 날개를 단 격이었다.

타사주가 제 아비의 반대를 무릅쓰고 교룡을 쫓아 끝내 내단을 획득하게 된 배경에는 지난날 잠시 만났던 거대한 벽, 모용천을 향한 적개심이 있었다.

남만이라는 숲의 나라에서 나고 자라 오직 아비 아나흘만이 제 머리 위에 있다고 생각해 온 타사주에게 모용천이라는 존재는 충격 그 이상이었다. 허여멀건 곱상하게 생겨가지곤 허리에 찬 검이나 제대로 들 수 있을까 싶었던 녀석이다. 그런 놈이 타사주의 자부심을 산산이 무너뜨리고 만 것이다. 모용천 홀로 검을 들고 교룡을 베너뜨렸던 광경은 꿈속에서까지 되풀이해 타사주를 괴롭혔다.

그에 더해 타사주를 가장 비참하게 만든 부분은, 모용천이 그를 전혀 의식하지 않은 점이었다. 중원에서 온 또래의 고수라 내심 얼마나 강한 놈인가 지켜보려던 타사주와 달리 모용천의 시선은 처음부터 끝까지 아나흘을 향해 있었다. 모용천의 시야에서 타사주는 철저히 배제되어 있었던 것이다. 그리고 그런 모용천의 태도가 당연한 것임을 모용천은 제 실력으로 증명했다. 타사주가 감히 들이대지 못할 만큼 두 사람은 격이 달랐던 것이다.

현실을 직시할 수 있을 때, 아이는 비로소 사내가 된다. 이 전까지 주어진 힘과 아비의 위엄에 만족하며 시간에 기대어 자연히 모든 게 자신의 것이 될 거라는 믿음이 깨진 대신, 타사주는 모용천을 발판 삼아 어른으로 발돋움했다. 많은 사람들이 모용천이라는 불가사의한 존재 앞에서 스스로 무너졌던 것과 달리 타사주는 오히려 적개심을 불태운 것이다.

그 적개심을 원동력으로 타사주는 교룡의 내단이라는 힘을 얻었다. 그리고 아자할은 제마성으로 돌아가는 것을 포기했다. 대신 타사주에게 내공을 운용하는 법과 중원의 싸움법, 즉 무공의 원리를 가르쳤다.

청성과 습격은 타사주가 아자할의 가르침을 제대로 소화하여 교룡의 내단이 가진 힘을 제 것으로 만들었는지 가늠하기 위한 시험의 장이었다.

아자할은 찡그렸던 얼굴을 풀고 타사주가 납득할 수 있도록 풀어 이야기했다.

"중원은 우리의 고향과 완전히 다른 곳이다. 중원인들은 성정이 포악하고 음험하기까지 해 그 속을 알기가 쉽지 않단 말이다. 그러니 아무렇게나 힘을 휘둘렀다가는 막상 그 힘이 필요할 때 쓰지 못하는 경우가 생길 수 있다. 알겠느냐?"

"그렇군. 알았소."

타사주는 고개를 끄덕였다.

무한에 가까운 내공을 얻은 타사주는 그에 만족하지 않고 어떻게든 좀 더 강해지기 위해 애쓰고 있었다. 이미 아자할을 능가한 지도 오래건만 타사주는 계속 강해지기를 원했고, 실제 빠른 속도로 성장하고 있었다. 그러나 아직 부족하다. 아비로부터 물려받은 강인한 신체와 뒤늦게 얻은 내공이 이루는 불협화음을 온전한 것으로 맞추기 위해서는 아자할의 도움이 더 필요하다.

'단서를 하나 붙여야겠군.'

타사주는 이미 산을 오르고 있었다. 구불구불한 길에 가려 보이지 않게 되자 아자할이 소리쳤다.

"기다려라!"

사사삭―

봄기운에 취해 물기 가시지 않은 풀들이 촉촉한 소리를 냈다. 아자할은 진기를 끌어올려 단숨에 타사주가 멈춰 선 곳으로 뛰어올랐다.

"또 뭐요?"

"아무래도 규칙을 하나 정해야겠다."

"규칙?"

"아까처럼 쓸데없이 힘을 쓰지 마라. 상대를 정확히 파악하고 딱 그만큼의 힘만 쓰는 거다. 할 수 있겠느냐?"

아자할의 말을 들은 타사주가 인상을 썼다. 온몸이 주체할 수 없이 큰 힘이 솟아나고 있는데, 이걸 억눌러 가며 싸우라고? 그러나 신경질이 나는 중에도 숙부가 어떤 의도로 하는 말인지 알 것 같다. 타사주는 잠깐 고민하더니 역으로 물었다.

"그게 가능하면 내가 더 강해질 수 있소?"

"물론이다."

"그놈을 이길 만큼?"

"글쎄… 그건 붙어봐야 알겠군."

아자할은 모용천의 무위를 직접 견식한 적이 없다. 다만 제마성 동료들의 평가를 토대로 짐작하는 수밖에 없었는데, 그것만으로 섣불리 판단하기에는 무리가 따랐다. 더구나 모용천은 사왕을 베었다고 하니 이미 그 무위가 충분히 십왕의 자리에 올랐을 것이다.

아자할은 똑같이 십왕이라 분류되는 이들 가운데에서도 반드시 고하가 나뉜다고 생각해 왔다. 실제로 그는 형을 비롯해 십왕 중 세 사람—검, 독, 수—을 만나봤지만 다들 마왕에 비하자면 분명 손색이 있었다. 사왕은 분명 그들보다도 반 수 이상 뒤처질 것이다. 물론 그 차이는 동일한 십왕의 경지에 올랐을 때라야 유의미한 것이겠으나.

어쨌든 아자할은 모용천의 정확한 무위를 어느 선에 맞춰야 할지 판단을 유보한 상태였다. 확실한 것은 타사주는 아직 모용천의 상대가 못 된다는 사실과 타사주가 교룡의 내단에서 샘솟는 내공을 온전히 자신의 것으로 만든 순간 모용천은 물론 마왕과도 능히 대적할 수 있는 경지에 오를 것이라는 사실, 이 두 가지뿐이었다.

확답을 못하는 숙부가 못 미더울 법도 한데, 타사주는 오히려 기분 좋게 웃었다. 그 역시 이 정도로 모용천을 이길 수 있을 거라고는 생각하지 않은 것이다. 아니, 그럴 수 있다면 오히려 크게 실망할 것이다. 꿈에서까지 나와 자신을 괴롭히고 비참하게 만든 상대가 겨우 이 정도라면 말이다.

"좋아, 해보지."

타사주는 고개를 끄덕이고 다시 몸을 돌려 달려나갔다. 마치 한 마리 호랑이가 산을 오르는 것처럼 거침없는 몸짓이었다. 넋을 잃고 보던 아자할은 타사주의 몸이 수풀에 가려 보이지 않게 되자 비로소 몸을 날렸다.

* * *

"거, 아직도 멀었습니까?"

불만 섞인 목소리가 뒤에서 들려왔다. 이제 익숙해진 불평이다. 모용천은 돌아보지 않고 대답했다.

"거의 다 왔습니다."

"그쪽의 거의는 참으로 멀고도 험합니다그려!"

은근히 화난 기색을 감추지 않는 목소리는 기유붕의 것이다. 죽은 스승 석공보다 모용천을 더 무서워하던 모습은 어느새 희석되어 사라지고 이제 제법 막(?)대하게 된 것이다. 물론 모용천의 입장에서야 지금이 훨씬 낫다.

"정말 거의 다 왔습니다. 불편하시더라도 조금만 더 참으십시오."

모용천의 대답은 기유붕이 아니라 등에 업고 있는 백파검 유호림에게 한 것이다.

백파검 유호림은 강호에 이름난 절정검수 중 한 사람이었다. 능히 검왕에 비견될 수 있다고도 할 정도였으니, 그의 위상이 어느 정도였는지 짐작이 가능할 것이다.

그러나 제아무리 절정고수라 할지라도 하늘이 내린 천명(天命)을 거스를 수는 없었나 보다. 백파검 유호림은 어느 순간 강호에 그 자취를 감추었는데, 바로 온몸이 점점 마비되어 내장기관도 그 기능을 상실하고 종국에는 죽음에 이르는 병에 걸렸던 것이다. 이는 죽음도 마음대로 선택할 수 없는 병이었으니, 평생 강호를 주유하며 무리 짓는 이들을 조롱하던 백파검에게는 병 자체보다 그로 인한 자신의 처지가 더욱 고통스러웠으리라.

"대체 이 산중에 사람 살 만한 곳이 있기나 합니까?"

한참 뒤에 처져 있던 기유붕이 어느새 따라와 물었다. 모용천이 백파검에게 한 말을 들었는지 묻는 말과 달리 얼굴에는 반가운 기색이 역력했다.

"사람이 살려고 마음만 먹으면 어디서 못 살겠습니까? 개방의 방주가 특별히 은밀한 곳을 골라 마련해 준 거처이니 오가는 길이 힘들 수밖에요."

"그래도 이건 너무한 거 아닙니까? 다리가 퉁퉁 부어서 이제 한 걸음도 못 가겠습니다."

기유붕은 스승인 석공에게서 의술뿐 아니라 무공도 사사했다. 의술에 묻혀 알려지진 않았지만 석공은 무학으로도 일가를 이룬 자, 그 제자인 기유붕의 성취도 자연 일류고수의 반열에 오를 만했다. 자연 며칠을 걸었다고 다리가 퉁퉁 붓거나 할 리 없었다.

더구나 기유붕이 든 거라곤 제 옷가지 몇 벌이 든 봇짐이 전부였다. 반면 모용천은 백파검을 업고도 모자라 양손에 짐을 들고 있었으니 힘들다 불평할 쪽은 되려 모용천이었다. 물론 모용천은 그것이 자신의 일이라 생각했고, 툴툴거리는 기유붕을 비난할 마음도 없었다.

사실 기유붕은 입을 쉬지 않고 불평불만을 늘어놓았는데, 이자가 과연 무진총에서 자신을 돌보던 그 기유붕이 맞는지 의심스러울 정도였다. 모용천이 알던 기유붕은 오직 석공의 명만을 좇아 움직일 뿐 필요없거나 사적인 이야기는 한마디도 하는 법이 없었다. 어떻게 보면 스승인 석공보다 더 과묵한 자였다.

하지만 무진총에서의 침묵은 스승의 방침을 따른 것이었을 뿐, 기유붕의 본성은 그와 정반대였다(혹은 정숙을 요하는 스승의 방침을 오랫동안 따른 반작용이었을지도 모를 일이다). 먼지 한 톨 용납지 않던 성정이 물 한 방울 묻히지 않는 것으로 뒤바뀜과 동시에, 침묵을 미덕으로 알던 기유붕도 감쪽같이 사라진 것이다. 지금 모용천의 옆에 있는 자는 씻기를 극도로 싫어하며, 부산스러워 정신이 사나우리만치 말이 많았다.

모용천은 그런 기유붕이 처음에는 짜증도 났지만 금세 마음을 고쳐먹었다. 제 손으로 석공을 벤 이상, 백파검의 명줄을 붙들어놓을 수 있는 자는 천하에 단 한 사람, 기유붕뿐이었던 것이다. 무진총을 벗어난 백파검이 도야객과 절창을 만날 때까지 살아 있기 위해서는 기유붕의 존재가 절대적으로 필요했다. 또 때로는 이렇게 부산스럽고 씻는 걸 싫어하는 사람이 어떻게 석공 같은 스승을 모시고 살았는지 안쓰럽기도 했다. 거기에 무진총에서 그를 죽일 뻔했던 일이 미안하기도 해 모용천은 되도록 기유붕이 하는 일이나 말에 간섭하지 않으려 했다.

모용천은 잠시 걸음을 멈췄다. 기유붕의 말을 들은 탓일까? 숨이 흐트러진 게 느껴진다.
"그럼 조금만 쉬었다 가지요."
"잘 생각했습니다!"
모용천의 말에 기유붕이 환하게 웃었다. 모용천은 기유붕에게 '그런데 정말 얼마 안 남았다, 해 지기 전에 도착할 거다' 라고 얘기하려 했지만, 기유붕은 이미 바닥에 드러누워 눈을 감고 있었다. 그 동작의 신속함은 모용천도 감히 따르지 못할 정도였다.
"푸훗!"
저도 모르게 실소한 모용천은 적당한 자리를 골라 모포를 깔았다. 기유붕이야 등에 돌이 배기든 흙이 묻든 누우면 그만이지만 백파검은 다르다. 다소 경사가 지긴 했어도 돌을 골라내니 모포 밑에 풀만 남아 푹신한 감이 있다. 모용천은 모포 위에 백파검을 뉘었다. 아마 자신이나 기유붕보다 업혀 있는 백파검이 더 힘들 것이다.

누워 있는 백파검을 찬찬히 보니 하루가 다르게 쇠약해지는 모습이 눈에 띄었다. 최상의 환경을 유지하고 매일 상태에 맞는 처방으로 병의 악화를 막을 수 있었던 무진총과 달리, 지금은 백파검을 돌볼 수 있는 여건이 턱없이 부족하다. 그나마 믿는 구석은 기유봉뿐인데, 지금 쇠약해진 백파검을 보니 모용천은 제 선택이 올바른 것이었는지 잠시 고민에 빠졌다.

어쩌면 겨우 숨만 쉴 수 있더라도 살아 있는 편이 나을 수 있다. 그 대가로 제 지기(知己)가 마왕의 꼭두각시 노릇을 하고 있어도 그로 인해 세인들로부터 부당한 평가를 받고 손가락질을 당해도 그저 실낱같은 명줄을 붙잡을 수만 있다면 족할 수 있다. 누구나 제 목숨이 소중한 법이니 백파검이 그리 살고자 한다면 그래야지 아무도 비난할 수 없는 일이다.

그러나 안면 근육마저 마비되어 무표정한 얼굴 가득 고통을 담고 있는 백파검은 두 눈만은 형형하여 그렇지 않다, 네 선택이 옳다고 말해주는 것 같았다. 실제로 백파검은 동공의 움직임을 통해 제한적이나마 모용천에게 자신의 의사를 전달할 수 있었다. 백파검 역시 명예롭게 죽는 편이 낫다고 목언(目言)으로 자신의 뜻을 밝힌 적이 있다.

"후……."

적당한 바위를 찾아 걸터앉은 모용천은 한숨을 내쉬었다. 어차피 이제는 돌이킬 수 없는 일이다. 모용천의 손에 의해 무진총과 그 주인은 세상에서 사라졌다. 백파검을 손에 들고 절창을 부릴 수 있는 길이 없어진 것이다. 그 사실 하나만으로 백파검은 만족하고 있었다.

무엇이 옳은 선택이었는지 정답은 없다. 그저 그 선택에 만족하는 사람과 불만인 사람이 있을 뿐이다. 적어도 백파검 자신과 모용천이 만족한다면 그걸로 족하다는 것으로 모용천은 고민하기를 그만뒀다.

이제는 고민 대신 행동을 해야 할 때다.

모용천은 가만히 앉아 앞으로 할 일을 곰곰이 생각했다. 가깝게는 백파검을 도야객에게 인수하고 그에 관한 사실을 알려주어야 한다. 이는 당장 오늘 안으로 해야 할 일이다.

'그리고 나서는?'

모용천은 스스로에게 묻고 스스로 대답했다.

'마왕에게 대가를 물어야지.'

'어떻게?'

'죽음으로.'

'가능하겠어?'

마왕의 죽음을 구하는 일이 가능하겠냐는 의문에 모용천은 고개를 저었다. 해야만 하는 일이다. 성공과 실패를 가늠하여 실행 여부를 판단할 문제가 아닌 것이다.

"……."

자신은 있다..

모용천은 손을 쥐락펴락하며 진기를 일주천시켰다. 단전에서 샘솟는 내력은 끊임이 없고, 손발은 마음 가는 대로 움직이는 것이 사왕의 독에 당하기 전보다 더 자유롭다. 매일, 아니, 매 순간 모용천은 강해지고 있었다.

모용천은 최근에 와서야 자신을 향한 시선들이 어째서 적대적이었는지 비로소 깨달았다. 각고의 수련과 깨달음, 지고의 무공과 절세 신병 등, 일반적으로 통용되는 '고수의 조건' 중 대부분을 충족시키지 못하면서도 절정고수인 모용천이라는 존재가 사람들을 불편하게 만들었을 것이다.

오랜 세월 세가에서 홀로 무공을 익혔을 때는 미처 몰랐던 일이다.

어째서일까?

알 수 없다. 다만 어느 분야든 때때로 하늘이 내렸다고밖에 설명할 길 없는 이가 나타나게 마련이다. 무공이라는 분야, 무림이라는 세계에서 그런 이가 모용천이라는 이름을 달고 나타났을 뿐, 그 외에 다른 이유를 찾기란 무의미한 일이었다.

'그래, 무의미한 일이다.'

이미 가지고 있는 힘에 이유를 찾을 필요는 없다. 이는 이미 가지고 태어난 생명에 이유를 찾는 일과 다를 게 없으니, 그러한 고민은 학인(學人)의 것이지 모용천 같은 무인(武人)의 것이 아니다. 그 힘을 어디에 어떻게 쓰느냐가 모용천이 해야 할 고민이었다.

'마왕을 죽인다.'

속으로 중얼거리며 모용천은 꽉 쥔 주먹을 들었다. 그때, 헛바람 삼키는 소리가 들렸다.

"히익!"

돌아보니 누워 있던 기유붕이 벌떡 일어나 있었다. 모용천은 주먹을 풀고 물었다.

"왜 그러십니까?"

자신을 두려워하는 걸 알기 때문에 모용천은 기유붕에게 말을 할 때마다 조심스러웠다. 그런데 기유붕은 그런 노력이 무색하게 겁에 질린 얼굴을 하고 있었다.

"아니, 그게… 방금 모용 대협이 발한 살기가 너무 강해서 저도 모르게 그만, 아니, 죄송합니다! 죄송합니다!"

모용천이 일으킨 살심(殺心)이 사방으로 퍼져 나간 것이다. 그 기운에 놀란 건 기유붕뿐이 아닌지 산새 몇 마리가 퍼덕거리며 머리 위로 날아갔다.

"뭐가 죄송하다는 겁니까?"

"아니요. 그게… 음……."

기유붕은 아니라는 말만 반복하며 말꼬리를 흐렸다.

"휴, 알겠습니다."

모용천은 한숨을 쉬고 다시 고개를 돌렸다. 자신을 너무 어렵게 대하는 기유붕의 태도를 바꾸고자 노력했던 날들이 모두 헛수고가 된 것이다. 얼마나 겁에 질렸으면 자신을 모용 대협이라고 불렀을까? 마음이 기로 변하는 걸 제어치 못하고 밖으로 놓쳐 버렸으니 아직 미숙하구나, 절로 탄식이 나온다.

'사람 마음을 돌리기가 이리 어렵다니! 창칼로 싸우는 편이 몇 배나 더 쉽구나.'

생각이 그에 미치자 모용천은 불현듯 자신이 한심하고 초라하게 느껴졌다. 적대감을 불러일으킬 만큼 빼어난 재능으로 할 수 있는 게 고작 사람을 죽이는 일이라니. 그렇게 생각하면 제마성이네 무림맹이네 하는 일이나 황제 아래 똑같은 백성끼리 왕이라고 떠받드는 등의 일이 한없이 가볍게만 여겨지는 것이다.

"그만 일어납시다. 해 지기 전에는 도착해야 하니까."

"예, 예."

그때까지 자리에 앉지도 못했던 기유붕이 허둥대며 대답했다. 기유붕은 등과 엉덩이를 대충 털더니 모용천에게 다가가 말했다.

"제가 업겠습니다."

굽실거리며 다가온 기유붕을 보자 가라앉았던 불길이 다시 타올랐다. 당당한 이는 칭송해 마땅하지만 비굴한 이를 비난하는 것은 옳지 않다. 비난은 그를 비굴하게 만든 자에게 향해야 하는 게 아닌가? 그러니 굽실거리는 기유붕의 모습은 자신을 책망하는 것이나 다름없었다.

모용천은 옆에 놓아둔 짐 중 하나를 내밀었다.

"제가 업는 편이 빠를 겁니다. 이거나 들어주십시오."

"그럼 짐은 제가 다 들겠습니다!"

저지할 틈도 없이 기유붕은 놓아둔 짐을 다 들었다. 모용천은 잠시 망설이다 한숨을 쉬고 말했다.

"기 형 편한 대로 하십시오."

이소가 마련해 준 오두막은 산 깊은 곳에 위치해 있었다.

짚을 엮어 올린 지붕은 허술하고 벌레 먹은 기둥은 벽과의 이음이 헐겁다. 금방이라도 무너질 것 같으면서도 용케도 균형을 유지하고 있는데, 그 모습이 무척이나 묘했다.

그도 그럴 것이, 이곳은 개방 대대로 내려져 오는 방주의 거처였다.

방주에게서 방주에게로 은밀히 대물림해 온 이 거처가 세워진 지도 이미 수 세대 전이다. 천하 거지의 우두머리가 세웠으니 처음부터 만듦새가 신통치 않았을 텐데, 그 뒤로 문제가 생길 때마다 근본을 따지지 않고 표면에 드러난 부분만 무마한 세월이 쌓이고 쌓여 지금의 묘한 모양새를 이룬 것이다.

당장 무너질 듯 무너지지 않는 성질이 개방의 끈질긴 역사를 대변하는 것 같았다. 잠깐씩 이곳을 거처로 삼았다는 역대 개방 방주의 기운이 유 총관을 보호해 줄 것만 같았다.

"한 시진이면 도착할 겁니다."

앞을 가로막는 잔가지를 발로 꺾고 밟아 길을 만들며 모용천은 뒤따르는 기유붕에게 말했다.

"예."

돌아온 것은 공손하기 짝이 없는 단답형 대답이다. 기유붕이 제 본성대로 불평을 늘어놓는 편이 조금 피곤하기는 해도 마음은 훨씬 편할 것이다. 자신을 마치 스승이었던 석공 대하듯 하는 기유붕이 모용천은 불편하기만 했다. 그러나 말로써 전처럼 편하게 대하라 하여 그리하게 만든다면 무슨 의미가 있을까?

"……"

기유붕에 관해서는 당분간 신경 쓰지 말자고 생각하고 모용천은 묵묵히 앞으로 나가며 길 만드는 일을 계속했다. 기유붕도 말없이 그 뒤를 따랐다.

그렇게 일각쯤 더 걸었을까? 앞서 가던 모용천이 갑자기 걸음을 멈췄다. 기유붕도 따라서 걸음을 멈췄다.

"왜 그러십니까?"

'길이라도 잃었습니까?' 하고 깐족대고 싶은 마음이 굴뚝같지만 기유붕은 간신히 인내했다. 바깥 세계의 자유로운 공기에 취해 잠시 잊고 있었던 두려움이 되살아난 탓이다. 조금 전 모용천이 일으켰던 살기는 무진총에서의 그 모습 그대로였으니 감히 첨언할 수가 없었다.

"……"

대답이 없다. 기유붕은 자신이 또 뭘 잘못했나 싶어 마음 졸이며 모용천의 등을 바라봤다. 그러다 갑자기 모용천이 고개를 돌렸는데, 그 표정이 몹시 험악했다.

"힉! 왜, 왜 그러십니까?"

기유붕이 짐은 든 채로 두 손을 올리고 자라목을 하며 물었다. 모용천은 그런 기유붕의 태도에 아랑곳하지 않고 말했다.

"무슨 소리가 들리지 않습니까?"

"예? 소리라뇨? 무슨… 아!"

모용천의 말을 듣고 귀를 기울였지만 아무 소리도 들리지 않았다. 기유붕은 모용천이 설마 허튼소리를 할까 싶어 내력을 일으켜 청력을 돋웠다. 그러자 아주 작게 병장기 부딪치는 쇠붙이 소리가 들려왔다.

"모용 대협, 이건?"

그제야 기유붕도 뭔가 사단이 났음을 깨닫고 얼굴을 굳혔다. 모용천은 업고 있던 백파검을 기유붕에게 건넸다.

"안전한 곳을 골라 잠시 숨어 계십시오. 제가 찾기 전까지는 절대 나오지 마십시오. 아시겠습니까?"

모용천은 다짐이라도 받아두려는 듯 기유붕과 눈을 맞췄다. 기유붕은 움찔 놀랐지만 감히 시선을 돌리지 못했다. 그러나 모용천의 눈을 들여다보는 순간, 지금 그의 눈 속에는 살기가 아니라 근심이 자리하고 있음을 알게 되었다. 근심이 깊은 나머지 어쩔 줄 모르는 당혹감과 조급함까지 보여 과연 무진총에서 봤던 그 귀신같이 냉혹한 자가 맞는지 의심스러울 정도였다. 기유붕은 어째서인지 어미 잃은 새를 떠올렸다.

"예."

기유붕은 이상하게 모용천에 대한 두려움이 가시는 것을 느끼며 대답했다. 모용천은 고개를 끄덕이고 몸을 돌렸다. 화약이 폭발해 튀어나간 포탄처럼 모용천의 신형이 순식간에 사라졌다.

획획—

잔가지들이 부러져 나가는 소리가 귓가에 스친다. 때로는 가지가 직접 귀를 때리기도 한다. 귀에 앞서 얼굴이 그렇고, 소매 걷어 올린 팔뚝도 이미 생채기가 여럿이다. 개중에는 어른 손목만큼 굵은 줄기도 더러 있었다. 평소라면 사람이 돌아가야 할 길이지만 모용천은 아랑곳하지 않고 제 앞을 막는 것은 무엇이든 용납하지 않겠다는 기세로 더욱 속도를 올렸다.

'왜 또 이런 일이……!'

심장이 터질 것 같다.

반 시진 거리를 단숨에 주파하기 위해서가 아니다. 종리세가에 잡혀가 모진 수모를 당했던 유 총관을 떠올렸기 때문이다. 아버지인 모용담은 종리창에게 목숨을 잃었지만 유 총관은 다행히 무사할 수 있었다.

그 대가로 종리세가는 무림에서 흔적도 없이 사라졌다. 모용천 한 사람에게 말 그대로 멸문지화(滅門之禍)를 당한 것이다. 오대세가 중 하나로 그 위세가 강소성을 뒤흔들던 명문의 말로는 이토록 허무했다.

그러나 종리세가를 멸문시켜도 죽은 아버지는 살아 돌아오지 않는다. 수십, 수백의 피를 바쳐도 망자를 이승으로 데려올 수는 없는 법. 그것을 알기 때문에 마땅히 해야 할 복수였음에도 종리세가를 나오는 발걸음은 무겁기만 했다.

어쩌면 아버지와 유 총관 두 사람을 종리창이 데려가는 걸 막지 못했던 모용천 자신의 죄가 가장 클지도 모른다.

아버지를 잃고 난 후 모용천은 머릿속으로 몇 번이나 과거를 바꾸어보곤 했다. 남궁미인을 만나 사랑하지 않았더라면, 아니, 차라리 그녀의 존재를 몰랐더라면, 그랬다면 지금 모용천의 처지는 완전히 뒤바뀌었을 것이다.

정파의 기대를 한 몸에 받는 청년고수로 우뚝 섰을 수도 있다. 무림맹의 요직을 차지하고 모용세가에 과거의 영화를 되살려냈을 수도 있다. 아버지를 좀 더 나은 환경에서 보살펴 드릴 수도 있었을 것이며, 유 총관에게 평온한 노후를 선사할 수도 있었을 것이다.

그러나 그 모든 상상의 끝에는 항상 남궁미인이 기다리고 있었다. 고운 자태로 열녀의 탑대에 올라 의연한 얼굴로 절개를 만방에 뽐내고, 급사한 지아비의 가문과 제 가문의 명예를 드높이기 위해 죽음을 받아들이는 남궁미인이.

그녀의 존재를 몰랐다면 그녀의 죽음도 몰랐을 것이다. 모순인 줄을 알면서도 모용천은 남궁미인의 죽음을 모르는 상상 속의 자신에게 욕을 퍼붓곤 했다.

남궁미인을 만나는 순간, 생각의 화살은 상상을 지나 기억으로 이동하고야 만다. 결국 남궁미인을 죽음에서 건져 내지 못한 기억과 아버지 역시 잃고야 말았던 기억.

아무리 강해진들 과거를 바꿀 수는 없다. 그 무력함이 얼마나 고통스러운지 치가 떨릴 만큼 아는 모용천이다. 다시는 그런 과오를 되풀이하고 싶지 않은 게 당연하다.

아니, 과오를 되풀이하고 싶지 않은 게 아니다. 이 이상의 고통을 사양하고 싶을 뿐이다. 유 총관마저 잃게 된다면 그 고통은 감당할 수 없게 불어날 것이다.

탐관오리가 백성의 고혈(膏血)을 착취하듯, 급한 마음이 단전을 때려 내력을 뽑아낸다. 흙을 박차던 발이 어느새 풀을 밟고, 더러 허공을 차기 시작했다. 모용천의 경신술이 저도 모르는 사이 등평도수(登萍渡水)의 경지를 넘나들고야 마는 것이다.

그러나 모용천은 날개가 없는 게 한스러울 뿐이었다.

한 시진을 꼬박 올라야 닿을 거리를 주파하는 데 일각이 채 안 걸렸다. 그러나 호흡이 흐트러진 까닭은 숨이 차서가 아니라 마음이 급하기 때문이다. 공기 중에 떠도는 피비린내가 갈수록 짙어지니 불길한 기분을 억제할 길이 없다.

오두막 앞에는 풀을 뽑고 돌을 골라 만든 작은 마당이 있고, 뽑지 않은 잡목들이 서로 몸을 엮어 만든 담장 아닌 담장이 그 주변을 둘러치고 있었다. 모용천은 잡목의 담장을 훌쩍 넘어 마당 가운데 섰다.

작은 마당에는 우려했던 일이 현실로 펼쳐져 있었다. 십여 구의 시체가 곳곳에 널브러져 있고, 채 식지 않은 핏자국이 그 사이를 잇는 듯 겹치고 또 교차하고 있었다.

모용천은 시체들을 가로질러 오두막의 문을 열었다. 텅 빈 오두막 안에는 부서진 집기들만 바닥에 뒹굴고 있었다. 그렇잖아도 허술했던 흙벽은 곳곳에 구멍이 뚫려 있어 이제야말로 무너질 듯 위태롭기만 했다.

그러나 오두막 안에서 발견할 수 있는 것은 싸움의 흔적일 뿐, 유 총관의 모습은 보이지 않았다.

"……!"

모용천은 다시 밖으로 나가 시체들을 확인했다. 마당에 들어선 순간, 그 안에 유 총관이 없음을 알았지만 하나하나 들여다보지 않고는 참을 수가 없었다.

"이자는… 뇌운락?"

시체를 살펴보던 중 모용천이 저도 모르게 내뱉은 이름. 권왕의 열두 제자 중 한 사람인 뇌운락이 시체 틈에 끼어 있었다.

왼쪽 어깨에서 오른쪽 옆구리까지 몸통을 대각선으로 가르는 긴 상처. 그 일초에 즉사한 것이다.

'이 선배의 솜씨다.'

상처는 예리했으나 날 세운 쇠붙이보다 거칠었다. 강기를 일으킨 손날로만 만들 수 있으니 바로 벽운천강수를 대성한 도야객 이서곤의 솜씨다.

모용천은 재빨리 다른 시체들을 확인했다. 그러나 벽운천강수는 물론 도야객이 가진 무공에 당한 시체는 뇌운락 하나뿐이었다. 그 외에 어떤 이는 검에, 어떤 이는 맨손에 당하는 등 사인이 다양했다. 일일이 확인하던 중 모용천의 손이 다시 멈췄다. 뇌운락 외에 아는 얼굴이 나온 것이다.

종남파의 촉망받는 후기지수 이영관이었다.

'이상하다.'

여기에 이영관이 시체로 누워 있다는 사실이 이상한 건 아니다. 눈길을 끈 것은 복부에 선명한 주먹 자국이다. 쭉 뻗은 창처럼 한 점에 힘을 모아 꽂은 이 수법을 알아보지 못할 자 누가 있을까? 바로 현 무림맹주 권왕 우진의 성명절기 신창권의 절초인 것이다.

모용천의 눈길이 절로 뇌운락에게로 향했다. 이영관을 일권으로 제압할 만큼 신창권에 통달한 인물이라면 다른 이가 없다.

'그런데 왜……?'

사인과 흉수가 분명한 반면 이유는 모호하기 짝이 없다. 무림맹주이자 권왕 우진의 제자인 뇌운락, 종남파의 젊은 고수 이영관 모두 정파 무림맹에 소속된 인물이다. 무림맹이 유 총관을 노리고 여기에 왔음은 자명하다. 모용천도 자신이 정파 무림인들에게 어떻게 비추어지고 있을지 알고 있다.

하지만 그들이 어째서 서로를 해하였는지 알 수가 없었다. 커다란 의문이 모용천의 머릿속을 어지럽혔다. 어지러운 피비린내 속에서 잠시 멍하니 있던 모용천은 퍼뜩 정신을 차리고 스스로를 책망했다.

'지금 그게 중요한 게 아니잖아! 정신 차려!'

중요한 것은 유 총관과 도야객의 안위다. 모용천은 몸을 일으켜 사방을 둘러봤다. 모용천이 넘어왔던 잡목림의 담장은 곳곳이 파손되어 있었다. 어떤 것은 격렬한 싸움의 흔적이었고, 어떤 것은······.

　휘익—

　방향을 가늠한 순간, 모용천의 신형이 사라졌다. 불어오는 한줄기 바람이 급한 모용천의 마음을 대변하는 듯했다.

　　　　　　＊　　　　＊　　　　＊

　"커헉!"

　비명과 함께 비릿한 혈향(血香)이 코끝을 찌른다. 누군가에게는 아득한 절망을, 누군가에게는 끓어오르는 환희를 가져다주는 냄새였다.

　"크하하하핫!"

　청성파 본당 한가운데에서 커다란 웃음소리가 하늘 높이 올랐다. 도가 일맥인 청성파 도사들로서는 평생 들어보지 못했을 야성(野性) 가득한 웃음소리였다.

　뚝.

　높이 솟은 웃음소리가 갑자기 끊어졌다. 웃음소리의 주인, 온몸이 피범벅인 타사주가 고개를 돌리며 물었다.

　"중원의 무공이라는 게 겨우 이 정도요, 숙부?"

　그렇게 말하며 타사주는 피 묻은 손을 혀로 핥았다. 청성파에 오르자마자 닥치는 대로 벌인 살육의 잔재였다. 아자할은 눈살을 찌푸리며 다른 말로 대답을 대신했다.

　"뭔가 이상하다."

그리고 아자할은 주변을 둘러봤다. 검을 든 수십 명의 청성파 제자가 두 사람을 포위하고 있었지만 그 가운데 고수랄 만한 자가 극히 드물었다. 그나마 고수의 반열에 올랐다고 보이는 자들은 모두 주검이 되어 타사주의 발밑에 누운 것이다.

"이상해?"

피로 물든 혀를 내밀며 타사주가 다시 물었다. 그 모습을 보는 아자할의 미간에 더 깊은 골이 파였다. 커다란 힘을 얻었으되 그릇의 크기가 아직 부족한 탓이다.

아자할이 타사주를 데리고 청성산에 오른 것도 그 때문이었다. 청성파의 고수들과 겨룸으로써 타사주가 제 부족한 점을 깨닫기를 바란 것이다.

그러나 예상 밖으로 청성파에는 타사주와 대적할 만한 고수가 적었다. 아무리 그 위세가 약화 일로를 걷는다 한들 구파일방의 일원이다. 무림을 지배해 온 명문의 힘이 이 정도일 리가 없다는 확신이 강하게 일었다.

"기다려 봐라."

아자할은 타사주를 진정시키고 다시 시선을 돌렸다. 두 사람을 포위한 청성파 도사들 중 그나마 연배가 있고 눈빛이 침착한 자가 있었다. 아자할은 그 도사를 지목했다.

"거기!"

"…뭐, 뭐냐!"

아자할에게 지목당한 도사는 화들짝 놀라 검을 고쳐 쥐었다. 아자할은 한숨을 쉬며 말했다.

"문파가 이 지경이 되었는데 어째 장문인이라는 작자는 코빼기 하나 안 비치는가? 그 외 장로들은 모두 어딜 간 게야? 먼저 가야 할 늙은이들이 제 목숨을 아낀다고 어린 제자들만 먹이로 내던지는 게 청성의 법도인가?"

중년 도사의 얼굴이 확 붉어졌다. 남만의 오랑캐인 줄만 알았는데 중원 말을 유창하게 구사하는 것이다. 게다가 법도를 논함에 있어 바른 말을 내세우니 도사의 마음이 놀라움 반, 부끄러움 반으로 가득 찼다.

그러나 저보다 어린 사제, 사질들이 저 말에 귀 기울일 것을 생각하니 가만히 있을 수만은 없었다. 중년 도사가 크게 외쳤다.

"너희 남만의 오랑캐들이 장문 어르신이나 장로님들을 배알할 수나 있을 것 같으냐?"

목소리는 크나 말하는 자도 확신이 없다. 중원 말을 알아듣지는 못해도 눈치가 빠른 타사주가 눈을 부라리니 중년 도사의 목소리가 끝으로 갈수록 잦아들었다.

"저놈이 뭐라는 거요?"

타사주의 묻는 말에 짜증이 섞여 있었다. 숙부인 아자할의 지시대로 상대에 걸맞은 힘만 사용하다 보니 손발이 묶인 듯 답답한 것이다. 그만큼 저에게 달려드는 자들의 무공이 형편없었다.

"넌 가만히 있거라."

아자할은 손을 들어 타사주를 저지하고 다시 물었다.

"채운 진인은 어딜 갔지?"

중년 도사는 입을 다물었다. 그러나 당황한 기색 역력한 얼굴은 답을 한 거나 마찬가지였다. 아자할은 고개를 갸웃거렸다.

'장문인의 부재를 숨기는 걸 보니 꽤 멀리 나간 모양이군. 그것도 전력이 될 만한 고수 대부분을 대동했다는 건······.'

쉭—

흔들린 아자할의 신형이 중년 도사 바로 옆에서 선명하게 나타났다. 아자할은 은광일섬조의 수법으로 도사의 견갑골을 움켜쥐었다.

"으아아악!"

뼈가 으스러지는 고통에 도사가 비명을 질렀다. 동시에 아자할은 도사의 손에서 검을 빼앗아 던졌다. 휙! 소리를 내며 날아간 검이 아자할에게 달려들던 두 청년 도사를 꼬챙이 꿰듯 꽂아 담벼락에 박혔다.

"이놈··· 끄으으윽!"

두 명이 순식간에 살해당하자 중년 도사가 분통을 터뜨렸다. 그러나 아자할이 견갑골을 움켜쥔 손에 힘을 주자 그도 잠시, 극심한 고통을 못 이기고 무릎을 꿇으며 신음했다.

중년 도사를 제압하고 검을 던져 두 청년 도사를 꼬챙이 꿴 아자할의 솜씨에 놀란 청성파 도사들이 저도 모르게 뒤로 물러났다. 입가에 피를 묻혀가며 힘에 도취된 타사주보다 냉정하게 손을 쓰는 아자할이 더 무섭게 느껴졌던 것이다.

"호오?"

그 모습이 타사주의 흥미를 끌었다. 타사주는 숙부인 아자할의 실력이 저보다 못하다는 것을 잘 알고 있었다. 그러나 정작 도사들은 자기보다 아자할을 더 두려워하니 그 까닭이 무엇인지 궁금했다.

고통에 허덕이는 중년 도사의 귓가에 아자할이 속삭였다.

"장문인이 어디에 갔는지, 이유가 무엇인지 말하면 이쯤에서 물러나 주지. 딱히 약한 것들을 괴롭히려 온 게 아니니 말일세."

"끄으… 모, 모른다!"

중년 도사는 이를 악물고 말했다. 절대 굴하지 않겠다는 명문의 긍지가 엿보이는 모습이었다.

이런 자는 성가시다. 아자할은 견갑골을 잡고 있던 손을 놓았다.

"어……?"

구속에서 해방된 순간 찾아온 편안함에 도사는 의문을 표했다. 그와 동시에 도사의 목이 반대편으로 돌아갔다.

"이것 참……."

허물어지는 도사를 보며 아자할은 혀를 찼다. 어떤 이유에서든 장문인 이하 장로 급 고수들이 자리를 비웠다면 예까지 힘들게 온 의미가 없는 것이다. 물론 청성파의 징문인이라고 해도 아자할 자신과 동수를 이룰 터, 타사주의 진정한 적수가 될 리 없다. 사실 이제 십왕 정도가 아니면 타사주와 일대일로 겨루어봄 직한 자가 없기도 하다. 다만 아자할은 청성파의 장문인 이하 장로 급 고수들이 모두 달려드는 상황을 기대했던 것이다.

"가자."

잔뜩 겁을 집어먹은 도사들을 무시하고 아자할이 말했다.

"뭐?"

이번엔 타사주가 고개를 갸우뚱거렸다. 자신을 더욱 강하게 만들어줄 적들이 있다고 하여 청성산을 올랐건만, 손짓 한 번에 나가떨어지는 놈들뿐이다. 그것만 해도 속은 기분이 드는데 그냥 내려가자니 선뜻 따를 수가 없었다.

"여기서는 더 볼 게 없다. 잔챙이들만 있으니 시간만 아깝지."

"쳇!"

아자할의 태도가 단호하니 어쩔 수 없다. 타사주는 방금 제가 죽인 시체에 발길질을 했다.

그 말대로다. 여기는 상대할 가치도 없는 놈들밖에 없다.

"……!"

그렇게 마음먹고 돌아선 순간, 등 뒤가 짜릿하니 번개에 맞은 기분이 들었다. 타사주가 앞서가는 아자할의 어깨를 잡았다.

"뭐냐?"

"안 느껴져?"

"뭐가 느껴진다고……?"

대화가 돌연 끊기고, 두 숙질이 각기 다른 방향으로 몸을 날렸다. 그러자마자 두 사람이 서 있던 자리에 벼락같은 빛이 내려왔다.

콰콰쾅!

굉음과 함께 흙먼지가 피어올랐다. 내리꽂힌 빛의 여력이 대기 중에 퍼졌는지 찌릿한 느낌을 받은 청성파 도사들이 사방에서 감탄사를 연발했다.

"헉!"

"끄윽!"

반면 다섯 장 넘게 물러난 아자할은 입을 꽉 다물고 흙먼지 너머를 노려보고 있었다. 시간이 흘러 흙먼지가 가라앉고, 그 가운데 눈썹이 흰 노도사 한 명이 모습을 드러냈다.

"누, 누구지?"

급작스런 노도사의 출현에 놀란 건 청성파 도사들도 마찬가지였다. 도사들은 노도사를 처음 보는 듯 하나같이 어리둥절한 표정을 짓고 있었다.

노도사는 도사들의 반응에 개의치 않고 바닥에 쓰러진 수많은 청성파 문도들의 시체를 둘러봤다. 그리고 소금같이 흰 눈썹을 추켜세우며 아자할을 향해 고함을 질렀다.

"웬 놈이냐!"

노도사의 호통 소리에 심후한 공력이 담겨 있었다. 아자할은 눈썹을 찡그리며 노도사의 노기 어린 눈빛을 받았다.

'이놈 봐라?'

자신의 눈빛을 받고도 태연자약한 아자할을 보니 노도사의 심중에 작은 파문이 일었다. 남만인이 대청성에 난입해 천인 공노할 짓을 저지른 것도 놀라운데, 자신을 앞에 두고도 주눅이 들지 않으니 기이한 일이다.

그 남만인의 입에서 뜻밖에도 유창한 한어(漢語)가 나왔다.

"노도장께서는 혹시 공산 진인(空算眞人)이 아니십니까?"

공산 진인은 전대의 인물로 일찍이 청성이 낳은 만고의 기재라 불린 절정고수였다. 그가 펼치는 청성의 절기 건곤벽하검(乾坤碧河劍) 앞에 쓰러진 마두가 수십이다.

그러나 어떤 고수도 세월을 이길 수 없다. 공산 진인은 현 청성파 장문인 채운 진인의 사숙조이니 나이가 백 세를 훌쩍 넘었을 것이다. 게다가 그가 강호에서 사라진 지 육십 년이 넘었으니 이제는 그 이름을 아는 자도 드물었다. 간혹 기억하는 이들도 공산 진인이 이미 우화하였으리라 짐작할 뿐이었다.

그런데 저 남만인이 자신을 알아보았으니 공산 진인도 놀랄 수밖에 없었다.

"허어! 빈도를 아느냐?"

"방금 보여주신 건곤벽하검 일초를 보고 겨우 알았습니다."

아자할은 포권의 예를 취하며 공손히 말했다. 공산 진인은 놀라움을 거두고 냉랭히 말했다.

"빈도를 알아본다고 네 죄가 사라질 줄 알았느냐? 우선 네가 한 일의 대가를 묻고 이유를 물을 것이다!"

노려보는 공산 진인의 눈에서 불꽃이 이는 것 같다. 아자할은 본능적으로 공산 진인이 아직도 장문인을 능가하는 절정의 무위를 가지고 있음을 알 수 있었다. 그리고 이 사실을 아자할만 알고 있을 리 만무하다.

"잘됐다."

"뭐라?"

아자할의 입에서 뜻밖의 말이 나오자 공산 진인이 눈살을 찌푸렸다. 그러나 아자할은 무슨 뜻인지 설명하는 대신 팔짱을 끼었다. 불손하기 짝이 없는 태도가 공산 진인의 노기를 부추겼다.

"감히!"

끓어오르는 노기를 따라 건곤일기공(乾坤一氣功)이 출렁인다. 방금 전 벼락같이 내리꽂혔던 건곤벽하검의 한 수가 다시금 아자할을 향해 쏘아지려는 순간!

"……!"

등 뒤로 서늘한 기운이 덮쳐 온다. 공산 진인의 머릿속에 자신을 삼키려 드는 거대한 입이 그려졌다.

"갈!"

백 살 노인네의 그것이라고는 믿기지 않을 만큼 큰 기합 소리를 내며 공산 진인이 좌장을 휘둘렀다. 동시에 오른손에 들린 검이 손바닥을 교차하며 아래에서 위로 수직선을 그었다.

콰콰콰쾅!

빛과 함께 서늘한 기운이 대기 중에 물결치며 사방으로 퍼져 나갔다. 근처에 서 있던 청성파 도사들 중 내력이 약한 자들은 피를 토하며 쓰러졌다.

 '이건 또 무슨 일인가!'

 충돌의 여력을 상쇄하기 위해 멀찍이 물러난 공산 진인이 속으로 부르짖었다. 육십 년을 청성산 심처 무명봉에 칩거하면서 수행한 부동심이 두 번이나 흔들린 것이다.

 첫 번째는 자신의 일장과 일검을 맞받아친 자가 존재한다는 것이요, 두 번째는 그자가 겨우 이십대의 남만인 애송이라는 것이었다. 더구나 저 핏덩이 같은 남만인의 기운이 자신으로 하여금 잡아먹히는 광경을 떠올리게 만들었다는 사실이 도무지 믿기질 않는 것이다.

 "허어……!"

 공산 진인은 충돌의 여파로 들끓는 기혈을 가라앉히며 탄식했다. 저 젊은 남만인의 기세가 실로 무시무시하다. 수십 년 전 공산 진인이 검을 맞대었던 개세의 마인 중 누구라도 저놈 앞에서는 꼬리를 말고 도망쳐야 할 것 같았다.

 더구나 사문의 제자들도 알아보지 못하는 자신을 한 번에 알아본 중년의 남만인도 문제였다. 기운을 안으로 갈무리하고는 있으나 그 성취가 놀라웠다.

 '채운 그 아이를 능가할지도 모르겠군.'

 현 장문인 채운 진인은 공산 진인에게 사문의 보호를 부탁하고 청성산을 나섰다. 혼자가 아니라 청성파가 보유한 장로급의 주요 고수 대부분을 데리고 떠난 것이다. 항렬을 따지면 사손뻘이지만 엄연한 장문인이니 공산 진인은 굳이 이유를 묻지 않았다. 전력의 칠할 이상이 빠져나갔지만 굳이 사천 땅에서 조용히 지내는 청성파를 공격해 올 만큼 원한이 깊은 자들도 없거니와 습격한다 한들 제 힘으로 물리칠 자신이 충분했던 것이다.

그러나 우려하던 일은 반드시라고 할 만큼 쉽게 현실이 된다. 당장 현 장문인을 능가하는 절정의 고수 두 명이 습격해왔고, 청성산에 남아 있는 문도들 중 공산 진인에게 힘을 보탤 수 있는 자가 아무도 없었다. 실로 백 년 만에 닥친 위기였다.

그런 공산 진인의 심중을 읽었는지 아자할이 흰 이를 드러내어 웃으며 말했다.

"저는 끼어들지 않을 테니 걱정 마십시오."

"뭐라?"

"대신 전력을 기울이셔야 할 겁니다. 진인께서 저 녀석을 만족시켜 주지 못한다면 이 자리에 있는 청성파 제자들을 몰살시킬 작정이니까요."

아자할의 말이 실로 오만하고 또 잔인했다. 아득히 먼 과거, 홍안의 소년 시절에도 자신에게 건방진 언사를 뱉는 자가 없었다. 하물며 정도의 전설 중 하나가 된 후로는 더더욱 그랬으니 공산 진인은 기가 막혀 말이 나오지 않았다.

말문을 잃은 공산 진인을 내버려 두고 아자할은 타사주에게 외쳤다.

"저 늙은이는 처음 생각했던 상대들보다 훨씬 강한 상대다! 운이 좋은 줄 알아라!"

"그런 것쯤은 나도 알아!"

길게 소리치는 타사주의 몸이 다시 공산 진인에게로 쏘아져 나갔다. 먹이를 덮치는 표범처럼 사납게 달려드는 동작이 흉험하기 짝이 없다. 경시하는 마음 따위 추호도 품을 수 없다.

휘익—

수십 년 세월을 넘어, 아니, 처음으로 전력을 기울인 건곤벽하검이 허공에 어지러운 검로를 그렸다. 오랜 시간 켜켜이 쌓은 공력을 엮어 만든 검망(劍網)은 위험하기 짝이 없었지만, 젊은 야수는 기꺼이 그 안으로 제 몸을 던졌다.

캉… 카앙……!

귀를 긁는 쇳소리가 먼 길을 넘어 은은하게 들려왔다. 생전 사람의 발길 닿을 일 없는 산중이니 그 흔적을 쫓기가 어렵지 않았지만 그러면서도 제 판단이 옳았는지 의심이 가시지 않은 터. 쇳소리는 모용천에게 확신을 주었다.

확신은 곧 내력을 일으킨다. 그렇지 않아도 당대에 따를 자 없다는 도야객을 잡은 모용천이다. 경신술로는 이미 천하제일인 모용천의 신형이 한층 더 빨라졌다. 마음이 급하다 보니 저도 모르게 실현했던 등평도수의 수법이 이젠 완전히 체득(體得)한 듯 자유자재로 펼쳐지고 있었다.

풀잎을 밟고 몸을 띄워 허공을 발로 차 앞으로 나아간다. 일련의 동작이 매끄럽게 이어지니 누군가 본다면 땅 위를 달리는 게 아닌지 착각할 정도였다.

휘익!

멀리 난 모용천이 무성한 잎 속으로 들어갔다. 잎들이 겹쳐 만든 어둠을 뚫고 모용천의 몸이 밝은 볕 아래로 내려선 순간, 희미하던 쇳소리가 선명하게 났다.

카앙!

쇳소리를 하늘로 올리며 모용천의 몸이 땅으로 내려섰다. 그 기세에 놀랐는지 충돌했던 두 사람이 수 장 뒤로 물러났다.

"네, 네놈은……!"

모용천을 가운데 두고 양쪽으로 물러난 자 중 장년인이 외쳤다. 그 외침 속에는 마치 못 볼 것을 본 사람처럼 경악과 공포, 더러는 혐오의 감정까지 담겨 있었다.

그러나 장년인이 자신에게 어떤 감정을 품고 있는지 굳이 말이 아니어도 알 수 있었다. 모용천은 포권의 예도 생략하고 싸늘하게 말했다.

"오랜만입니다, 제갈 선배."

장년인은 바로 제갈세가의 가주 제갈창운이었다.

제갈세가는 강호에 출몰한 마왕을 잡겠다며 나섰다가 전력의 대부분을 잃은 바 있다. 결국 지금까지 남은 자들 중 고수라 할 만한 자는 가주인 제갈창운 본인이 전부다. 제갈세가는 이미 강호에 행세할 만한 힘을 잃었고, 그를 복구하기에 얼마나 많은 시간이 필요할지 알 수 없었다.

그렇다 한들 멸문지화를 입은 종리세가에 비할쏜가? 제갈세가는 다른 오대세가와 달리 십왕이라는 걸출한 인물을 보유하지 못했다는 이유로 종리세가와 행동을 같이해 왔다. 구파일방과 함께 무림의 대표 명문인 오대세가의 체면은 고사하고 스스로 권왕의 산하, 즉 무림맹의 일원이 된 것이다.

당연히 종리세가를 멸절시킨 모용천이 곱게 보일 리 없다. 모용천을 보는 제갈창운의 눈에는 그러한 감정이 선명하게 드러나 있었다.

"흥! 권왕의 주구가 또 하나 나타난 건가?"

제갈창운의 반대편에서 경멸 가득한 목소리가 들려왔다. 모용천이 돌아보니 늙은 여승 한 사람이 검을 들고 서 있었다.

여승의 눈은 호랑이처럼 붉었는데, 뿜어져 나오는 기세도 눈과 같이 호랑이를 닮아 있었다. 그 붉은 눈을 보니 모용천이 깨닫는 바가 있었다.

"혹시 아미파의 명안 사태(明眼師太)가 아니시오?"

명안 사태는 아미파의 현 장문인이다. 그녀는 날 때부터 흰자위가 유난히 붉어 상서롭지 못하다는 이유로 부모에게도 버림받은 과거가 있었다. 이후 전 장문인에게 거두어져 불가에 귀의했고, 비록 눈이 붉으나 세상은 바로 보라는 의미로 '명안'이라는 법명을 받았다.

모용천은 과거 기명자에게서 그녀에 관한 이야기를 들은 적이 있었다.

명안 사태가 한번 출도하면 악인들이 벌벌 떨며 몸을 사린다. 아미구양공(峨嵋九陽功)과 아미현검(峨嵋炫劍)을 십성 연마한 그녀의 손에 쓰러진 사파의 고수가 부지기수이기 때문이다.

그러나 명안 사태가 강호에 모습을 드러내는 일은 몹시 드물었다. 되도록 강호의 일에 관여치 않으려는 성격상 무림맹 창설에도 타 문파의 권유에 못 이겨 이름만 겨우 올려놨을 뿐이다. 모용천도 무림맹에 있던 시절 아미파 출신을 본 일이 없었는데, 오늘 뜻밖의 자리에서 만나게 된 것이다.

"뭐라? 이런 버르장머리없는 놈! 네 사문이 어디냐!"

모용천의 불손한 태도에 자극을 받았는지 명안 사태가 붉은 눈을 부라리며 호통을 쳤다. 새파란 애송이가 일파의 장문인을 알아보고도 저런 태도를 취하는 것은 상상할 수도 없는 일이었다.

그러나 모용천은 눈썹 하나 까딱하지 않고 말했다.

"세상 참 편하게 사시는구려들. 누구는 마왕의 주구라 부르고, 또 누구는 권왕의 주구라 부르고. 나도 내가 누구의 주구인지 헷갈려서 알 수가 없구려."

"뭐라? 설마 네놈이……!"

화를 내려던 명안 사태가 놀라며 입을 다물었다. 사색이 된 제갈창운이 명안 사태의 짐작이 맞다 얘기하는 것 같았다.

명안 사태가 놀라든 말든 모용천의 관심은 다른 데에 있었다. 모용천은 고개를 다시 제갈창운에게 돌렸다.

"긴말 안 하겠소. 유 총관은 어디에 있소?"

"그, 그건……."

제갈창운은 쉽게 대답하지 못했다. 평소 광명통이라는 별호답게 정파를 대표하는 모사로 정평이 난 그였으나, 모용천의 눈을 본 순간 그 좋은 머리가 멈춰 버린 것이다.

권왕 우진은 일찍이 모용천에 관해 조사하면서 그와 유 총관 사이의 관계가 각별하다는 것을 파악한 상태였다. 따라서 모용천이 제마성에 귀의했다 하여도 유 총관을 대동하지는 않았을 거란 확신이 있었고, 그러한 사정을 알고 도와줄 수 있는 자가 이소밖에 없다는 것도 잘 알고 있었다.

하여 우진은 이소를 납치, 감금하고 장로 중 한 사람을 회유하여 방주로 세웠다. 그리고 이소를 고문하는 동시에 개방을 움직여 유 총관의 소재를 찾는 데 주력했던 것이다.

제갈창운은 우진의 명을 받고 뇌운락 등과 함께 유 총관의 신병을 확보하러 이곳에 왔다. 그 목적은 유 총관을 인질로 삼아 모용천을 다시 무림맹으로 끌어오든 어떻든 일단 제 구실을 못하게 하기 위해서였다.

그러니 모용천을 눈앞에 두고 제갈창운의 입이 쉽게 떨어지겠는가?

모용천은 머뭇거리는 제갈창운에게서 고개를 돌렸다. 반대편에는 제갈창운과 비슷한 어딘가 몹시 꺼림칙한 구석이 있는 표정을 한 명안 사태가 있었다.

"유 총관은 어디에 있소?"

"……."

모용천의 언사는 지극히 오만불손했다. 평소의 명안 사태라면 단숨에 손을 써서 버릇을 고칠 터였으나, 그녀 역시 꿀 먹은 벙어리처럼 아무 말도 할 수가 없었다.
 두 사람 다 말이 없자 모용천은 청력을 돋웠다. 그러자 병장기 부딪치는 소리, 권과 장이 부딪치는 소리가 사방에서 들려오기 시작했다. 개방 방주의 거처가 숨어 있는 무명산에 오른 자는 이들뿐이 아니었던 것이다.
 모용천은 다시 제갈창운과 명안 사태를 번갈아 봤다. 그 눈빛이 방금 전과는 비교도 안 될 만큼 차가워 보는 것만으로 상대를 얼릴 것만 같았다. 실제로 제갈창운은 모용천의 눈빛을 받는 것만으로 오한이 일었다.
 '이런 놈에게 싸움을 걸다니!'
 제갈창운은 지금은 가고 없는 종리세가의 가주를 생각하고, 그 어리석음을 탓했다.
 모용천이 다시 물었다.
 "유 총관을 어떻게 했소? 마지막 기회요."
 제갈창운이 입을 열 기미를 보이지 않자 모용천은 두 마디를 덧붙였다. 가뜩이나 마음이 급한데 제갈창운이나 명안 사태나 말을 안 하니 답답해 미칠 지경이었다.
 "……."
 "……."
 기다렸지만 제갈창운은 입을 열지 않았다. 모용천은 고개를 저으며 제갈창운을 향해 한 발 다가섰다. 그 순간!

쉬익!

모용천의 등 뒤로 바람이 불었다. 명안 사태가 수 장 거리를 단숨에 좁힌 것이다. 명안 사태의 검, 아미파 장문인의 신물인 수미소양검(須彌素陽劍)이 흰 날을 번뜩이며 모용천의 등을 파고들었다.

카앙!

허공에 불꽃을 그리며 수미소양검이 하늘 높이 날아 먼 곳에 떨어져 박혔다. 몸을 돌리며 검을 휘두른 모용천의 눈앞에 호구에 피를 흘리는 명안 사태가 서 있었다.

"이, 이런……."

명안 사태는 손안이 피투성이가 된 것도 모르는지 멍하니 서서 모용천을 바라봤다. 모용천은 그런 검봉을 명안 사태의 턱 끝에 댔다.

"감히……!"

검봉의 한기가 턱 끝에 와 닿자 명안 사태는 치욕스러운 나머지 몸을 떨었다. 모용천이 짧게 말했다.

"모욕보다 부끄러움이 앞서야 할 텐데?"

"……!"

모용천의 말에 틀림이 없어 명안 사태는 고개를 떨어뜨렸다.

연배를 따지면 손자뻘이요, 배분을 따지면 헤아리기조차 민망할 정도다. 명안 사태는 자신이 그렇게 까마득한 후배를 기습했다는 사실이 믿기지 않았다.

그녀에게 드러낸 모용천의 등은 마치 지금 찌르지 않으면 안 된다며 속삭이는 것만 같았다. 명안 사태는 그것이 제 안에 있는 미혹(迷惑)에 다름 아님을 알고 있었다. 모용천에게서 느껴지는 중압감과 그로 인한 공포가 이지를 흐려 잘못된 판단으로 그녀를 이끈 것이다.

명안 사태는 싸우기도 전에 이미 진 것이다.

제 안에 있던 미혹을 이기지 못하고 꺼내 든 검이 어찌 그 위력을 십분 발휘할 수 있겠는가? 모용천이 명안 사태의 기습을 쉽게 막아낼 수 있었던 까닭도 거기에 있었다.

다만 이는 모용천과 명안 사태 두 사람만 알 수 있는 사실이었다. 십여 걸음 떨어진 곳에 있던 제갈창운이 그 안의 사정을 알 리 없었으니, 다만 명안 사태의 검을 너무나 쉽게 물리친 모용천의 무위에 놀랄 뿐이었다.

"유 총관을 어떻게 했소?"

모용천이 다시 물었다. 이미 마음으로 굴복당한 명안 사태의 입은 쉽게 열렸다.

"우리는 그를 구하러 왔다."

"우리? 우리라는 건 누구를 지칭하는 거요?"

명안 사태는 잠시 머뭇거렸지만 곧 고개를 들고 되물었다.

"무림맹이 개방에 무슨 짓을 했는지 알고 있느냐?"

"모르오."

"무림맹은 현 개방 방주를 폐하고 꼭두각시 방주를 세웠다. 새로운 방주는 맹주의 수족이나 다름없으니 개방의 힘이 온전히 무림맹에 잡아먹힌 게지. 이는 우진 그자가 처음 무림맹을 창설할 때 우리에게 말했던 취지와는 정반대되는 행동이지 않느냐?"

 권왕 우진이 자신과 신창권문을 중심으로 정파 무림맹을 창설하는 과정은 결코 순탄하지 않았다.
 아무리 우진이 십왕 중 일인으로 정파를 대표하는 고수라 하나, 유구한 역사와 전통을 자랑하는 구파일방에 비할 바가 아니었다. 짧게는 수백 년, 길게는 천 년을 이어온 역사는 기껏 한 세대의 천재에 불과한 우진이 당해내기 어려운 것이었다. 비록 신창권문의 세력이 당대에 우뚝 솟았다고는 하나 그 위상이 어디까지 계속될지는 아무도 모르는 것이다.
 그러니 우진이 스스로 나서 무림맹을 창설하고자 했을 때, 구파일방의 반응은 냉랭하기 그지없었다. 구파일방을 배제한 열 명의 고수로 현 무림이 재편되지 않았더라면 그들은 우진을 상대조차 해주지 않았을 것이다.
 그러나 오대세가―엄밀히 말하면 둘을 제외한 삼대세가―의 부흥과 앞서 말한 십왕으로 재편된 무림 정세, 그리고 역사상 유례없는 사파인들의 집단 제마성의 출현이 구파일방 수뇌진의 마음을 흔들었다. 더 이상 옛 영화에 취해 있을 수 없다는 경각심이 인 것이다.
 우진이 파고든 것은 그 조그마한 틈새였다. 우진은 무림맹 창설 취지를 제마성이라는 하나의 기치 아래 모여들 사파인들로부터 무림을 지키는 것이라 했다. 하나 그 이면에는 구파일방이 합심하여 무림의 판도를 다시금 저들 것으로 돌려놓자는 계산이 있었다. 그리고 우진은 장차 신창권문을 구파일방과 어깨를 나란히 할 수 있는 존재로 인정하겠다는 약조를 받고, 구파일방을 권왕과 무림맹의 이름으로 최대한 지원하고자 한 것이다.

물론 구파일방은 단순히 우진을 이용하려 했을 뿐, 그들만의 잔치에 신창권문을 끼워줄 의사가 처음부터 없었다. 구파일방의 수뇌진에게 우진은 적당히 치켜세워 주면 제가 정말 잘난 줄 알고 날뛸 무뢰배에 불과했다.

그러나 이는 크나큰 오산이었다. 우진은 그들 생각처럼 단순하여 순순히 이용당할 위인이 아니었다. 오히려 우진이 구파일방 수뇌진의 머리 꼭대기에 올라 있었던 것이다. 우진은 제마성이라는 적을 빌미로 세력을 규합했고, 지위를 공고히 했다. 사람들이 무언가 잘못되었음을 느낀 순간, 이미 무림맹은 온전히 구파일방의 힘을 담아내었고 우진은 그를 좌지우지할 수 있는 위치에 올랐던 것이다.

공식적으로 의견을 교환하지는 않았으나 다들 현 무림맹과 맹주에 회의를 품고 있었던 터. 이소가 개방의 무림맹 탈퇴를 선언한 것도 바로 이 시점이었다. 물론 이소가 탈퇴를 결심한 이유는 다른 구대문파가 느낀 위협과 다소 궤가 달랐지만, 그렇기 때문에 홀로 앞서 행동할 수 있었던 것이다.

앞서 행동한 대가는 모두가 아는 바, 크고 참혹했다. 개방이라는 유구한 역사를 가진 방파가 무림맹에 통째로 삼켜진 것이다.

무림맹이 개방에 행한 공작은 남은 구대문파에게도 커다란 충격을 안겨줬다. 물론 무림맹이 이소를 감금하고 제 입맛에 맞는 새로운 방주를 세운 것은 비교적 조직이 느슨하고 헐거운 개방이었기 때문에 가능한 일이었다. 그럼에도 불구하고 권왕의 주구가 된 개방은 그 자체로 무림맹이 구대문파에 던진 경고였다, 섣불리 행동했다가는 어떤 꼴이 될지 모른다는.

"그래서 우리는 무림맹에서 나오기로 뜻을 모았다. 그러던 중 무림맹이 너를 공략하기 위해 유 총관이라는 노인을 확보한다는 정보를 입수했지."

"그래서, 나를 위해 유 총관을 구출하러 몰려들 오셨다?"

명안 사태의 말대로라면 백번을 감사해도 모자랄 일이다. 그러나 모용천은 무림인의 입에서 나오는 말은 액면 그대로 믿을 게 못 된다는 것을 알고 있었다. 이들이 온전히 선의만을 가지고 유 총관을 구출하러 왔을 리 만무하다. 아니, 명목상의 구출이지 그것이 또 다른 납치일지 누가 알겠는가? 구대문파 역시 모용천을 어떤 식으로든 이용하기 위해 유 총관을 필요로 하는 게 아닌지 의심이 앞서는 것이다.

더구나 명안 사태는 등을 보인 모용천에게 살수를 뿌렸으니 그 말을 더더욱 곧이곧대로 들을 수 없었다.

모용천의 조롱은 명안 사태만이 아니라 그 뒤에 있는 구대문파 전부를 향한 것이었다. 또한 반대편에서 떨고 있는 제갈창운을 비롯한 무림맹을 향한 것이기도 했다.

"지금 싸우고 있는 자들은 구대문파와 무림맹원이라는 거군. 뭐, 상관은 없고. 유 총관은 어찌 된 거요?"

모용천의 시선이 다시 제갈창운을 향했다. 쉽게 굴복한 명안 사태를 보았기 때문일까, 열리지 않을 것 같던 제갈창운의 입도 끝내 열리고 말았다.

"신병을 확보하면 신호탄을 쏘아 올리기로 했지. 신호탄은 아직 못 봤다네."

아직 도야객과 유 총관이 무사하다는 이야기다. 모용천은 아무 말 없이 몸을 돌렸다.

모용천이 사라지고, 제갈창운은 여전히 빈손으로 생각에 잠긴 명안 사태에게 말했다.

"계속하시겠소?"

"…그만두지요."

그럴 줄 알았다며 제갈창운도 검을 검집에 넣었다. 명안 사태는 체념한 표정의 제갈창운에게 물었다.

"저자가 원래 저리 강하였소?"

"처음 봤을 때도 강했지만 지금은… 잘 모르겠소."

제갈창운은 말을 마치지 못하고 고개를 저었다. 모용천이라는 존재의 불가해(不可解)함은 그와 같이 뛰어난 이들에게 오히려 더 큰 절망이었다.

제갈창운은 흐트러진 의관을 바로잡으며 말했다.

"본인은 세가로 돌아가겠소. 앞으로 무림맹의 일에 관여치 않을 테니 그리 알고 고이 보내주시오."

"관여치 않겠다고?"

"모용천이 무림맹을 적으로 돌렸으니 이만 빠지고 싶다는 말이외다. 세가의 사정을 사태께서도 잘 알고 계실 터, 본인마저 화를 입으면 제갈세가는 무너지고 말 것이오."

"……."

제갈세가는 과거 마왕의 손에 전력의 대부분을 잃었다. 가주인 제갈창운만이 기적적으로 살아남았으니 그 마음이 어떨지 모르는 바가 아니다. 그러나 명안 사태는 제갈창운이 필요 이상으로 모용천을 두려워한다고 생각했다.

"그리고."

돌아서던 제갈창운이 잊고 간 말이 있는 듯 입을 열었다.

"모용천은 마왕의 주구가 아닐 것이오."

"왜 그렇게 생각하시오?"

제갈창운이 고개를 돌려 대답했다.

"자기보다 약한 자의 밑에 들어갈 리 없으니까."

* * *

사람의 눈길을 끄는 법 없던 무명산이 졸지에 일대 싸움터로 변했다. 사방에서 일대일, 많아야 삼 대 삼의 국지전이 벌어지고 있었는데 누구 하나 일류고수 아닌 자가 없었다.

천근 경력이 한 점에 집중되어 찔러온다. 그 권압을 못 이기고 공기가 찢어지며 비명을 질렀다.

쇄에엑!

이 주먹을 받아치기란 지극히 어리석은 일이다. 주먹이 날아오는 순간 노회한 검사는 판단을 마치고 몸을 날렸다.

콰콰콰쾅!

집채만 한 바위가 부서지며 파편이 사방으로 날았다. 바위를 부순 장본인, 권왕의 열두 제자 중 맏이인 장선군(張善君)이 재빨리 몸을 돌렸다. 흐드러진 회색 파편 사이로 반짝 빛이 보였다. 장선군은 두 팔을 교차해 오(X) 자 형태를 만들었다.

카앙! 카캉! 캉!

팔꿈치부터 손등까지 덮은 철제 보호구 위로 세 차례 검격이 가해졌다. 청성파의 절기 절광성검(絶光星劍) 중 삼뢰파봉(三雷破峰)이라는 초식이다.

십성 공력이 담긴 검격을 세 차례, 한 치의 오차 없는 한 점에 연속으로 가하여 상대를 완전히 파괴한다. 검법이라기보다 곤법에 가까운 수법이지만, 봉우리를 허물어뜨린다는 이름답게 그 위력이 실로 놀라웠다.

세 번째 검을 회수하고 냉큼 뒤로 물러난 노검객을 보며 장선군이 말했다.

"청성의 검에 매운 맛이 있다더니 오늘에야 그 뜻을 정확히 알 수 있겠군요."

그러면서 장선군은 오른팔을 털었다. 삼뢰파봉을 막아낸 지점을 중심으로 실금이 거미줄처럼 퍼져 있던 보호구가 힘없이 부서졌다.

무한에서 제일가는 대장장이가 만든 명품이다. 그 위에 강기를 한 겹 더 입혔으니 웬만한 보검은 흔적을 남기기도 어려울 터. 보호구를 잃은 장선군의 얼굴이 어두웠다.

"으음!"

장선군과 마주 선 노검객, 청성파 장문인 채운 진인의 얼굴에는 그보다 더 어두운 그늘이 드리워 있었다.

분명 이득을 본 것은 채운 진인 쪽이다. 그러나 자신의 십성 공력을 담은 공세가 겨우 보호구 하나를 무력화시키는 데 그쳤다는 사실이 채운 진인에게는 충격으로 다가왔다. 더 큰 충격은 장선군의 무위가 자신에 비해 결코 낮지 않다는 점이다.

최근 구파일방에서 이렇다 할 인재가 나오지 않은 것은 채운 진인도 인정하는 바였다. 그 자신만 해도 선현들과 비교하자면 그저 사문 무공의 성취도가 턱없이 낮아 항상 죄스런 마음뿐이었다. 하지만 설마 자신이 권왕의 제자와 동수를 이룰 것이라고는 미처 상상도 못했다.

"그럼… 계속해 봅시다."

주먹을 들어 자세를 취하며 장선군이 말했다. 채운 진인은 검을 들어 가슴을 보호하며 물었다.

"이런 실력을 지녔으면서 어찌 드러내지 않았는가? 자네 정도라면 강호에 그 명성을 높일 수 있었을 텐데?"

장선군이 빙그레 웃으며 말했다.

"사부님께서는 맹에 관련된 일만을 허락하셨습니다. 우리 사형제는 오직 사부님의 뜻을 따를 뿐입니다."

그렇게 말하는 장선군의 얼굴에 미소가 가득했는데, 기쁨이 충만해 주체할 수 없어 보였다. 장선군의 대답은 빈말이 아니라 순수한 진심이었다.

"허어!"

채운 진인은 그런 장선군을 보고 길게 탄식했다. 사부의 뜻을 따른다는 장선군의 진심은 일견 기특했으나 채운 진인은 그 안에 자리 잡은 맹목적인 복종을 본 것이다.

채운 진인은 스승 된 자가 가장 경계해야 할 것으로, 제자를 또 다른 자신으로 만드는 것이라고 꼽고는 했다.

사제지간은 혈연보다 깊은 사랑과 신뢰로 맺어져 있지만, 두 사람은 어디까지나 별개의 인격체다. 스승의 역할은 제자가 바른 길을 선택하는 능력을 키우는 데 있지, 제자가 걸어야 할 길을 선택해 주는 데 있는 게 아니다.

채운 진인은 주변에서 스승의 역할을 혼동하여 실패하는 사례를 종종 보아왔다. 제자에게 자신을 과도히 투영하여 자신이 해온 그대로를 강요하다 파국에 이른 경우도 있었다.

그런 사례를 반면교사(反面敎師) 삼아 채운 진인은 나름 제자를 올바르게 키워왔다 자평할 때도 있었다. 그런 채운 진인의 눈에 장선군은 어딘가 잘못되어 있었다. 그가 말하는 사부는 스승이 아니라 차라리 광신(狂信)의 대상이어야 할 것 같았다.

이는 잘못이 아니라 의도된 결과라는 생각이 채운 진인의 뇌리를 스쳐 지나갔다. 우진이 원한 것은 제자가 아니라 그의 수족이 되어줄 충실한 부하가 아니었을까?

지금 장선군의 맹신(盲信)이 우진의 의도라면, 그것은 반드시 목적을 수반할 것이다. 제자의 신뢰를 이용해 자신의 수족으로 만드는 그 오랜 시간과 정력을 들여 우진이 얻고자 했던 건 무엇이었을까?

생각이 그에 미치자 오한이 일며 뒷덜미에 소름이 돋았다.

자신의 생각대로라면 우진은 수십 년 전, 그가 권왕이라고 추앙받기 이전부터 지금의 천하를 노려왔다는 얘기가 된다. 제 야망을 드러내지 않은 채 문파의 역량을 키우는 데 주력하며, 밖으로는 인망을 쌓고 뒤바뀐 강호 판세에 문파 간의 벌어진 틈을 교묘히 파고들어 구파일방을 제 편으로 만들었다. 그리고 결국 무림맹이라는 단체를 만들어 정파 무림을 아우르는 데 성공한 것이다.

'우진, 권왕 우진!'

그 치밀함과 냉정함에 비하면 권왕이라는 무재(武才)는 오히려 뒷전으로 밀릴 판이다. 겉으로 보이는 대협의 풍모 뒤에 감춰진 본모습을 본 것 같아 채운 진인은 속으로 우진의 이름을 부르짖었다.

"음……?"

채운 진인을 노려보던 장선군이 시선을 돌렸다. 채운 진인의 눈도 같은 곳을 향했다. 두 사람만의 전장에 누군가 끼어든 것이다.

"허어……!"

수풀을 헤치고 모습을 드러낸 중년인을 보자 채운 진인이 길게 탄식했다. 옷에 피를 한가득 묻히고 나타난 사내는 권왕의 제자 중 하나, 종성리였다.

종성리는 두 사람을 번갈아 보더니 장선군에게 말했다.

"고전 중이셨군."

종성리는 권왕의 셋째 제자로, 대제자인 장선군과는 항렬뿐 아니라 나이도 꽤 차이가 있었다. 그러나 지금 종성리의 언행은 대사형에게 하는 것치고는 예에 어긋나는 점이 있었다.

그러나 장선군은 멋쩍은 웃음만 지을 뿐이라, 사제의 무례가 어제오늘 일이 아닌 듯했다.

"하하핫! 늙은 생강이 맵다고 청성파 장문인의 검도 유별난 바가 있더라. 사제는 일을 잘 처리하였는가?"

종성리는 고개를 끄덕였다.

"청성의 검은 모두 꺾었소."

"그럼 이제 장문인만 남은 거군."

장선군이 마주 고개를 끄덕였다.

종성리의 말을 들은 채운 진인은 정신이 아득해져 왔다.

권왕과 대립각을 세운다는 것은 지극히 위험한 일이다. 채운 진인만이 아니라 뜻을 함께하는 구대문파의 수뇌진 모두 각 문파의 내로라하는 고수들을 이끌고 강호에 나왔다. 최악의 경우, 권왕 우진과 싸워야 할 때를 대비해서였다.

　채운 진인 역시 청성이 자랑하는 고수들을 모두 데리고 왔음이다. 그런데 지금 옷에 피를 가득 묻히고 나타난 종성리의 입에서 '청성의 검을 모두 꺾었다'는 말이 나왔으니, 이는 아끼는 제자와 사제들 모두 종성리에게 당했다는 뜻이다.

"도와드릴까?"

"나야 대환영이지!"

　사형제의 우애 깊은 대화가 채운 진인을 절망케 했다. 그의 눈에 비친 종성리의 무위가 결코 장선군의 아래가 아니었던 탓이다. 그리고 이들이 일반 무림인들처럼 일대일의 싸움에 끼어들거나 도움을 청하는 행위를 부끄러이 여기는 부류가 아님을 알았기 때문이다.

"…어?"

　친절한 사제의 도움을 환영하던 장선군이 눈을 동그랗게 떴다. 눈앞에서 검을 겨누고 있던 채운 진인이 갑자기 몸을 돌리는 것이다.

"진인! 진인! 어딜 가십니까!"

　비웃음 섞인 장선군의 목소리를 귓등으로 흘리며 채운 진인은 흙을 박차고 날았다. 평생 적에게 등을 보이지 않았던 그이지만, 지금은 긍지보다 다른 이들의 안위가 더 중요했다.

"어떻게 하지?"

　장선군이 종성리에게 물었다.

　종성리는 권왕의 열두 제자 중 셋째에 불과했지만 무공의 성취나 총명함은 으뜸이었다. 보통의 사형제간이었다면 능력이 서열을 따르지 않아 불화가 있었을 것이다. 그러나 권왕의 가르침은 제자들로 하여금 기꺼이 스승의 수족으로 살도록 만드는 데 있었다. 대사형으로서의 권위나 긍지는 권왕에게 있어 중요치 않은, 오히려 불필요한 요소였다. 자연히 사형제 중 종성리가 앞장서 스승의 명을 받들었고, 나머지 사형제들도 이를 불평없이 받아들이게 된 것이다.

종성리가 말했다.

"이 총관과 다른 사제들을 시켜 각기 맹원들을 이끌고 포위망을 구축하게 해놓았습니다. 포위망 안에는 여전히 우리에게 동조하는 자들이 있으니 배신자들은 목숨을 부지하지 못할 겁니다."

"도야객과 유 총관은 어쩌고?"

"도야객이 아무리 날고 뛰어봤자 힘없는 노인네를 건사하고 포위망을 뚫을 순 없을 겁니다. 굳이 나서서 찾을 필요는 없습니다. 알아서 기어나오겠지요. 우리는 그때까지 기다리기만 하면 될 겁니다."

"뇌 사제는 억울하게 됐군."

"상대에게 감춰진 한 수를 몰라본 탓이니 누굴 원망할 수도 없지요. 어리석은 자는 기필코 그리 죽습니다."

뇌운락은 권왕의 열두 제자 중 둘째로 종성리의 사형이다. 그러나 종성리는 뇌운락을 어리석은 자 운운하며 죽은 자를 조롱하고 있었다.

장선군은 화를 내지 않고 웃어 보였다. 종성리는 마주 웃는 대신 조용히 할 말을 했다.
"맹을 배신한 자들부터 처리합시다."
"그러지."
채운 진인이 사라진 방향을 향해 두 사람도 몸을 날렸다.

낭패를 보고 있는 것은 채운 진인만이 아니었다.
소림 장문인 정원(貞原) 대사는 권왕의 열두 제자 중 세 사람에게 포위당해 있었다. 나한십팔장의 위력이 대단하긴 대단하여, 권왕의 제자들은 정원 대사의 가사 자락 하나 건드리지 못하고 있었다. 그러나 역으로 정원 대사 역시 권왕의 세 제자가 펼친 포위망을 뚫지 못하고 있었다.
"나무아미타불······!"
정원 대사의 옆에는 소림사 승려 세 사람이 쓰러져 있었다. 이들은 소림사 내에서도 손꼽히는 고수들이었는데, 권왕의 제자들과 싸우면서 심각한 내상을 입은 것이다.
물론 상대방의 피해도 만만치 않았다. 최초 그들과 맞선 권왕의 제자는 모두 다섯이었고, 그중 두 발로 서지 못하는 이가 둘이었다.
그러나 이는 정원 대사도 미처 예상치 못한 결과였다. 권왕의 제자들은 개개인의 무위도 정원 대사가 데리고 나온 소림의 고수들보다 뒤떨어지지 않았고, 합벽의 묘용은 오히려 나은 바가 있었다. 결국 적 두 명을 쓰러뜨리는 대가로 이쪽은 세 사람을 잃은 것이다.

우우우웅—

은은히 비치는 황금색 기운이 사방을 둥그렇게 에워싸고 있었다. 정원 대사의 대불일기공(大佛一氣功)이 그리는 경계로, 그 선을 침범하면 즉시 정원 대사의 손에 생사여탈권(生死與奪權)을 쥐어주는 꼴이었다. 권왕의 제자들은 이를 잘 알고 있어 함부로 나서지 못하고 있었다.

그러나 시간이 누구의 편인지 권왕의 제자들은 잘 알고 있었다.

"대사!"

한 노도사가 날아와 정원 대사의 옆에 섰다. 흰 수염을 길게 늘어뜨린 도사는 잘리고 베여 넝마가 다 된 도포를 걸치고 있었다. 예까지 오기 전 얼마나 큰 고초를 겪었는지 짐작이 갔다.

노도사가 대불일기공이 그리는 경계 안으로 불쑥 들어왔으나 정원의 쌍장은 움직이지 않았다. 대신 정원 대사는 권왕의 제자들에게서 시선을 떼지 않으며 말했다.

"어찌 혼자 오셨소? 다른 도장들은 무사하오?"

노도사는 다름 아닌 무당파 장문인인 진화(眞化) 진인이었다. 진화 진인은 정원 대사를 보며 고개를 저었다.

"나 외에는 모두 당하였소."

"무당칠자(武當七子)가 모두 당했단 말이오?"

오랜 수행으로 감정의 부침(浮沈)을 다룰 수 있는 정원 대사도 크게 놀라 소리쳤다. 무당칠자란 진화 진인의 일곱 사제를 일컫는 말로, 천하의 검종(劍宗)인 무당을 대표하는 고수들이었다. 정원 대사는 이미 권왕의 제자들이 세간에 알려진 것보다 몇 배 더 강하다는 것을 알았지만, 진화 진인과 무당칠자가 그들을 당해내지 못할 리 없었다.

진화 진인은 고개를 좌우로 흔들었다.

"우리가 저들에게 단단히 속아 넘어갔소."

"진인께서는 무슨 말씀이신지……."

정원 대사의 물음에 진화 진인이 대답하기 전 또 다른 이가 나타났다. 얼굴이 붉고 수염이 하얀 노도사의 걸음걸이는 몹시 느긋하여 몸을 날려온 진화 진인과 대비를 이루고 있었다.

"기껏 도망친 곳이 여기인가?"

걸음걸이가 느긋한 것과 달리 노도사의 얼굴은 다소 경직되어 있었다. 느긋한 걸음은 속을 드러내기 싫어 거짓으로 지어낸 행동일지도 몰랐다.

노도사를 보고 진화 진인이 외쳤다.

"구양(九陽) 진인! 그대가 어찌 이럴 수 있소!"

노도사는 화산파 장문인 구양 진인이었다. 구양 진인은 대꾸하지 않고 권왕의 제자들과 함께 포위망을 형성했다. 뒤따라 나타난 화산파의 고명한 검객 여럿이 가세하니, 권왕의 제자 세 사람뿐이던 포위망은 순식간에 열 명으로 늘어나 두터워졌다.

구양 진인과 그 문도들이 권왕의 제자와 함께 선 것을 본 정원 대사의 표정도 몹시 어두워졌다.
 "나무아미타불……. 진인께서는 어찌 그 자리에 서 계시단 말이오? 노납은 설명을 들어야겠소."
 정원 대사의 공력에는 천년 소림의 무게가 고스란히 얹혀 있었다. 구양 진인은 감히 경시하지 못하고 얼굴을 찡그리며 대답했다.
 "눈으로 보시고도 설명을 들어야겠다니, 대사의 성질이 참으로 고약하구려. 우리 화산파는 무림맹을 지키기로 했소. 이만하면 설명으로 충분하겠지?"
 "나무아미타불……!"
 정원 대사는 두 눈을 감고 손안의 염주를 굴렸다. 진화 진인은 불같이 화를 냈다.
 "지금 그게 할 말이오! 대화산파의 장문인이라는 자가!"
 구양 진인의 붉은 얼굴에 주름이 한 겹 더 늘어났다.
 "화산파의 장문인이기 때문에 선택한 길이오. 그래, 진인의 말대로 대화산의 명맥이 내 대에서 끊어지면 내 조사들을 무슨 낯으로 뵐 수 있겠소?"
 "그 말이 맞습니다."
 구양자가 나타난 반대편에서 두 중년인이 나타났다. 먼저 정원 대사를 포위하고 있던 권왕의 제자들이 눈으로 아는 체를 했다. 종성리와 장선군이었다.
 구양 진인의 앞에 선 종성리가 말을 이었다.
 "대화산의 명맥이 끊어지는 것은 무림 전체를 놓고 봤을 때

도 크나큰 손실이지. 그러나 신의를 지킨다면 어찌 멸문지화를 당하겠습니까?'

그리고 종성리는 고개를 휙 돌려 정원 대사와 진화 진인을 노려봤다. 그 눈은 마치 '구양 진인과 달리 그대들은 신의를 어긴 자이며, 멸문지화를 당해도 어쩔 수 없다'고 말하는 것 같았다.

"…으음!"

진화 진인은 들끓는 화기를 억누르며 신음했다. 종성리의 차가운 눈은 그대로 무림맹의 성격을 대변하는 것이니, 자신이 이곳에서 쓰러진다면 무당파도 쓰러지고 말 게 틀림없었다.

그 속을 읽었는지 장선군이 나서서 거들었다.

"두 분 모두 너무 걱정하지 마십시오. 당신들과 달리 우리는 신의를 지키는 사람이고, 명문을 중히 여길 줄 압니다. 장문인이 없으면 새로 장문인을 세우면 될 일 아니겠습니까? 하하핫!"

휘익!

한줄기 바람이 불어 장선군의 웃음소리를 집어삼켰다. 진화 진인의 신형이 쏘아져 날아 두 사람에게 검을 뿌렸다. 태극검(太極劍) 중 절초 쌍극상생(雙極相生)이었다.

카캉!

종성리와 장선군은 한 걸음도 움직이지 않고 제자리에 서 있었다. 대신 진화 진인의 검을 막은 것은 구양 진인이었다.

"막지 마시오!"

진화 진인이 크게 소리치며 검을 휘둘렀다. 그러나 구양 진인은 한 치도 물러나지 않아 두 노도사는 순식간에 십여 초를 교환했다.

치익!

구양 진인과 검을 교환하는 사이 불청객이 끼어들었다. 총 여섯 자루의 검이 각기 다른 방위에서 진화 진인의 요처를 위협했다. 진화 진인이 대경하여 물러나자 그 틈을 구양 진인이 놓치지 않고 파고들었다.

"크윽!"

구양 진인의 검이 허벅지에 깊은 상처를 남겼다. 진화 진인은 신음 소리를 내며 그 자리에서 무릎을 꿇었다. 붉은 피가 바지 위로 번져 갔다.

"너무 원망치 마시오. 서로의 선택이 달랐을 뿐이니까."

무릎 꿇은 진화 진인의 앞에 선 구양 진인이 침울한 어조로 말했다. 그 모습을 올려다보며 진화 진인이 물었다.

"오랜 지기를 배신할 정도로 그렇게 그가 두려웠소?"

진화 진인과 구양 진인은 홍안의 소년 시절 강호에서 처음 만난 사이다. 두 사람 모두 강호에 나온 지 얼마 안 되는 때였고, 가슴에는 구도(求道)의 길보다 청운(靑雲)의 꿈이 가득하던 시절이었다. 비록 그 뒤로 시간이 흐르고 각자 사문의 중요한 직위에 오르며 만남은 드물었으나 항상 서로를 친구로 여기는 데 주저함이 없었다.

그렇게 믿었던 구양 진인에게 배신을 당했으니 그 참담함은 이루 말로 다 할 수 없었다.

구양 진인의 마음도 진화 진인과 썩 다르지 않았다. 다만 구양 진인은 권왕이 얼마나 무서운 자인지 자신은 알고 진화 진인은 모르는 그 차이가 지금의 결과를 불러왔다고 생각했다.

그러나 차마 입으로 내뱉을 만큼 염치가 없진 않았다. 구양 진인은 진화 진인의 시선을 피하는 데 급급했다.

"……."

"……."

침묵은 시간을 늘어뜨리는 재주를 지니고 있다. 일각은 일다경으로, 일다경은 한식경으로. 그러나 좌중의 누구도 무림의 두 거목이 만든 적막을 깰 엄두를 내지 못했다. 장선군이나 종성리의 무공이 구양 진인과 진화 진인에 버금가기는 하나 지금 이 순간만큼은 섣불리 행동할 수 없었다.

털썩!

결국 고요를 깨뜨린 것은 외부로부터의 충격이었다. 커다란 물체가 풀밭에 던져지고, 뒤이어 일련의 사람들이 나타났다.

"채운 진인!"

풀밭에 던져진 물체는 청성파 장문인인 채운 진인이었다. 진화 진인은 황급히 채운 진인에게로 향했고, 구양 진인은 굳이 그를 막지 않았다.

"으음… 으……."

채운 진인은 신음을 흘리고 있었는데, 정신이 혼미한 듯했다. 진화 진인이 맥을 짚어보니 전신의 공력이 흩어지고 어지러워 내상이 보통 깊은 게 아니었다.

"그대 짓이오?"

진화 진인이 노려보며 말했다. 진화 진인의 눈길을 받은 자, 곤륜파 장문인 금룡검(金龍劍) 곡일명(曲一命)의 입에서 차가운 대답이 돌아왔다.

"혼자 힘으로 청성파 장문인을 저리 만들 수 있겠소? 힘을 빌렸지."

곡일명의 시선을 따라간 곳에는 그와 함께 나타난 노인이 있었다. 노인의 얼굴을 확인한 진화 진인은 분통을 터뜨렸다.

"사룡극인(射龍極人)! 그대도 이 미친 짓에 가담했던가!"

사룡극인이라는 별호로 강호에 알려진 점창파 장문인 위기한(衛基韓)은 눈을 가늘게 뜨며 진화 진인에게 말했다.

"진인은 노부를 너무 매도하지 마시구려. 미치지 않고서야 우리 강호인들이 천하에 할 수 있는 일이 뭐가 있겠소?"

"구파일방의 긍지를 잊었나!"

진화 진인이 호통을 쳤다. 위기한은 가늘게 뜬 눈을 누그러뜨리며 서글프게 말했다. 그것이 진화 진인에게 하는 대답인지 혼잣말인지는 분명치 않았다.

"살아 있지 않으면 긍지가 다 무슨 소용인가?"

진화 진인이 둘러보니 곡일명과 구양 진인 모두 위기한과 같은 표정으로 감히 진화 진인의 시선을 받지 못하고 있었다. 진화 진인은 세 사람을 둘러보며 물었다.

"다들 사룡극인과 같은 생각이시오?"

"……."

대답은 돌아오지 않았다. 진화 진인은 기가 막혀 아무 말도 할 수 없었다. 구양 진인에게 당한 허벅지의 검상보다 세 사람이 만든 침묵이 더욱 아팠다.

"자, 자, 슬슬 정리합시다."

종성리가 박수를 치며 한 발 앞으로 나섰다.

"어디 보자. 소림, 무당, 청성… 종남은 아까 싸잡아 처리했고, 아미파가 안 보이는군."

"다른 사제들과 제갈 가주가 쫓고 있다. 곧 기별이 오겠지."

대답한 것은 장선군이었다. 종성리는 고개를 끄덕였다.

우진이 이 무명산에 수하들을 보낸 결정에는 두 가지 이유가 있었다.

하나는 모두가 아는 바, 제마성 소속이 된 모용천을 무력화할 수 있는 유일한 패인 유 총관의 신병을 확보하는 것이었다.

우진은 제마성과의 대전에서 가장 껄끄러운 상대가 마왕도, 절창도 아닌 모용천이 될 거라 내다봤다.

처음 모용천이 사왕을 베었다는 소식을 들었을 때 우진이 놀란 것은 사왕이 모용천에게 당했다는 사실이 아니었다. 우진은 모용천이 자신과 같은 부류이며, 언젠가 십왕의 경지에 오를 것임을 알고 있었다. 그러나 그 시기가 이렇게 빠를 줄은 몰랐던 것이다.

우진은 모용천에 대해 어떠한 예상도 소용없다는 것을 알았다. 그러나 그렇다고 아무런 대책 없이 손만 빨고 있을 수는 없었으니, 모든 정보력을 동원해 유 총관의 거처를 수색했다. 그러기 위해 이소를 고문까지 했으니 해당 사안을 우진이 얼마나 무겁게 여겼는지는 두말할 필요도 없었다.

또 한 가지 이유는, 이소의 탈퇴 선언으로 인해 피어난 분란의 불씨를 진압하고 맹을 재정비하기 위함이었다.

개방의 일은 이소를 납치, 감금하고 기존 장로 중 적당한 이를 골라 새 방주로 세움으로써 일단락 지을 수 있었다. 하지만 그로 인한 구대문파의 불신까지 잠재울 수는 없었다. 무림맹이 개방을 집어삼킨 일은 공공연한 비밀이었고, 다른 이들의 경각심을 불러일으키는 데 충분했다.

우진의 정보망은 이미 구대문파의 그러한 움직임을 포착하고 있었다. 이는 무림맹으로서도 쉽사리 손대지 못할 문제였는데, 다행인 것은 그들 모두가 한마음이 아니었다는 데 있었다.

현 무림맹 구성과 운영에 대한 불만은 모두에게 있었으나, 그중 주도하고 나선 것은 소림과 무당이었다. 그 외 칠대문파는 대부분 동조에 그쳤는데 그 태도가 적극적이냐 소극적이냐의 차이가 있을 뿐이었다.

우진은 이미 금이 간 자기(瓷器)는 고쳐 쓰지 못한다는 걸 잘 알고 있었다. 지금 무림맹 산하 구대문파가 바로 그러했다. 그들이 일시적으로 무림맹에 속했다고 하나 다들 많게는 천 년,

적게는 수백 년에 이르는 역사를 가진 명문이다. 우진에게 고개를 숙인 것을 치욕으로 알고 상황 변화에 따라 얼마든지 입장을 바꿀 수 있는 자들인 것이다.

하여 우진은 구대문파 중 소림과 무당에 적극적으로 동조 의사를 표하지 않았던 자들을 협박하고 설득하여 새로운 판을 짜고자 했다. 새로운 판을 짜고자 설득했던 자들이 화산이었고, 곤륜이었으며, 점창과 공동이었다. 우진은 그들을 근간으로 무림맹을 재편하고 자신에게 반감을 가진 소림 등을 개방과 같은 꼭두각시로 만들고자 했다.

그리하여 우진은 모용천을 제어할 수 있는 유일한 패, 유 총관의 은신처에 대한 정보를 구대문파 측에 흘려보냈다. 그리고 먼저 설득한 화산파 등을 이용해 유 총관의 신병을 무림맹보다 먼저 확보하여 모용천에게 빚을 지게 하자며 바람을 불어넣었다. 결국 구대문파가 두 편으로 찢어져 우진의 손에 놀아난 것이다.

종성리는 이번에는 제 옆에 있는 자들을 검지로 하나하나 짚어갔다. 마치 주인이 종의 수를 헤아리는 것 같았으니 구파일방의 장문인들에게 이보다 더한 수모는 없었다. 그러나 누구도 반발하지 않고 말없이 굴욕을 감내할 뿐이었다.

"그럼 이쪽은… 화산, 곤륜, 점창. 신의없는 자들을 처단코자 하는 분들은 다 모이셨구려. 대사형, 공동파에게서 전갈은 아직인가?"

장문인 이하 공동파의 고수들에게는 유 총관의 신병을 확보하라는 임무가 주어졌다. 도야객이라는 걸출한 인물이 유 총관을 데리고 도주했으나, 무공도 모르는 노인을 업고 공동파 정예 고수들의 추적을 따돌릴 수는 없을 것이다.

"아직이다."

"흥! 그깟 노인네 하나를 못 잡다니!"

종성리는 코웃음을 치고 포위망 안에 갇힌 자들에게로 시선을 향했다.

저들은 모두 구대문파의 장문인, 혹은 장로 급의 강호 명숙이니 평시라면 저들 앞에서 고개도 들지 못할 것이다. 그러나 지금은 그 명줄이 제 손에 달려 있으니 저들로서는 실로 통탄할 일일 것이다.

지금 상황을 제대로 받아들이지 못할 저들의 심정을 헤아리니 통쾌함이 배가 된다. 종성리는 저도 모르게 웃음을 터뜨렸다.

"크하하핫!"

종성리의 파안대소가 무명산 널리 퍼졌다. 몇몇은 그 내공의 크기에 새삼 놀라고, 몇몇은 치욕스러움에 고개를 숙였다. 장선군은 고개 숙인 구대문파의 장문인들을 보며 만족스러운 미소를 지었다.

이제야 진정 구파일방이 권왕의 이름 아래 고개를 숙인 것이다. 권왕의 제자 된 몸으로 이 어찌 통쾌하지 않을까?

종성리와 장선군이 먼저 웃자 나머지 권왕의 제자들도 따라

웃음을 터뜨렸다. 머지않아 자신들의 시대가 도래하리라는 믿음과 환희가 하늘 높이 솟고 있었다.

그때 웃음소리를 뚫고 모두의 귓속을 파고든 한 목소리가 있었다. 목소리는 먼 곳에서 온 것처럼 작고 낮았으나, 바로 옆에서 속삭인 것처럼 분명했다.

"뭐가 그리 재미있지?"

귓속을 파고든 목소리에는 죽음의 기운이 짙게 드리워 있었다. 그 죽음의 기운은 마치 염왕(閻王)의 사자에게서 풍기는 것처럼 저항할 수 없는 힘을 가지고 있었다.

"……."

다시금 좌중에 적막이 내려앉았다. 진화 진인과 구양 진인이 분노와 회한을 엮어 만든 것과 달리, 농후한 사신(死神)의 그림자가 만든 공포의 적막이었다.

"누구냐!"

종성리는 제 어깨를 짓누르는 공포를 부정하며 날카롭게 외쳤다.

"……."

대답은 돌아오지 않았다. 대신 스산한 바람이 불어오니, 어느새 해가 많이 기울었을 뿐이다.

헛것을 들은 게 아닌가 하는 생각이 종성리의 머릿속을 가득 채웠다. 그러나 그것은 기실 생각이 아니라 소망이었다.

후두두둑—

새가 날고 가지가 흔들려 잎들이 서로 몸을 비볐다. 새가 날아오른 방향에서 아까의 스산한 바람이 다시금 불어왔다. 그 바람을 탄 살기가 좌중을 한 바퀴 돌고 반대편 숲으로 사라졌다.

수십 개의 눈이 한곳으로 향했다. 앞선 살기가 주인의 위치를 알려주었기 때문이다. 아니, 주인이 살기를 앞세웠기 때문이라고 해야 정확할 것이다.

빛이 닿지 않아 어두운 숲 속에서 한 인영이 걸어나왔다. 이윽고 어둠의 윤곽이 빛 아래 인간으로 화(化)하자, 종성리는 허튼 비명이 나오지 못하도록 이를 악다물었다. 그러나 사제들의 입까지는 막을 수 없었다.

"모… 모용천!"

권왕의 제자 중 한 사람의 입에서 가늘게 나온 이름. 모용천은 얼음장 같은 얼굴로 어둠 속에서 빠져나와 사람들 앞에 섰다. 살기가 아닌 죽음의 기운이 그에게서 사방으로 뻗어 나가고, 종성리는 온몸의 터럭이 삐죽 서는 것을 느꼈다.

지금 이 자리에 있는 사람치고 고수 아닌 자 없었으며, 담대하지 않은 자 없었다. 설령 칼날이 목에 들어와도 제 한목숨을 아까워하지 않을 자가 대부분이었다. 한데 모용천으로부터 뻗쳐오는 죽음의 기운 앞에서는 모든 의지가 흩어지고 오직 두려움만이 앙상히 남아 있는 것이다.

그것은 모용천이 뿌리는 죽음의 기운이 단지 육신에 국한되지 않고 존재했던 모든 증거―기억, 의지, 명예 등―를 말살할 것처럼 느껴졌기 때문이다.

장선군이 한 발 나와 포권의 예를 취했다. 항상 가벼운 미소로 진실된 감정을 숨겨온 그의 얼굴이 살짝 떨리고 있었다.

"모용 공자께서 이곳에는 어인 일로 오셨……!"

먼저 나선 장선군의 말이 끝까지 이어지지 않았다. 모용천이 강하게 노려보자 뱀과 마주친 쥐처럼 혀가 딱 굳어버리고 만 것이다.

모용천은 장선군을 노려보며 말했다. 목소리는 크지 않았지만 단호했고, 모두의 귓속에 파고들어 명확히 들렸다.

"권왕의 지시인가?"

꿀꺽―

장선군은 마른침을 삼켰다.

'이건 혹시 기회가 아닌가?'

홀로 서서 그 존재감만으로 좌중을 압도하고 있는 모용천을 보는 장선군의 머리에 떠오른 생각이었다.

모용천이 아무리 강하다고 해도 어차피 한 사람이다. 반면 이쪽은 구대문파의 장문인 세 사람과 그에 준하는 장로들이 여럿이요, 자신을 포함한 권왕의 제자가 다섯이다. 고수가 물경 스물에 이르니 마음먹고 합공을 한다면 제아무리 모용천이라 한들 어찌 못 당해낼까?

'아니, 아니야. 상대는 사왕을 벤 자! 방심해서는 안 된다.'

장선군은 모용천의 무용을 실제로 본 적이 없다. 그러나 그의 명성은 귀에 못이 박히도록 들었고, 실제로 마주해 보니 이미 그 무위가 절정을 넘어섰음을 쉽게 알아볼 수 있었다. 지금 모용천에게서 느껴지는 기세는 놀랍게도 권왕에 비해 손색이 없었다.

'지금 우리가 달려들면 사부님을 이길 수 있을까?'

어림없는 소리다. 장선군은 권왕의 손에서 펼쳐지는 신창권의 위력을 잘 알고 있었다. 자신을 비롯한 사형제 열둘이 한꺼번에 덤벼도 당해낼 수 없는 게 사부다.

'이자가 사부와 같지는 않겠지만 승리를 장담할 수 없다면 섣불리 움직일 수 없지!'

자연히 장선군의 시선이 종성리를 향했다. 종성리 역시 같은 생각인 듯 동의하는 눈빛을 보냈다. 사제와 눈으로 의견을 교환한 장선군이 모용천에게 대답했다.

"무슨 오해가 있나 보군. 모용 공자, 저자들이 보이시오?"

장선군은 웃으며 손으로 진화 진인 등을 가리켰다. 모용천은 아무런 표정 변화가 없었는데, 장선군은 그것이 자기가 무슨 말을 할지 한번 들어주겠다는 뜻이라고 받아들였다.

장선군은 떨리는 가슴을 누르고 말했다.

"저자들은 구대문파의 장문인으로 강호에 신망 높은 명숙

이외다. 그러나 실상은 자기 욕심만 채우려 무림맹을 전복할 계획을 세운 아주 위험한 자들이오. 하지만 자기들 힘으로는 부족하다는 걸 알기에 모용 공자를 끌어들일 계획을 세운 것이오."

"잘도 그런 거짓말을 하다니! 하늘이 무섭지도 않느냐!"

크게 노한 진화 진인이 꾸짖었다. 그 바람에 말이 끊긴 장선군은 진화 진인을 무시하고 오히려 꾸짖었다.

"이 상황에서까지 거짓말을 하다니! 부끄러운 줄 아시오!"

"뭐, 뭐라……?"

장선군은 진화 진인의 말을 일축하고 다시 제 할 말을 하기 시작했다.

물론 장선군은 모용천이 믿어주기를 바라고 말하는 게 아니었다. 장선군의 노림수는 무슨 수를 써서든 시간을 끄는 것이었다. 산허리에는 신창권문의 부문주였던 이치강이 무사들을 이끌고 대기 중이다. 약조에 따라 지금쯤이면 미리 확인한 도주로를 차단하며 거슬러 올라오고 있을 것이다. 그들과 합류할 시간을 버는 것이 장선군의 의도였다.

"모용 공자, 세인들은 공자가 제마성에 투신하였다느니 마왕의 주구가 되었다느니 떠들어대지만 본 맹의 맹주께서는 그따위 낭설은 믿지 않으셨소. 오히려 공자의 입장을 헤아리고, 무슨 연유가 있을 거라며 공자를 굳게 믿으셨소이다. 그리고 공자에게 어버이나 다름없는 유 총관의 안위를 걱정하시어 친히 우리를 파견한 것이오."

장선군은 한 번 말을 끊고 모용천의 눈치를 살폈다. 모용천은 여전히 표정 변화 없이 장선군의 입을 바라보고 있었다.
"맹주의 안목은 실로 정확했소. 우리가 도착했을 때, 이미 이자들이 유 총관을 납치하려 하고 있었지 뭐요? 다행히 우리가 나타나는 바람에 저들은 목적을 이루지 못하고 도야객과 유 총관을 놓치고 말았소이다. 그분들을 쫓아간 자들이 있으나 다행히 공동파의 장문 어른과 문도들이 구하러 갔으니 곧 기별이 있을 것이오."
장선군은 한참 장광설을 늘어놓으며 눈으로는 모용천의 심중을, 귀로는 이치강의 원군을 기다렸다. 그러나 이치강의 원군이 올라오는 기척은 나지 않았고, 모용천의 표정은 변함이 없어 심중을 읽을 수가 없었다.
'올 때가 지났거늘 어찌 이리 더디단 말인가!'
겉으로 웃고 있었지만 장선군은 속이 타들어가고 있었다.
문득, 모용천이 입을 열었다.
"할 말은 그게 다인가?"
쏴아아—
바람이 불었다. 껑충하니 발목 위까지 키가 큰 풀들이 일제히 몸을 눕히고, 사람은 고개를 돌렸다. 다소 누그러들었던 죽음의 기운이 갑자기 일어 좌중을 덮쳤다. 용수철이 억눌려 있던 상자의 뚜껑을 열 듯 모용천은 꾹꾹 담아두었던 살기를 개방한 것이다.
처음 느꼈던 것보다 몇 배나 더 강렬한 살의(殺意)요 공력이었다. 몇몇 이들은 모용천이 내뿜는 기운에서 그의 심후한 내공에 경악했고 또 몇몇은 깊은 살의에 절망했다. 장선군마저 할 말을 잃고 입을 벌린 채 모용천의 시선으로부터 도망치지 못한 채 제자리에 못 박힌 듯 서 있었다.

휙!

모용천의 손에서 손바닥만 한 물체가 날아왔다. 반사적으로 받아 든 장선군의 낯이 흙빛으로 물들었다.

"이, 이건……!"

모용천이 던진 것은 무림맹 소속임을 증명하는 명패(名牌)였는데, 다름 아닌 공동파 장문인의 것이었다. 모용천은 이미 도야객과 유 총관을 쫓던 공동파 고수들과 맞닥뜨려 처치한 것이다. 물론 유 총관의 안전도 확보했을 터.

믿을 수 없다는 눈으로 명패를 들여다보는 장선군에게 모용천이 말했다.

"더 할 말이 있나?"

모용천의 음성에도 역시 지극한 살의가 서려 있었다. 장선군은 더 이상 시간을 끄는 것은 무의미하다고 판단하고 뒤로 펄쩍 뛰며 소리쳤다.

"함께 칩시다!"

장선군의 말이 신호가 되었는지 두려움에 굳어 있던 자들의 몸이 거짓말처럼 움직였다. 불속으로 달려드는 부나방처럼 공포가 그들의 등을 떠민 것이다.

구양 진인과 곡일명, 위기한 세 사람이 검기를 일으키며 모용천에게 달려들었다.

우우우우웅—

구파일방의 장문인 세 사람이 필생의 공력을 일으켰으며, 그를 보좌하는 각 파의 장로들 역시 모든 힘을 끌어내고 있었다. 거대한 기세 속에서 열 자루가 넘는 보검이 모용천의 요처를 노리며 어지러이 움직였다.

카카캉!

모용천의 검이 머리 위에서 크게 한 바퀴 원을 그리고, 그를 따라 검기가 소용돌이쳤다. 소용돌이친 검기에 부딪쳐 구양 진인 등의 검이 모두 튕겨져 나갔다.

구양 진인 등의 검을 튕겨내느라 벌어진 틈을 권왕의 제자들이 파고들었다. 권왕의 제자들은 모용천을 둘러싼 다섯 가지 다른 방위를 선점하고 투창 같은 주먹을 날렸는데 그 방향이 오묘하여 구양 진인 등의 검처럼 한 번에 막거나 피하기가 어려웠다. 오랜 세월 연마한 합벽진을 발동한 것이다.

"……!"

다섯 개의 주먹이 옷깃에 닿은 순간, 모용천이 움직이기 시작했다. 그러나 권왕의 제자들은 모용천이 제 의지로 움직인 게 아니라는 느낌을 받았다. 조그마한 공기의 파동에도 영향을 받는 깃털처럼 모용천의 몸은 권압에 실려 떠돌았고, 그 누구 하나 옷자락 끝도 잡을 수 없었다.

두 번. 모용천은 검을 두 번 그었다. 그 궤적을 따라 푸른 기운이 허공에 열십자를 그렸다.

촤악!

권왕의 제자 중 하나의 어깨와 목에서 피가 솟구쳤다. 솟구친 피는 아직 허공에 잔류하던 검기를 타고 빙글 원을 그렸다. 한쪽 팔과 머리를 잃은 시체는 바닥에 쓰러져 몸 안에 남은 피를 토해내고 있었다.

"……!"

한 사람의 희생자를 내고 모용천으로부터 물러난 장선군 등은 커다란 충격에 빠졌다. 모용천의 신법이 특별했던 것도 아니고, 그의 검이 절초를 쓴 것도 아니었다. 한 번 휘두르고, 두 번 벤 것이 전부였다. 그 검격을 보지 못한 자도 없었다. 죽은 이 역시 똑똑히 보았을 것이다.

그러나 누구도 시체가 된 권왕의 제자를 비웃을 수 없었다. 모용천의 검은 보인다 한들 피할 수 있는 것이 아니었다. 보이면 보이는 대로 당할 수밖에 없었다는 것을, 역설적으로 그들 모두 절정고수이기 때문에 알 수 있었다.

"나무아미타불……!"

멀찍이 떨어져 있던 정원 대사의 입에서 절로 법문이 튀어나왔다.

천하 검술의 원류임을 주장하던 무당 장문인도 모용천의 무위를 목도하고는 그저 입을 벌리고 모용천을 바라볼 뿐이었다.

후두둑!

머리 위를 맴돌던 피가 곧 바닥에 뿌려졌다. 바닥에 내린 모양은 허공을 맴돌던 그대로라 모용천을 중심으로 좌우 두 장 길이 원을 피로 그렸다.

저벅.

모용천이 한 발을 내디뎌 혈원(血圓) 밖으로 나왔다.

두 발로 서 있는 자들, 무림맹과 결탁한 구대문파 인물들과 권왕의 제자들이 적게는 세 걸음, 많게는 다섯 걸음을 물러났다. 그들은 지금 제 목이 붙어 있는 까닭이 그저 운이 좋았을 뿐임을 본능적으로 깨달았다.

살아난 게 아니다. 베지 않았을 뿐이다.

혈원 안에 널브러진 시체가 그렇게 비웃을 때, 모용천이 다시 움직였다.

스윽―

도야객 이서곤의 독문신법 월공도야의 한 걸음이다. 모용천의 신형이 얼음 위를 지치듯 미끄러져 다가왔다.

서걱!

비스듬히 휘두른 검이 뼈와 살을 베었다. 이번에도 역시 단 한 사람, 권왕의 제자 중 하나였다.

"크아악!"

방금 전과 달리 이번에는 비명을 지를 목이 남아 있었다. 그러나 비명의 대가로 권왕의 제자는 왼쪽 어깨로부터 오른쪽 옆구리까지 몸통을 대각선으로 양분당하고 쓰러졌다.

흘러나온 내장과 피가 풀밭을 적시며 번져 갔다. 모용천은 시체에 눈길 한 번 주지 않고 고개를 돌렸다. 점창파의 장로 중 한 사람이 그 시선을 받았다.

"히익!"

점창파 장로는 헛바람을 들이켜며 기묘한 소리를 냈다. 그와 동시에 모용천의 검이 번쩍였고, 역시 두부 자르듯 점창파 장로의 몸이 대각선으로 분리되었다. 검은 아까와 반대로 왼쪽 옆구리로 들어가 오른쪽 어깨 위로 나왔다.

털썩!

방향은 달랐지만 절단면에서 내장과 피가 쏟아지는 것은 같았다. 점창파 장로의 시체도 양분되어 쓰러지고, 대지에 피가 번져 갔다.

모용천의 고개가 다시 돌아갔다. 그제야 사람들은 그가 일부러 한 명씩 베고 있으며, 시선으로 다음 표적이 누군지 정한다는 것을 알았다.

장로를 잃은 문주 사룡극인 위기한이 외쳤다.

"뭣들 보고만 있는 거요! 저놈이 아무리 강하다 한들 한 몸이고 우리는 아직 열일곱이나 남아 있질 않소!"

위기한의 말은 틀림이 없었다. 아무리 모용천이라 할지라도 스무 명의 절정고수와 싸워 이길 리 없다. 물론 어느 정도 피해를 감수해야겠지만 이기지 못하는 게 더 이상한 일이다.

그런데 모용천의 기세에 눌려 힘도 못 쓰고 세 명이 목숨을 잃었으니 기가 차고 분통이 터질 노릇이다.

"그럼 그러시든가."

위기한의 말에 엉뚱하게도 모용천이 대답했다. 말을 꺼낸

위기한은 물론 모두가 모용천을 바라봤다. 모용천이 이어 말했다.

"협(俠)과 의(義)를 말하는 이들의 행태는 내 잘 알고 있지. 한 사람에게 떼 지어 덤비는 것을 부끄러워하지 않는 자들인 것도 알고 있고, 무공을 모르는 이를 핍박하여 볼모로 잡는 일을 마다하지 않는 것도 잘 알다마다."

모용천의 말은 뾰족한 꼬챙이가 되어 사람들의 가슴속에 박혔다. 권왕의 제자들을 제외하면 이 가운데 존경받는 명숙 아닌 이가 없었는데, 세파에 휩쓸리다 보니 모용천의 말대로 시정잡배만도 못한 처지가 된 것이다.

"어떻게 덤비든 죽는 것은 한 번에 한 사람일 테니."

모용천의 말을 달리 들으면 그가 마음만 먹으면 위기한 등을 한 번에 두셋, 혹은 몰살시키는 것도 가능하다는 광오함을 내포하고 있었다. 그러나 누구도 그 오만함을 오만함이라고 지적할 배짱이 없었다. 나서서 지적한 순간, 모용천이 제 언사가 오만이 아닌 객관적 사실임을 굳이 지적한 자를 통해 증명하려 할 것만 같았던 것이다.

'일단 저들을 앞세우자. 시간을 끌다 보면 원군이 올 테니!'

위기한이 말을 잃은 사이 장선군과 종리성이 시선을 교환했다. 두 사람은 수십 년을 함께 지냈으니 눈빛만으로 상대의 의중을 짐작할 수 있었다. 이는 살아남은 권왕의 제자 모두 공통된 사항이었다.

그렇게 작당을 모의하고 있던 장선군 등의 머리 위로 벼락

같은 말이 떨어졌다.
"포기해라."
모용천이라는 자에게 마음을 읽는 능력이라도 있는 걸까? 깜짝 놀라 경직된 장선군과 달리 종성리가 악을 썼다.
"무슨 개수작이야! 뭘 포기하라는 거냐!"
돌아온 것은 아까와 같은 명패였다. 명패는 피로 덮여 있었지만 이치강이라고 양각된 이름 석 자를 읽을 수 있었다.
"……!"
종성리의 얼굴이 일시에 사색이 되었다. 종성리의 반응에 동요하는 장선군 등에게 모용천이 말했다.
"기다리는 건 그들이겠지."
이치강과 그가 거느린 무사들은 이미 죽어 저 세상에서 장선군 등을 기다리고 있다는 말이다. 많은 것을 건너뛴 모용천의 말을 모두가 알아듣지는 못했지만 한 가지만큼은 확실했다.
누구도 이 자리에서 살아남을 수 없다는 것.
"으으… 으아악!"
종성리가 괴성을 지르며 모용천에게로 몸을 날렸다. 천재지변을 피하려는 쥐 떼처럼 다른 이들도 종성리를 뒤따라 모용천을 덮쳤다.
모용천은 지독한 살의를 뿌리며 검을 움직였다. 푸른 기운이 일렁이며 검을 쫓고, 다시 그 뒤를 붉은 핏물이 쫓았다.

* * *

이건 꿈이다.

장선군의 꿈은 생생했다. 살갗에 닿아 꺼끌꺼끌한 옷이 그랬고 발밑에 눌린 풀과 흙이 그랬다. 이토록 현실 같은 꿈을 언제 꾸어봤단 말인가? 어찌나 생생한지 꿈이 아니라 생시라 해도 믿을 것 같았다.

하지만 꿈인 줄 알기에 눈앞에 펼쳐진 광경은 너무나도 비현실적이다. 절정에 이른 고수 스물이 약관의 청년 한 사람을 당해내지 못할 수가 있단 말인가? 게다가 쓰러진 자들은 모두 일검에 그 육신이 갈라져 온전한 시체가 없었으니 이는 싸움이 아니라 일방적인 살육이었다. 아니, 묶여 있어 저항조차 하지 못하는 자들을 대상으로 한 처형이었다.

그러니 이것은 꿈이다. 아니, 꿈이어야 한다.

쉬익!

장선군의 눈앞에서 위기한의 몸이 둘로 갈라졌다. 정수리부터 사타구니로 정확히 양분되어 갈라진 위기한의 몸 틈새로 모용천의 모습이 보였다.

털썩!

양옆으로 쓰러지는 위기한의 몸은 마치 꿈의 문을 열어 장선군을 현실로 끄집어내는 것 같았다. 장선군은 비로소 꿈이 아닌 현실로 돌아왔다.

"으허억……!"

현실로 돌아온 장선군은 신음 소리를 내며 뒷걸음질쳤다. 공기 중에 가득한 피비린내가 콧속에 들어차 헛구역질이 났다. 하지만 그마저도 삼키고 만 것은, 양옆으로 갈라져 흘러내린 위기한의 내장을 밟아 터뜨리며 다가오는 모용천을 보았기 때문이다.

"오… 오지 마! 오지 마!"

장선군은 악다구니를 치며 뒷걸음질쳤다. 모용천은 말없이 장선군에게 다가왔다. 열아홉 명, 아니, 그 이전에 이미 수십 명을 베었을 모용천의 살기는 조금도 줄어들지 않고 있었다. 오히려 더욱 깊어 장선군의 정신을 아득하게 만들었다.

"억!"

뒷걸음치던 장선군이 놀라 소리쳤다. 뒤에 쓰러져 있던 시체를 미처 못 보고 걸려 넘어진 것이다.

"아아… 아아……!"

넘어진 장선군은 공포에 질려 손발을 허우적거렸다. 그러나 곧 모용천이 한 치 앞으로 다가와 섰고, 장선군은 더 이상 도망치지 못했다.

"끄아악!"

모용천이 던진 검이 장선군의 손등을 꿰뚫었다. 손등을 꿰뚫은 검은 그대로 대지에 깊숙이 박혔다.

대지에 못 박힌 손을 부여잡고 몸부림치는 장선군에게 모용천이 말했다.

"살고 싶나?"

손등의 고통이 심해 환청을 들은 걸까? 사신의 입에서 나온 말치고는 지나치게 달콤하다. 장선군은 의아한 눈으로 모용천을 올려다봤다. 대답없이 올려다보기만 하자 모용천이 왼발을 들었다.

"으아아아악!"

장선군의 손등을 꿴 검이 땅속으로 쑥 들어갔다. 모용천은 날이 보이지 않을 때까지 들어간 검의 손잡이 위를 밟고 좌우로 지근거리며 말했다.

"대답이 없군. 죽고 싶나?"

"끄윽… 아, 아니오. 아니라니까!"

장선군은 너무 쉽게 굴복한 자신이 놀라웠고, 또 한편으로는 이해했다. 손에 박힌 검이 고통스럽기는 하나 평생 무의 길에 매진해 온 자신이 견디지 못할 정도도 아니었다. 그런데 왜 이리 쉽게 허물어진 건지 도무지 알 수가 없었다.

"그럼 묻겠다. 개방의 방주는 어디 있지?"

"끄으… 개방 방주의 행방을 왜 나에게 묻는 거요? 개방의 문도에게 물으면 될 일을… 크아악!"

모용천이 다시 왼발에 힘을 줬다. 장선군의 자유로운 손이 모용천의 발목을 부여잡았다. 부여잡은 손등에 힘줄이 불뚝 솟아올랐다. 발목이 아니라 쇠기둥도 일그러뜨릴 것 같았지만 모용천은 태연히 말했다.

"내가 아는 방주는 한 사람뿐이다. 그가 이제는 방주가 아니라 하는데, 그를 만나 이유를 듣고 싶다. 어디 있느냐?"

"그, 그건……!"

공포에 질린 장선군의 착각이었을지도 모른다. 개방 방주의 행방을 묻는 모용천의 눈에서 불길한 빛이 나오고 있었다. 장선군은 더 이상 마주 볼 자신이 없어 눈을 감았다.

"…무한에 있소."

무한은 옛 신창권문, 지금은 무림맹 본영이 있는 곳이다. 모용천은 자신의 예상이 맞았음을 확인하고 다음 질문을 했다.

"권왕에게 너의 가치는 어느 정도냐?"

"무슨 뜻인지… 잘 모르겠소."

"인질로서 가치가 있느냐는 말이다."

"……?"

모용천의 입에서는 여전히 모를 말만 나오고 있었다. 말에 담긴 속뜻을 모르니 장선군은 섣불리 대답할 수 없었다.

'말은 번지르르하게 잘하더니 눈치는 영 없군.'

내려다보는 모용천의 시선이 싸늘해졌다. 말은 못 알아들어도 변화에는 민감한지 장선군이 겁을 내며 몸을 비틀었다. 모용천은 발에 힘을 주며 말했다.

"너에게 개방 방주와 교환할 가치가 있냐고 물었다."

"……!"

장선군은 비로소 모용천의 의도를 이해했다. 하지만 그렇다고 해서 희망이 생긴 것은 아니다. 장선군은 자신이 우진에게 그만한 가치가 없음을 알고 있었다. 아니, 자신만이 아니다. 우진은 어느 누구, 혹은 그 무엇에게도 감정적 가치를 부여하지 않았다. 자신이 감정적으로 가치를 부여하는 대상이 있다는 것은 곧 스스로 약점을 만드는 꼴이라고 생각했던 것이다.

장선군은 그런 우진의 방침이 옳다고 생각했고, 자신도 그와 같이 되기 위해 노력했다. 눈앞의 모용천도 지금은 사신을 방불케 할 정도로 무섭지만 엄연히 유 총관이라는 약점이 있질 않느냔 말이다.

장선군이 대답하지 않고 눈동자를 굴리자 모용천의 오른발이 땅에서 떨어졌다. 모용천의 왼발에 실린 것은 체중이요, 장선군의 오른손에 닥친 것은 극심한 고통이었다. 발을 비틀 때마다 따라 움직이는 날이 뼈를 긁었다.

그러나 비명은 나오지 않았다. 땅에서 떨어진 모용천의 오른발이 장선군의 가슴을 짓밟았다. 장선군은 비명을 삼키고 고통스러운 표정을 지었다.

"끄어……!"

천근추(千斤錘)의 수법으로 장선군의 가슴을 짓누르며 모용천은 공력을 교묘히 운용해 숨통을 막았다. 장선군의 얼굴이 새파랗게 변하는 것을 보며 모용천이 말했다.

"교환할 가치가 없다 해도 말을 전할 수는 있겠지?"

"……!"

입을 벌렸지만 말이 나오지 않았다. 장선군은 급하게 고개를 끄덕였다.

"가서 전해라. 곧 내가 찾아가겠다고. 그리고 그전에 이 선배를 풀어주는 편이 좋을 거라고도 해라. 그러면 유 총관을 건드린 대가만 치르게 될 테니까."

권왕으로 하여금 대가를 치르게 하겠다니, 이 얼마나 무모한 언사인가? 그러나 장선군은 물론 진화 진인이나 정원 대사까지 모용천의 무위를 목도한 바, 추호도 그런 생각을 품을 수 없었다. 무공의 고하를 논하기는 섣부르지만 철혈(鐵血) 같은 성정만큼은 모용천이 결코 우진에 뒤떨어지지 않는 것이다.

가슴을 짓누르던 압력이 사라지고 막혔던 숨통이 트였다. 장선군은 급히 숨을 들이쉬었다.

"흐읍……! 콜록! 콜록!"

기침을 하는 장선군을 향해 모용천이 싸늘히 말했다.

"내 말을 전하는 데 두 다리와 입만 있으면 충분하겠지?"

장선군이 채 대답하기 전에 모용천의 검이 번쩍였다. 오른손이 자유로워졌다고 느낀 순간 생소한 감각이 뒤를 이었다. 장선군의 눈에 팔과 분리되어 땅 위에 고정된 제 손이 보였다.

"크윽!"

장선군은 재빨리 왼손으로 오른팔의 혈을 짚어 피를 막았다. 절단면 전체가 불에 타는 듯 뜨거운 통증이 밀려왔다. 잘린 손목을 부여잡고 몸을 웅크린 장선군에게 모용천의 경고가 다시 내렸다.

"꾸물거리는 걸 보니 내공이 없어도 금방 도착할 자신이 있나 보군."

장선군은 화들짝 놀라 바로 일어났다. 손 하나를 잃은 것은 당장의 고통이지만, 모용천이 마음을 더 독하게 써서 단전을 파괴한다면 무인으로서의 생명이 끊기는 것이나 마찬가지다. 장선군은 뒤도 돌아보지 않고 뛰어갔다.
 모용천의 시선은 이제 남아 있는 자들을 향했다. 남아 있는 자라고 해봐야 대화가 가능할 만큼 온전한 이는 정원 대사와 진화 진인 둘뿐이었다.
 진화 진인은 다리를 절며 모용천에게 다가가 포권의 예를 취했다.
 "소협 덕분에 큰 위기를 넘겼소. 이 자리에 없는 분들을 대신해 감사드리는 바……!"
 예의를 차리는 진화 진인을 모용천은 차갑게 쏘아봤다. 그 시선에 놀란 진화 진인에게 모용천이 빈정거렸다.
 "인사를 왜 하는지 모르겠군."
 진화 진인이 한껏 예의를 차려 대했으나 모용천의 태도는 불손하기 짝이 없었다.
 '이놈이 무공은 강하나 예의라고는 눈곱만치도 찾아볼 수 없구나! 네 일신상의 무공이 아무리 강하다 한들 어찌 나에게 이럴 수 있단 말인가?'
 진화 진인이 속으로 화를 삭이는 걸 아는지 모르는지 모용천이 이어서 말했다.
 "나는 당신들을 구한 게 아니야. 유 총관을 위협한 놈들에게 대가를 치르게 한 것뿐이지."

"나무아미타불… 시주께서 무슨 말씀을 하신들 노납을 구한 것은 변함이 없소이다. 시주가 아니었다면 정도무림을 지탱하는 구파일방의 근간이 사라질 뻔했으니……."

"닥쳐!"

모용천의 일갈이 서릿발처럼 내렸다.

"무림맹이나 당신들이나 다 똑같다는 걸 내가 모를 것 같아서 이러는 건가?"

"그 무슨……!"

"닥치라고 했다."

모용천의 눈이 잡아먹을 듯 이글거렸다. 진화 진인과 정원 대사는 감히 말을 잇지 못하고 꿀 먹은 벙어리처럼 입을 다물었다. 그러나 감히 무림의 태산북두라 할 소림 방장을, 천하 검문의 근본인 무당 장문인에게 이럴 수 없다는 황망함과 분노마저 얼굴에서 감출 수 없었다.

그러나 그런 그들의 감정이 모용천에게는 가소롭게만 보이는 것이었다.

"왜, 새파란 놈에게 하대를 당해서 기분이 나쁘신가 보지? 그렇게 당당하신 분들이라면 내 질문에 대답해 보시지. 당신들, 여기 온 이유가 뭐야?"

"그건……."

"저기 저자들과 당신들이 다른 게 뭐지? 말해봐. 여기 온 이유가 뭔지 나를 납득시켜 봐!"

모용천이 윽박지르는데 진화 진인이나 정원 대사나 마땅한 대답을 찾을 수 없었다.

그들 역시 이 무명산에 온 목적은 장선군 등과 크게 다르지 않았다. 구대문파의 연합만으로는 권왕의 무림맹을 뒤엎기 힘들다는 판단 아래, 모용천을 끌어들이기 위해서 유 총관을 노리고 온 것이니까.

'이런……!'

진화 진인은 등 뒤로 흐르는 식은땀을 느꼈다. 노려보는 모용천의 시선은 방금 전 무참히 살육을 저지르던 그것이었다. 자신들이나 장군선 등이나 모용천에게는 유 총관을 노렸다는 점에서 다를 게 없는 부류였다.

그리 생각하던 진화 진인은 문득 깨달은 바가 있었다. 자신들과 장군선 등의 성격을 규정함에 있어 '모용천에게는' 이라는 단서를 붙일 까닭이 없었다. 모용천을 이용하고자 하는 공통된 목적은 무슨 취지로 포장을 해도 가릴 수 없었으니까.

진화 진인의 깨달음은 고스란히 정원 대사에게 전해졌다. 정원 대사는 수치심을 이기지 못하고 고개를 숙였다. 고개를 숙이진 않았지만 진화 진인도 수치스러운 것은 마찬가지였다.

기다려도 두 사람의 입은 열리지 않았다. 모용천이 말했다.

"내 일전에 어떤 자에게서 들은 말이 있소. '모든 생명에 어김없어야 할 죽음을 멋대로 부리려 하다니, 미친 짓이다' 라고. 정확하진 않으나 의미를 훼손하지는 않았소."

모용천의 말이 어느새 누그러져 있었지만 그 속에 담긴 뜻은 오히려 시퍼런 날이 서 있었다. 그도 그럴 것이, 그가 한 말은 지난날 광정요검 은삼교에게서 들었던 이야기를 그대로 옮긴 것이었다.

당시 모용천은 은삼교의 말을 그저 미친 자의 헛소리로 치부했지만 이제는 달랐다. 비록 길지 않은 시간이었지만 모용천은 강호의 평지풍파를 겪을 대로 겪었고, 흉험하면서도 나약한 인간의 일면을 똑똑히 보았다. 모용천은 이제 그 중에서도 가장 쓸모없고 제멋대로인 자가 저 자신임을 알 수 있었다.

적이든 아군이든 약자들을 향해 죽음을 선별하여 내던졌던 일들은 얼마나 오만한 행동이었던가? 의식했던 것은 아니나 분명 무의식 어딘가에는 생명을 마음대로 취하고 거둘 수 있으니 마치 신이라도 된 듯 의기양양해하는 자신이 있었으리라.

"내가 방금 그자들을 죽인 것은 대의(大義)가 있어서 아니요. 그렇다고 개인적 신념(信念)을 따른 것은 더더욱 아니요. 나는 그저 내가 사랑하는 이들에게 위해를 가하려는 자들을 용서치 아니한 것뿐이지. 하지만 그들보다 더 용서치 못할 자가 있소."

"……?"

답을 구하는 말이 아니었으나 굳이 쉼표를 찍은 까닭은 모용천 스스로 답을 내기 위해서였다. 지금 진화 진인 등에게 하는 말은 모용천이 오랜 시간을 두고 깊이 생각했으되 답을 얻지 못했던 난제(難題)였다. 그런데 지금 권왕의 주구를 척살하고 다시 진화 진인 등 앞에 서자 풀리지 않던 문제의 답을 알 수 있을 것만 같았다. 그 문제를 풀기 위해 오랜 시간 쌓아온 관념들은 어느새 인과와 논리의 매듭으로 묶여 하나의 커다란 흐름을 형성하였고, 물꼬가 트이기만을 기다리고 있었던 것이다.

"그건 바로 나였소. 죽음을 멋대로 부릴 수 있다 착각했던 내가 사랑하는 이들을 위험에 빠뜨렸던 것이오."

모용천은 살인에 주저함이 없었지만 반드시 정사와 피아를 구분하였다. 그러나 이제는 정과 사가 불분명하고 적과 나의 경계가 흐리니 구분하려 해도 할 수가 없었다.

우스운 일은 그 구별을 알아볼 수 없었던 게 어느 시점부터가 아니라, 애초부터 흐릿하였다는 사실이다. 정과 사도, 적과 나도 커다란 하나로 뭉뚱그려져 있었는데 거기에 모용천이 멋대로 구분선을 그어놓고 이 바깥쪽은 베고, 안쪽은 베지 않겠노라고 마음먹었던 것이다.

은삼교가 미친 짓이라고 놀려대었던 것이 무슨 까닭인지 비로소 알 것 같았다. 모용천은 검을 들고 말했다.

"나는 미욱하여 죽음을 가릴 처지가 못 되오. 다만 죽여야 할 이유를 세웠다면, 앞으로는 또 다른 이유를 들어 구별하지 않으려 하오."

관념을 따돌린 말을 앞세우다 보니 모용천은 제 본의가 무엇인지 정확히 전달치 못한 것 같았다. 이런저런 말 대신 간단히 '유 총관을 건드려 저들을 죽였으니 당신들 또한 같은 대가를 치러야 한다'고 했으면 어땠을까 하는 생각도 들었다. 그러나 이 말은 진화 진인 등에게 하였으되 기실 진정 들어주길 바란 자는 모용천 자신이었다.

장선군 등을 상대로 했을 때의 살기나 적의는 가라앉아 있었다. 그러나 반대로 사신과도 같았던 죽음의 기운은 오히려 짙어졌으니, 진화 진인과 정원 대사는 체념하고 눈을 감았다.

그때, 누군가 소리치며 달려왔다.
"소주, 안 됩니다! 그러지 마십시오!"
검을 멈춘 모용천의 안색이 어두워졌다. 황급히 외치며 유 총관이 이쪽으로 뛰어오고 있었다.

그 뒤를 도야객 이서곤이 따르는데, 심히 곤란해하는 얼굴이었다. 노구에 오랜 도피 생활로 쇠약해진 유 총관이 멋대로 뛰어나갔으니 붙잡아 말릴 수도 없고 그저 뒤에서 넘어지지나 않을까 조마조마해하는 심정이 얼굴에 선했다.

유 총관이 뛰어오는 거리가 제법 되었다. 모용천은 검을 넣고 몸을 날려 유 총관을 붙잡았다.

"쉬고 계시라 했는데 어찌 나오셨습니까?"
유 총관의 팔은 뼈만 앙상해 한 손에 잡히고도 남음이 있었다. 이런 분을 이용하려 들었다니, 가라앉았던 살심이 새삼 끓어올랐다.

그런 모용천에게 유 총관이 애원하듯 말했다.
"소주, 그러지 마십시오. 저들은 정파 무림의 거두이니 저들을 죽이면 소주의 명성에 큰 누가 될 게 아닙니까?"

유 총관은 아직도 모용천이 모두의 존경을 받는 정파의 대협이 되기를 원하고 있었다.

정파의 대협.

모용천은 처음부터 관심도 없었고 이제는 하려 해도 할 수 없는 일이다. 그러나 유 총관은 아직도 썩은 희망의 끈을 놓지 않고 있었으니 모용천은 어찌 대답해야 할지 알 수가 없었다.

하지만 헛된 희망일지라도 그것이 자식이라면 어찌 품에서 놓을 수 있을까? 유 총관이 비록 피는 섞이지 않았어도 실질적인 부모나 마찬가지였고, 아버지를 잃은 지금은 더더욱 절대적인 존재였다.

늙고 쇠약해진 제 몸을 돌보지 않고 모용천에 대한 헛된 희망을 소중히 품고 있는 유 총관에게 달리 무슨 말을 할 수 있을까! 모용천은 차마 그 희망이 이제 헛된 것이며 그렇게 될 일은 없고 되고 싶지도 않다고 솔직한 심정을 털어놓을 수 없었다.

아무 말 못하는 모용천에게 유 총관이 재차 말했다.

"소주, 일전에 늙은이와 약조한 걸 잊었습니까?"

"예? 약조라니요……. 아아!"

까맣게 잊고 있었던 일이 날치처럼 기억의 수면 위로 튀어올랐다. 종리세가를 멸문시키겠다며 떠나던 날 유 총관에게 했던 약조가 있었다.

"모용세가를 오대세가로 만들겠습니다."

모용천을 업어 키운 유 총관이다. 모용천이 아무리 표정을 감추려 해도 유 총관의 눈에는 그 속이 훤했다. 절반은 안심시키기 위해, 절반은 설득하기 위해 충동적으로 했던 말이라는 걸 잘 알면서도 유 총관은 그 일을 물고 늘어졌다.

"과거 모용세가는 정파 무림에 당당한 일원으로 모든 이들의 존경을 한 몸에 받았습니다. 소주께서 되돌려야 할 영화는 그것이 아닙니까? 약조하신 오대세가는 이 늙은이의 오대세가와 다른 것이었습니까?"

"아니, 그런 것은 아닙니다."

"그럼 무엇이었습니까? 이 늙은이를 안심시키려고 한 거짓말이었습니까? 그저 하루하루 거짓으로 모면하다 보면 이 늙은이가 죽어 귀찮게 굴지 않겠지 하는 말이었습니까?"

"…아닙니다."

"그럼 저들을 살리십시오. 저들이 있어야 정파 무림이 있고, 오대세가가 있는 것입니다. 거목(巨木)도 흙이 없으면 고사하는 게 이치입니다. 정파 무림이 있어야 소주께서 대협이 되실 수 있지 않겠습니까?"

세가에 있을 때에는 항상 이런 식이었다.

유 총관은 언제나 교묘히 당신이 원하는 방향으로 모용천을 끌고 가고는 했다. 모용천은 언제나 유 총관의 뜻에 따르며 성장했지만 마음속으로 항상 불만을 품고 있었다.

지금도 마찬가지다. 유 총관은 끝내 당신의 뜻을 관철시키려 하고 있었다. 모용천의 각별함을 십분 이용하여 감정적으로 따르지 않을 수 없게끔 유도해 가는 수법이 실로 고약했다. 육신이 쇠약해졌을 뿐, 속은 모용천이 아는 그대로라 오히려 안심이 될 정도였다.

유 총관과 달리 모용천은 변했다. 사람이 모용천을 흔들었고 시간이 거들었다. 강호가 모용천을 변화시킨 것이다.

그래서 모용천은 유 총관의 말을 듣기로 했다. 예전처럼 불만이 있어도 어쩔 수 없이가 아니라, 기꺼운 마음을 의지가 따르게 된 것이다. 이제는 유 총관을 위할수록 편안해지는 것이 모용천의 마음이었다.

한편 진화 진인과 정원 대사는 쥐구멍에라도 숨고 싶은 심정이었다. 그들이 납치하여 모용천을 움직이는 데 이용하고자 했던 유 총관이 오히려 구명(救命)의 손을 내민 것이다. 더구나 방금 전까지만 해도 체념하고 죽음을 받아들이려 했던 그들이 아닌가? 그런데 지금 뜻하지 않은 유 총관의 말에 모용천이 망설이고 있으니 살고자 하는 욕구가 슬슬 일어나고 있었다.

마지막으로 모용천이 말했다.

"저는 이미 세간에 마왕의 주구로 알려져 있습니다. 게다가 오늘 유 총관에게 위해를 가하려던 구대문파의 문주와 문도들을 모조리 죽였습니다. 어찌 저 둘을 살려 보낸다고 정파의 대협이 될 수 있겠습니까?"

"겨우 두 사람이 아니라 두 사람이나 살렸다고 생각하면 될 일이지요."

유 총관의 해답은 간단했다.

"아니면 소주 마음대로 하시구려. 저 두 사람도 다 죽이고 원하는 대로 사시면 되겠습니다. 이 늙은이야 죽으면 그만이겠지요."

유 총관에게 죽을 마음일랑 일 푼도 없음을 알고 있다. 모용천은 그래도 쓰게 웃으며 고개를 끄덕였다.

"유 총관의 뜻에 따르겠습니다."

모용천은 내상을 입은 소림사 세 승려에게 각각 내력을 주입했다. 이들이 어서 제 발로 사라지기를 원해서 한 일이었지만 정원 대사는 적지 않은 감명을 받았다.

소림사 승려들이 입은 내상은 어느 하나 가볍지 않은 것이 없어 즉시 치유할 수는 없었다. 그러나 모용천이 내력을 불어넣어 정신을 깨우고 두 발로 걸을 수 있게 만들었으니 그것만으로도 충분히 고마운 일이었다.

세 사람의 내상을 치유하는 데 소모한 내력이 적지 않았을 텐데 모용천은 힘든 기색 하나 보이지 않았다. 더구나 수많은 고수들과 혈전―일방적인 살육이라야 옳겠지만―을 벌인 직후였으니 모용천의 내공이 어느 정도인지 짐작조차 할 수 없었다.

어찌나 궁금했는지 진화 진인이 나서서 물을 정도였다.

"소협은 영약이나 영물의 내단을 섭취하시었소, 아니면 기인을 만나 수십 년 내공을 받기라도 한 게요?"

"저는 내공을 쌓음에 있어 영약이나 외부의 도움을 받은 적이 없습니다. 그저 세가에 내려오는 가전심법을 따랐을 뿐입니다."

"그럼 모용세가 가전무공이 절세의 내공심법이라도 된단 말이오?"

자신을 죽이려 했던 걸 잊었는지 진화 진인의 물음이 집요했다. 진화 진인은 본래 무치(武癡)라고 불릴 만큼 고금의 무공을 수집하고 연구하기를 즐기는 사람이었다. 그런데 지금 본 모용천의 내력이나 무공 수위가 진화 진인이 아는 그 어떤 사례와도 부합하지 않으니 궁금증이 절로 일게 된 것이다.

진화 진인의 의문은 당연한 것인데, 정작 모용천 자신도 그에 대해서 할 말이 없었다. 하지만 진화 진인의 열정이 나쁘게 보이지만은 않았.

"그런 건 아닙니다. 물론 특출한 부분이 있기는 하나 강호에 이름난 문파라면 능히 보유할 만한 수준입니다. 들어보시겠습니까?"

모용천은 대답을 기다리지도 않고 거침없이 모용세가의 내공심법을 암송했다. 진화 진인은 온 정신을 집중해 들었지만 모용천의 말 그대로라, 암송이 끝나고 난 후에는 허탈할 지경이었다.

"정말 이 심법이 소협이 이룬 내공의 전부요?"

"저는 진인께 거짓말을 할 이유가 없습니다."

그러면서 모용천은 싱긋 웃었는데, 진화 진인은 더 할 말이 없었다. 모용천의 말이 '죽이면 그만인데 뭐 하러 번거롭게 거짓말을 하겠느냐? 라고 들렸기 때문이다.

진화 진인과 정원 대사들을 보내고, 모용천은 도야객에게 큰절을 했다. 도야객은 화들짝 놀라 모용천을 일으켰다.
"야, 야, 인마! 뭐 하는 짓이야?"
모용천은 바닥에 무릎을 꿇은 채 허리만 폈다. 도야객은 선 것도 아니고 앉은 것도 아닌 엉거주춤한 자세로 모용천을 바라봤다.
"지난날 종리세가에서도 그렇고, 두 번이나 갚을 수 없는 은혜를 입었습니다. 감사합니다. 정말 감사합니다!"
그저 감사하다는 소박한 말만 되풀이했지만 지금 도야객을 향한 모용천의 마음은 어떤 미사여구로도 설명할 수 없었다. 도야객은 상황 자체가 너무 불편해 건성으로 고개를 끄덕이고 얼른 모용천이 일어나기만을 바랐다.
한참 후 일어난 모용천의 입에서 엉뚱한 말이 나왔다.
"선배가 만나야 할 사람이 있습니다."
"이 심처(深處)에 내가 만나야 할 사람이 누가 있다고 그러냐?"
"있습니다. 제가 데려왔으니까요."
"그게 누군데?"
"일단 이 방주의 거처로 가 계세요. 그쪽으로 모시겠습니다."
잠시 후 무너지기 직전인 오두막에서 시체들을 치우던 도야객은 제 눈을 의심하고 말았다. 모용천이 말한 만나야 할 사람이라는 게 백파검 유호림일 거라고는 상상도 못했던 일이다.

"이, 이게 대체 무슨……."

제 몸을 가누지 못하고 누워 있는 백파검 앞에서 도야객은 말을 잃었다.

절창이 백파검을 데리고 마왕에게 투신했을 때만 해도 이 정도는 아니었다. 몇 년 만에 재회한 친구는 몰라볼 만큼 초췌해져 있었다. 백골에 거죽만 씌운 꼴이니 도저히 산 사람이라고는 보이지 않았다.

그러나 곧 겉모습으로 인한 놀라움은 눈 녹듯 사라졌다.

"자네 정말 내 말이 들리나? 정신이 온전한 게야?"

도야객은 백파검의 앙상한 손을 부여잡고 물었다. 푹 들어간 백파검의 눈이 위아래로 움직였다.

"이게 꿈은 아니지? 응? 자네 정신이 온전한 게 꿈이 아니냔 말이야."

도야객의 목소리가 떨리고 있었다. 친구를 어루만지듯 백파검의 눈이 좌우로 움직였다.

[꿈이 아닐세.]

"이런 제길……."

결국 도야객의 눈에서 눈물이 넘쳐흘렀다.

석실을 가득 메운 어둠의 질감은 밤과 달랐다.

빛을 가려 만든 청량한 밤의 어둠과 달리 석실의 어둠은 빛마저 집어삼킨 욕망으로 번들거리고 있었다.

이질적인 어둠 속에서 무언가 꿈틀거렸다. 어둠이 출렁이며 만든 윤곽은 사지를 가진 인간인 듯했는데, 그 인간의 윤곽이 때로는 부처로, 때로는 수라로 종잡을 수 없이 변하고 있었다.

꿈틀거리는 윤곽이 인간으로 보일 때, 어둠은 제 껍질에 번들거리는 욕망을 주체하지 못하는 듯했다. 그러다 인간이 부처로 보일 때에는 욕망이 사라지고 곧 윤곽도 사라져 어둠은 그 안에 무엇도 담지 않았던 것처럼 순수했다. 부처로 인해 순수해진 어둠이 불길이 타오르 듯 일렁이고, 그 불길이 번져 석실 전체가 어지러워졌을 때에는 수라(修羅)의 얼굴이 엿보였다.

불길은 수라의 얼굴을, 부처의 순수를, 인간의 욕망을 차례로 살랐다. 그리고 불길은 어둠을 태웠다.

그렇게 다른 어둠이 사라지고 난 자리를 밤의 어둠이 차지했다. 그 속의 윤곽은 아까와 달리 온전한 인간이라고 누구나 말할 수 있을 만큼 명확했다.

어둠 속에 홀로 선 황종류는 끌어안은 어둠을 생각했다.

제 안에 수라가 있었고, 부처가 있었고, 인간이 있었다.

그들을 각기 내보냈고, 또다시 되돌렸다.

수라와 부처를 하나로 합할 수 있었고, 부처와 인간을 하나로 합할 수 있었고, 인간과 수라를 하나로 합할 수 있었다.

그들 역시 발출과 회수가 마음먹은 대로 가능했다.

황종류는 자신이 마천상야공의 원 주인이었던 무명(無名)의 마인을 능가했다고 확신했다. 마인이 남긴 마천상야공은 모두 열 단계였지만, 그 안에 지금 황종류가 이룬 성취를 설명한 부분은 없었다.

이것이 마천상야공의 제십일층이다.

황종류는 마인이 왜 마인이 되었는지 알 수 있었다. 마천상야공의 극상이라는 십층은 기실 그 위에 또 다른 성취를 안배하고 있었다. 마천상야공을 창안하였는지, 선인에게 받았는지는 모르나 그 위에 또 위가 있음을 마인 또한 알았을 것이다.

마인은 십일층의 성취를 이루지 못하고 마인으로 전락했을 것이다. 황종류 역시 십일층의 문턱을 넘지 못하고 몇 번이나 주화입마에 빠질 뻔했다.

'나는 그와 다르다.'

천년 무림이 기록하는 최악이자 최강이라는 무명 마인도 도달하지 못한 경지에 오른 것이다.

그러나 황종류는 그 사실을 자랑스러워할 수 없었다.

마천상야공의 십일층은 마천상야공이되 마천상야공이 아니었다. 마천상야공의 십층은 일반적으로 말하여지는 무공의 최상위 경지였다. 그러니 그보다 한 단계 올라선 십일층은 모든 무공을 초월한, 어떤 의식의 집합체 중 일부였다. 황종류의 무의식은 그를 거대한 공간으로 인식하였는데, 놀랍게도 들어선 순간 황종류를 반긴 것은 바닥 가득 어지럽게 찍혀 있던 발자국이었다.

물론 발자국이라는 영상 자체는 황종류의 무의식이 만든 일종의 대체제다. 그것이 의미하는 바를 의식이 가장 받아들이기 쉬운 경험으로 대체한 것이다(마천상야공의 십일층을 거대한 공간으로 인식한 것도 같은 이치였다).

이는 즉 무림 역사상 최강이라는 마인도 결국 넘지 못한 그 경지에 이미 수많은 자들이 도달했다는 뜻이다.

황종류는 제 안에 있는 부처와 수라와 인간을 꺼내고, 합치고, 다시 회수해 가며 십일층의 공간을 둘러봤다. 어떤 곳은 끝간 데 없는 사막이었고 또 어떤 곳은 손톱만 한 상자였다. 어떤 곳은 어두운 물에 잠긴 바닥이었으며 또 어떤 곳은 서릿발 치는 설산이었다.

그 모든 곳이 먼저 온 이들의 발자국으로 뒤덮여 있었다.

황종류는 모든 곳의 모든 발자국을 유심히 살폈다. 세월에 풍화되어 희미한 발자국들은 모두 한 방향을 향해 있었다. 황종류는 그 발자국들을 따라 걸었다.

의식의 흐름은 시간으로부터 자유롭다. 황종류는 억겁에 가까운 시간을 발자국들과 함께 걸었다. 그러던 중 황종류는 스스로 걷는 방향이 발자국들과 같음을 깨달았다. 그때부터 황종류는 먼저 온 이들의 발자국을 보지 않고 자신이 보는 곳을 향해 걷기 시작했다.

이제껏 걸어온 시간보다 더 오랜 시간이 지나 도착한 곳에는 이 공간의 모든 발자국들이 모여 있었다. 그리고 발자국들은 한곳에서 맴돌아 소용돌이를 만들고 있었다.

고개를 든 황종류의 눈에 거대한 벽이 보였다.

위로는 하늘 끝에 닿아 있었고 양옆으로는 지평선을 따라 시야에 온전히 담기지 않았다. 벽은 황종류에게 내가 세상의 끝이라고 말하는 것 같았다.

황종류는 문득 자신이 벽의 크기는 보았으되 그 색을 보지 못했음을 알았다.

이상한 일이었다. 벽은 분명히 보이는데 그 색이 무엇인지 보이지 않았다. 황종류는 자신도 모르게 벽 가까이 다가갔고, 손을 뻗어 벽을 만졌다.

 손이 벽에 닿은 순간, 보이지 않던 색이 보였다.

 아니, 보이지 않았다.

 벽은 그저 어두워 보이지 않을 뿐, 어떤 색도 띠지 않고 있었다. 그렇게 황종류는 드디어 자신이 마천상야공의 십이층 직전에 이르렀음을 깨달았다.

 그 순간 벽에 문 하나가 생겨났다.

 황종류가 자기 앞에 나타난 문을 본 순간, 양옆으로 문이 하나씩 생겨나기 시작했다. 그 모든 문 앞에는 발자국의 소용돌이가 어지럽게 찍혀져 있었다.

 모든 문은 황종류가 알지도 모를, 혹은 들어보지도 못했을 무공이었다. 그 앞을 맴도는 발자국은 역사의 표면에 드러나지 않은, 혹은 드러난 것보다 더 많은 것을 감추었을 이들의 것이었다.

 그 모든 발자국은 황종류의 것보다 적게는 백 년, 많게는 수만 년도 전의 것이었다. 그러나 수없이 많은 발자국 중에서 문을 열고 벽을 통과한 흔적은 보이지 않았다.

 걸어왔던 모든 시간보다 많은 시간을 문 앞에서 맴돌았다.

 문은 좀처럼 열리지 않았다.

 황종류는 자신의 발자국이 어느새 먼저 왔던 자들과 마찬가지로 문 앞에서 소용돌이를 그리고 있음을 알았다. 그 순간, 조금씩 싹트기 시작한 불안이 황종류의 속에서 꽃을 피웠다. 그 역시 저 많은 발자국의 전철을 밟게 될 거라는 속삭임은 확신이 되었고, 운명이 되었다.

절망은 순간이며 달콤하다.

문을 등지고 돌아선 순간, 모든 번민이 씻은 듯이 사라졌다.

이대로 돌아가자.

피와 살로 만든 세계로 돌아가자.

마천상야공 십층을 완성했을 때 황종류는 이미 십왕이라는 위상이 저에게 거추장스러움을 알았다. 그러니 십일층에 오른 지금으로도 충분히 유아독존할 수 있을 것이다. 그가 본 발자국 중에 당대의 것은 하나도 없었다.

이대로도 충분하다.

이제 운명이 된 속삭임에 고개를 끄덕이려는 순간, 황종류는 고개를 돌렸다.

억겁을 넘어 영원에 가까운 시간 머물렀던 공간은 온전히 황종류의 것―그의 무의식이 만들어 제 의식에만 비추었으니 당연한 이야기지만―으로, 그 안에 소리는 존재하지 않았다. 그런데 그 적막을 무언가가 깨고 있었다.

저벅 저벅―

발걸음 소리였다.

황종류 홀로 올랐던 곳에 누군가가 들어온 것이다.

소리는 곧 황종류의 귓속을 가득 채웠다. 발걸음 소리의 주인은 황종류가 오랜 시간 걸어왔던 길을 보다 빠르게 건너 벽을 향해 똑바로 다가오고 있었다. 망설임도 없고 거칠 것도 없다는 듯, 발걸음 소리는 파죽지세로 황종류의 머릿속을 아프게 때리고 또 때렸다.

 황종류는 발걸음 소리의 주인이 누구인지 알 수 있었다.
 그리고 그 이름을 떠올린 순간, 황종류는 운명을 부정했다. 문을 열지 못하고 맴돌다 돌아갔던 선인들의 운명이 저를 통해 반복되기를 거절했다. 그러자 달콤했던 절망이 걷히고 고통뿐인 희망이 황종류의 어깨를 짓눌렀다.

 비로소 황종류의 얼굴에 미소가 떠올랐다.

　　　　　*　　　　*　　　　*

 모용천 일행은 산을 내려와 가까운 마을의 객잔에 방을 잡았다. 개방 방주의 거처는 그전에도 그랬지만 싸움으로 인해 언제 무너져도 이상할 게 없는 상태가 되었고, 결국 하룻밤을 겨우 버티고 주저앉았다. 물론 위치가 이미 파악되었으니 더 머무를 이유도 없었다.

 해후의 기쁨은 잠시였다.
 도야객은 백파검의 병이 고칠 수 없는 것임을 알고, 마왕과 무진총주의 처사가 꺼져가는 생명을 억지로 붙잡아 감히 상상할 수도 없던 굴욕을 선사했음을 알았다.

일의 전모를 알고 난 도야객의 얼굴은 한동안 붉었다가 또 한동안 검었다. 그리고 혈색을 되찾았을 때에는 십 년 이상 늙어 있었다.

장년의 나이에 접어들었어도 풍류남아를 자처하던 옥안(玉顔)이 순식간에 광채를 잃어버린 것이다. 모용천은 크게 놀랐지만 한편으로 그들의 우정에 감탄했다. 절창과 백파검, 그리고 도야객 세 사람이 서로를 생각하는 마음이 실로 갸륵했다.

모용천은 새삼 자신을 돌아봤다. 강호에 나와 적은 많이 만들었으나 벗이라 할 이를 만들었던가?

동년배의 벗이라 하면 종리상웅을 들 수 있었다.

부친인 종리창과 달리 마음에 유한 면이 있었고 진정이 있었다. 안타까운 점은 사귐을 좀 더 이어가기 전에 불귀의 객이 되었음이다. 더구나 그로 인한 오해가 걷잡을 수 없이 번져 종리세가와 모용천 사이에 풀 길 없는 원한을 쌓았으니 장차 모용천이 죽어도 종리상웅을 볼 낯이 없었다.

그러나 모용천은 종리상웅 역시 면목이 없다며 제 것이 아닌 잘못을 아비 대신 사과할 거라고 생각했다. 모용천은 종리상웅의 성품을 알고 있었다.

동년배는 아니지만 대가없는 호의를 베풀었던 이도 있다.

기명자에게 입은 은혜는 모용천이 평생에 걸쳐 갚아도 모자람이 있었다. 아주 거창한 은혜는 어떤 식으로든 갚을 수 있겠지만, 바위에 떨어지는 낙숫물처럼 사소한 것들이 쌓이고 쌓이면 훗날 갚을 길이 마땅치 않은 것이다. 기명자와 취명이 모용천에게 주었던 게 그와 같았다.

또한 모용천은 제가 갚고 싶어도 갚지 못할 것임을 알 수 있었다. 그것은 기명자가 제 천명이 얼마 남지 않았고 다시 만나지 못할 거라 해서가 아니었다. 이유를 설명할 길이 없었지만, 모용천은 막연하게나마 기명자와의 연이 다시는 닿지 않을 거라는 걸 알 수 있었다. 그러나 다시 만날 수 있다는 것도 알 수 있었다. 그것이 모용천이 아니고 기명자가 아니어도 말이다.

"너무 아쉬워하지 말게. 인연의 끈은 운명을 타고 내려가는 법이니, 다른 모습으로 만나도 우리일 게야."

모용천은 기명자의 말을 기억했고, 이제는 그 뜻을 알 수 있었다. 그래서 다시 만나지 못할 기명자가 그립기는 해도 안타깝지는 않았다.

언젠가는 개방의 거지가 있었다.

동년배라기에는 십 년 이상 차이가 났고, 강호의 선후배 사이라기에는 어색한 점이 많았다. 처음엔 그가 베푸는 호의를 의심했고, 시간이 지나서는 그가 권왕의 눈을 대신하였기에 부러 상대치 않기도 했다. 그러나 지나고 보니 모용천은 이소를 이해할 수 있었다. 그에게는 개방의 후개, 혹은 방주라는 입장이 있었던 것이다.

결국 이소는 모용천으로 인해 그가 가장 소중히 여겼던 것을 잃어버렸다. 정작 모용천은 그에게 아무것도 해 준 게 없었는데 말이다.

모용천은 형이 있다면 이소와 같은 사람일 거라 생각했다.

그리고 이제 자신을 위해 그가 잃어버렸던 것을 되찾아줘야 한다고 결심했다. 그것이 당장 해야 할 일임을 모용천은 알 수 있었다.

마지막으로 모용천은 서해영을 떠올렸다.

하지만 서해영에 대해서 많은 것을 생각하기 어려웠다. 지키지 못한 약속이 촘촘한 발처럼 그녀의 얼굴을 가리고 있었다. 그 발을 걷었을 때 서해영이 어떤 표정으로 자신을 보고 있을지 상상하기도 두려운 일이었다.

어쩌면 벌써 마왕과 혼례를 치렀을지도 모른다. 다시 만나게 되면 황 부인이 되어 이미 늦었으니 돌아가라고 말할지도 몰랐다. 그렇게 말하는 서해영이 웃고 있을지 울고 있을지 몰랐다.

종리상웅과 기명자와 이소를 생각할 때는 막힘이 없었던 것과 달리 서해영은 모르는 것투성이였다. 모용천은 예나 지금이나 서해영에 대해 아는 것이 없었다. 다른 이를 생각할 땐 명쾌하던 가슴이 서해영을 생각하면 콱 막혀 답답했다.

서해영을 생각해 답답한 가슴이 절로 남궁미인을 불렀다.

그녀가 무슨 생각을 하고 있었는지, 무슨 마음으로 자신을 따르고 또 떠났는지 모용천은 몰랐다. 마치 지금 서해영을 떠올려도 아는 게 없는 것처럼.

그런데 지금은 남궁미인의 마음을 안다, 부질없게도.

지금 알고 있는 것들을 그때도 알았더라면 남궁미인은 아직까지 살아 있을지도 모른다. 어쩌면 강호를 등지고 심산유곡에 들어가든 새외로 도망치든 조촐하게 가정을 꾸리고 있을지도 모른다. 모용천을 닮은 아들과 남궁미인을 닮은 딸을 낳았을지도 모른다.

아, 그러고 보니 모르는 것들은 여전히 남아 있었다.

모용천은 문득 남궁미인이 죽은 후에야 알게 된 게 아니라 죽었기 때문에 알 수 있었던 게 아닐까 생각했다. 그렇다면 서해영에 대해서도 죽은 후에야 알 수 있는 걸까?

생각이 그에 미치자 모용천은 소스라치게 놀라 고개를 세차게 저었다. 그 모습을 본 기유붕은 모용천이 갑자기 미쳐서 다시 제 목을 조를까 두려워 얼른 자리를 피했다.

모용천은 먼저 무한으로 가 이소를 구하고 권왕으로 하여금 대가를 치르게 하려 했다. 그 결정을 도야객에게 말하며 모용천은 절창을 먼저 찾아가지 못함을 사과했다.

"죄송합니다."

"그런 말 하지 마라. 너로 인해 고초를 겪고 있으니 이 방주를 구하는 게 우선이지. 너는 도리에 맞게 행동하는 거다."

얼굴만 늙은 게 아니었다. 도야객은 부쩍 기운이 쇠하고 배짱도 줄어든 것 같았다. 말수도 부쩍 줄어들어 유 총관이 다 걱정할 정도였다.

"…사실 그 녀석이나 나나 누워 있는 유가 놈이나 너에게 은혜를 입었으면 입었지 잘못된 건 없지 않느냐."

"이 선배……."

도야객의 말이 돌아서려는 모용천의 발목을 잡았다.

백파검이 더 이상 연명치 못하도록 하는 게 옳다 여겨 무진총을 부수고 빼내왔다. 이는 백파검과도 눈동자를 통해 의사소통을 하며 이해를 구한 사안이었다. 사실 백파검은 절실히 죽음을 구하고 있었으니 이해를 구하고 말 게 없었다.

그러나 당사자가 아닌 이들이 모용천의 결정을 지지해 줄지는 모르는 일이었다. 모용천은 절창이나 도야객이나 옳은 것을 옳다고 말할 사람이라 생각했지만, 제 명예를 버리고 인생을 버려가며 구하려 했던 벗의 일 앞에서 도리를 좇을 수 있을까 하는 의문도 없지 않았다.

하지만 그런 의혹을 비웃듯 도야객은 모용천의 결정을 전폭적으로 지지했고, 백파검을 이제 그만 놔주어야 한다고 얘기했다. 그리고 지금 은혜를 입었다 말하니 모용천은 가슴 밑바닥에 응어리졌던 무언가가 풀리는 것 같았다.

모용천은 대답하려 했지만 목이 메어 말이 나오지 않았다. 도야객은 모용천의 손을 잡고 등을 두드려 주었다.

"기가 놈도 나와 같을 것이다. 반드시 무사히 돌아와서 그 녀석에게 유가 놈이 여기 있다고 전해야 한다."

등을 두드리는 도야객의 손이 따뜻했다. 막혔던 것은 뚫렸지만 담아둔 말이 서로 부딪쳐 다 올라오지 못하고 가장 덩치 작은 놈 하나만 틈바구니를 뚫고 겨우 기어 나왔다.
 "예."

　　　　　*　　　*　　　*

 깊은 밤.
 한 사내가 가부좌를 틀고 앉아 있었다. 두 눈을 감은 사내의 얼굴은 단단한 바위를 연상케 하였으며, 숨소리는 가늘지만 끊이지 않았다. 전신에서 흐릿하게 피어오르는 기운이 있어 공력의 깊이를 가늠치 못하게 했다.
 십왕에 준하는 절세의 고수 절창 기소위였다.
 절창은 최근 좀처럼 잠을 이루지 못하고 있었다. 본래 잠이 적은 편이기는 했으나, 하루에 한 시진을 채 못 자고 깨어나는 일이 잦았다. 덕분에 매일 밤 운기조식으로 부족한 잠을 벌충해야 했다.
 운기조식을 끝낸 절창이 눈을 떴다.
 "……."
 절창은 자리에서 일어나 옆에 세워둔 창을 들었다.
 창대는 일반 나무를 깎았고 창날도 흔한 철을 두드려 만들었다. 날이 서 있어 살을 벨 수는 있지만 쇠를 자르거나 하는 기병(奇兵)과는 거리가 멀다. 여느 대장간에서 파는 보통의 창이라, 군대의 병졸이나 문지기에게나 어울릴 물건이었다.

그러나 절창은 자신에게는 이 정도 물건이 딱 맞는다고 생각해 왔다. 무인에게 있어 강함이란 자신의 몫이지 신병이기에 의지해서는 안 된다는 게 나름의 소신이었다. 또한 뛰어나거나 오래 쓴 병기는 절로 애착을 일으키는데, 절창은 생명없는 물건에 마음을 쓰는 것은 불필요하고 때로는 위험한 행위로 간주했다.

그래서 절창은 몇 번 쓰고 버리기 쉽도록 흔하게 볼 수 있는 창을 선호했다. 사람들은 흔히 병기를 보고 그 주인의 정체를 짐작하는데 기소위에게는 통하지 않았다. 그러나 군문(軍門)에서나 볼 수 있는 일반 창을 들고 다니는 고수는 그뿐이라 사실상 절창을 알아보지 못하는 사람은 거의 없었다.

절창의 창이 허공을 가로질렀다.

쉬익—

침실은 간소하여 침상 외에 세간이 없어 공간의 여유가 꽤 있었다. 그래 봤자 연무실처럼 투로를 펼칠 수는 없다. 다만 가만히 서서 창끝만으로 찌르고 벨 뿐이다.

말없는 창이 어둠을 갈랐다. 어둠은 갈라진 틈을 금세 메웠다.

절창은 창을 바로 세웠다. 움직임이 크지는 않았으나 한 수 한 수가 상승의 절초라 심신의 소모가 컸을 터. 하지만 절창의 숨소리는 한 치도 흐트러짐이 없었다.

'불길하군.'

절창이 잠을 이루지 못하는 까닭은 한없이 사악한 기운을 느껴서다. 제마성의 다른 이들은 느끼지 못하는지 그에 관해 아무 말도 하지 않았다. 그러나 절창은 하루가 다르게 커져 가는 불길한 기운을 생생히 느끼고 있었다.

때로는 그 기운이 마귀의 형상을 하고 달려들기도 했다. 본디 가지고 있는 심마(心魔)를 일으킨 게 아니고 헛것을 본 것도 아니었다. 어둠 속에서 분명 끔찍하게 생긴 귀신이 달려들었고, 기소위의 창에 찔려 다시 어둠 속으로 스며들 듯 사라졌다.

사기(邪氣)를 되짚어가던 절창은 마왕의 연공실이 그 근원임을 알게 되었다.

황종류의 무학에 대한 재능은 당대에 따를 자가 없어 가히 천재라는 말이 아깝지 않았다. 실전되었던 마천상야공을 되살렸고 또 제압하여 온전히 제 것으로 만들었다. 이대로라면 마왕의 이름은 곧 마황(魔皇)으로 바뀌어 군림하고야 말 것이다.

그럼에도 불구하고 황종류는 폐관수련에 들어갔다. 자신의 입으로 마천상야공을 완성했다고 한 그가 더 무엇을 구하러 폐관하였단 말인가?

'인간을 벗어나고 싶은 건가?'

절창은 어둠을 노려보며 질문을 던졌다.

황종류는 이미 인간이 오를 수 있는 극한의 경지에 올라 있다. 여기서 더 나아간다면 더는 인간이라고 부를 수 없는 존재가 될 것이다. 겉모습을 유지한들 그것은 황종류라는 껍질에 불과해질 것이다.

감응(感應)한 걸까?

그저 사방팔방으로 뻗어 밤을 가득 채우던 사기가 어느 순간부터 일정한 방향성을 띠기 시작했다. 연공실로부터 나온 사기가 향한 곳은 바로 절창의 침실이었다. 먼 거리를 넘어 그 사이 수많은 가옥과 사람을 모두 무시하고 오직 절창에게로 집중되고 있는 것이다.

콱!

절창은 창을 반 바퀴 돌려 바닥에 꽂아 세웠다. 그리고 기합을 질렀다.

"하압!"

불 리 없는 바람이 불고, 보이지 않는 불꽃이 일었다. 절창의 강렬한 기합과 그 속에 담긴 순수한 내력이 사기를 모두 물리쳤다. 흩어진 사기는 다시 뭉치지 않고 이전처럼 어둠 속을 부유하기 시작했다.

"으음……."

사기가 집중된 것은 주인의 의지가 아니다. 자석처럼 그저 저를 알아보는 이에게 끌린 것뿐이다. 절창은 사기를 의식하지 않기로 하고 고개를 돌렸다.

기합이 물리친 것은 마왕의 사기만이 아니었다. 장막이 걷히듯 또 다른 어둠이 사라지고 누군가 그 자리에 서 있었다.

"누구냐?"

절창의 음성에 의문과 경계심이 가득했다. 누군가가 나타났는데, 처음부터 그 자리에 있던 것처럼 홀연했던 것이다. 세상에 어떤 고수가 자신의 이목을 속이고 접근할 수 있단 말인가? 천하 살수의 지존인 암왕이라도 불가능하다. 그렇다면 대체 누구인가?

"나야."

유령처럼 나타난 이가 한 걸음 등불의 빛 안으로 들어왔다.

서해영이었다.

"네가 여긴… 웬일이냐?"

이목을 숨기고 나타난 이가 서해영일 거라고는 생각도 못한 절창이다. 더구나 제마성에 돌아온 후로 서해영을 만난 것은 지난겨울 모용천과의 만남을 도와준 것이 마지막이었다.

"쉿!"

서해영은 검지를 제 입술에 대고 바람 소리를 냈다. 그리고 누가 들을까 최대한 목소리를 낮춰 말했다.

"시간이 없으니 요점만 말할게. 난 지금 제마성을 떠날 거야. 그래서 같이 가자고 얘기하러 왔어."

절창은 순간 서해영이 제마성에 갇혀 있다가 기어코 실성했구나 싶었다. 그러나 서해영의 두 눈에 초점이 또렷했고, 앙다문 입술은 결연했다.

그제야 절창은 서해영이 남장 차림이라는 걸 깨달았다. 제마성에 들어와 내내 화려한 복장으로 여인의 향기를 풍기던 그녀가 아니었다. 자신과 함께 강호를 주유하던 개구쟁이 미소년이 다시 돌아온 것이다.

"진심이구나."

"응."

서해영의 발목에는 환곡기문서가라는 보이지 않는 족쇄가 채워져 있다. 그것은 서해영이 스스로 찬 것이니 그녀 외에 누구도 풀 수 없었다. 게다가 그 족쇄는 살 속 깊이 파고들어 뼈에 닿아 있다. 서해영 자신이라도 발목을 자를 수밖에 족쇄를 푸는 다른 방법은 존재치 않았다.

제마성을 떠나겠다는 서해영의 선택은 수족을 자르는 격이나 마찬가지다. 그 고통은 절창도 차마 상상하기 어려웠는데 소녀는 태연하기만 하다. 절창은 서해영이 기특하기도 하고 가엾기도 했다.

"장하다."

절창의 짧은 말이 서해영의 가슴을 두드렸다. 서해영은 빙긋 웃으며 말했다.

"남자들은 미녀를 얻기 위해서라면 모든 것을 던지지? 나도 좀 그래보려고."

"크핫핫핫!"

서해영의 말을 들은 절창이 크게 웃었다. 서해영은 당황하여 웃음을 멈추라 했지만, 어쩐지 그 모습을 계속 보고 싶어 이내 만류하기를 그쳤다. 이리도 유쾌하게 큰 소리로 웃는 절창은 서해영도 처음 보는 모습이었다.

절창이 웃음을 멈췄다. 서해영은 괜히 그의 어깨를 두드렸다.

"내가 조용히 하랬지? 다 망치려고 그래?"

"그래, 조용히 하마."

"그래서, 갈 거야, 말 거야?"

절창은 말없이 바닥에 꽂아놨던 창을 뽑아 들었다. 그리고 서해영에게 말했다.

"너도 알 것이다. 내가 마왕을 떠날 수 없다는 걸. 하지만 너는 이미 결심을 세웠으니 나와는 다르지. 가자. 내가 길을 열어주마."

서해영의 족쇄가 환곡기문서가라면 절창의 족쇄는 백파검이었다. 백파검 유호림이 무진총에 있는 한, 그를 고칠 수 있다는 희망이 있는 한 절창은 마왕에게 충성을 다할 것이다. 그러나 그와 별개로 절창은 서해영의 선택을 존중했고, 기꺼이 그녀를 위해 길을 열어주고자 했다. 어느 누가 앞을 막든 한 자루 창으로 치워 버리겠다는 기세로 말이다.

그리고 서해영이 떠나면 스스로 마왕을 찾아가 벌을 받겠지. 기소위가 어떤 생각을 하며 어떤 행동을 할지 눈에 선하다. 서해영은 고운 입술로 절창을 질타했다.

"에라, 이 답답한 인간아! 그렇게 살면 누가 상이라도 주냐?"

서해영은 손을 뻗어 절창의 창을 빼앗으려 했다. 그녀가 절창의 손에서 창을 빼앗을 확률은 만분지 일도 되지 않았지만 그 일이 실제로 일어나고 말았다. 물론 주인이 순순히 내어준 탓이다.

"내가 여기 언제 어떻게 왔는지 봤어? 나, 환곡기문서가 사십이대 가주의 장녀야. 마왕만 아니면 사십삼대 가주가 되었을 몸이라고. 강호에 날고 기는 환술사들 싹 긁어 와도 내가 눈 하나 깜빡할 거 같아?"

눈을 깜빡인 쪽은 절창이었다. 서해영의 말대로 자기는 그녀의 수법을 전혀 알아보지 못했다. 사기에 대항해 기합을 지르지 않았다면 그녀가 스스로 모습을 드러낼 때까지 존재조차 몰랐을 것이다.

서해영은 득의만만한 미소를 지으며 말했다.

"난 도와달라고 온 게 아니야. 당신을 도망치게 해주려 왔지. 하긴 물어본 내가 잘못이다."

미소 짓던 서해영의 얼굴에 갑자기 그늘이 졌다.

"지금은 끝까지 말할 시간이 없어. 하지만 당신은 반드시 나와 함께 떠나야 해. 백파검을 생각한다면 그래야 한다고."

"그에게 무슨 일이라도 생긴 것이냐?"

절창은 모용천으로 인해 무진총이 박살 났음을 모르고 있었다. 그만이 아니라 제마성의 구성원 대부분이 그 사실을 모르고 있었다. 진첩결이 철저히 정보를 통제했기 때문이다.

다급히 묻는 말에 서해영은 고개를 저었다.

"그런 건 아니야. 하지만 날 따라오지 않으면 백파검은 크게 실망할 거야. 맹세해도 좋아. 아니, 부탁할게! 날 믿어줘. 제발 날 믿고 따라와 줘!"

황지엽에게 무진총에서 있었던 일을 들은 직후부터 서해영은 제마성을 떠나기 위한 준비를 시작했다.

섭혼술로 시녀들을 조종해 보이지 않는 제마성 곳곳에 부적을 붙이고 닭의 피로 법진(法陣)을 그리게 했다. 조급해하지 말고 날마다 조금씩 누구도 눈치채지 못하도록. 그렇게 자신의 처소로부터 한 걸음 한 걸음 확장을 거듭해 오늘 드디어 제마성 전역이 서해영이 통제할 수 있는 술법의 영역이 된 것이다.

 서해영은 차기 가주의 자격으로 어린 나이에 이미 가문의 비전(秘傳)을 통달했다. 그러나 영역의 크기와 통제 가능한 시간은 반비례한다. 제마성 전역을 자신의 통제 하에 술법의 영역으로 만들 수 있는 시간은 그리 넉넉지 않았다.

 그러나 서해영이 백파검의 이야기를 하지 않은 것은 꼭 시간이 없어서가 아니었다. 절창이 백파검의 진실을 알게 된다면 절대 서해영을 따르지 않으리라는 걸 알았기 때문이다. 자신을 부리기 위해 백파검을 능욕했음을 지금 여기서 알게 된다면 절창은 망설임없이 마왕에게로 향할 것이다. 그를 알기에 서해영이 할 수 있는 말은 고작 믿어달라는 것뿐이었다.

 "……."

 침묵이 길었고, 서해영은 몸이 달았다. 섭혼술을 쓸까 생각해 봤지만 절창과 같이 내공이 깊은 고수에게 썼다가는 역으로 당할 수가 있었다.

 "믿으마."

 짧지만 천금 같은 말이다. 서해영은 비로소 안도의 한숨을 내쉬고, 바로 화를 냈다.

 "그럴 거면 왜 뜸을 들이고 난리야?"

"창이나 다오."

직접 뺏을 수도 있지만 절창은 손을 내밀었다. 서해영은 창을 건네주면서 그 손을 잡았다. 맨살과 맨살이 닿아 절창은 눈살을 찌푸렸지만, 곧 그 또한 꼭 필요한 일일 거라고 생각을 고쳐먹었다. 환술과 술법의 세계는 그들이 사는 세상과 같으면서도 다른 면이 있으니까.

"나만 따라오면 돼."

서해영의 속삭임과 함께 두 사람의 몸이 어둠 속으로 빨려들어 갔다. 아무도 없는 방 안을 기름 없는 등불만이 희미한 빛으로 비추고 있었다.

폐관수련을 마치고 나온 황종류의 얼굴이 묘했다.

 본래 황종류는 감정을 내비치는 법이 없어 누구도 그 속을 짐작하지 못했다. 그의 얼굴은 대개 무표정한 채였는데, 그래서인지 가끔 표출하는 악의(惡意)를 제외하고는 변화가 있어도 감정을 실은 표정인지 그저 근육의 수축인지 정확히 구분하는 자가 드물었다.

 그런데 지금 황종류의 얼굴은 분명 표정을 지었는데 그것이 묘했다. 어떤 이의 눈에는 그가 웃고 있는 것처럼 보였고, 어떤 이의 눈에는 우는 것처럼 보였다. 화를 내고 있다고 생각한 이도 있었고, 실망하는 것으로 보는 이도 있었다.

 모두가 황종류의 얼굴에 제 심상을 덧씌워 보고 있었다. 그러나 누구도 그 사실을 입 밖에 꺼내지 않았기 때문에 그들은 각자가 다른 표정의 황종류를 보고 있음을 알 수 없었다. 다만 그네들 주군이 폐관수련 이전과 많이 달라졌다는 사실 하나만 눈으로 주고받을 뿐이었다.

폐관수련이 끝나자마자 황종류는 제마성의 수뇌진을 소집했다. 부성주를 비롯 외오각주와 비사면주가 그 대상이었다. 그 외 황무기, 황유극, 황지엽 삼형제와 절창 기소위가 함께였다.

그렇다면 모두 십사 인이 자리해 있어야 했는데, 황종류를 맞아 기립한 이는 칠 인에 불과했다. 든 자리는 몰라도 난 자리는 안다는데 한둘도 아니고 절반이 비었다. 자리를 지킨 자들의 마음이 무거울 형국이다.

"설명하라."

진첩결이 보는 황종류는 불같이 화를 내고 있었다. 그렇기 때문에 짧고 담담한 말이 끝 간 데 없이 두려웠다.

마왕은 언제나 두려운 존재였고, 진첩결은 그것이 좋았다. 무릇 주인 된 자란 그래야 한다는 게 진첩결의 지론이었다. 그래서 진첩결은 절정의 고수이면서도 주군을 두려워하는 자신이 부끄럽지 않았다.

그러나 지금은 다르다. 진첩결이 두려워해야 할 이유는 부끄럽기 때문이었고, 부끄러운 까닭은 모두 그의 실책이었다. 남은 자들의 앞에서 그 연유를 하나하나 제 입으로 되짚어야 하는 심정은 다시없을 치욕이었다.

비청면주 아자할은 황종류의 재가를 얻어 휴가를 받은 후 돌아오지 않았다. 강호의 풍문이 실어다 준 아자할의 행적은 스스로 수왕을 자처하는 젊은이와 함께 중원을 떠돈다는 것이었다.
"수왕을 자처하는 젊은이라……."
황종류는 수하의 보고를 혼잣말처럼 되풀이했다. 비적면주 고호는 웃는 황종류를 봤다.

외좌각주 요검 은삼교와 비흑면주 방난화는 무진총에서 모용천에게 당해 불귀의 객이 되었다. 진첩결은 주인이 묻기 전에 제 입으로 먼저 전모를 고해 바쳤다. 자신이 독단으로 결정하여 두 사람을 보냈고, 그것이 도리어 모용천을 자극하여 무진총과 그 주인마저 잃는 결과를 초래했다. 모용천은 백파검 유호림을 탈취하여 사라졌다.
"너는 나를 믿지 않았군."
진첩결의 얼굴이 새파랗게 질렸다.
전설로 남을 업적을 세우고 급기야 사왕마저 베어버린 모용천이다. 그에 대한 경계심이 극에 달해 판단력을 해치고 제 주인마저 믿지 못하게 만들었던 것이다.
처음 모용천에 대한 경계심이 생겼을 때 진첩결은 그를 무시했고, 다음에는 분노했으며, 마지막으로 두려워했다. 마왕과 모용천. 비교할 수 없는 두 사람을 비교하고 천칭에 달았을 때 기대와 반대로 기울어질지도 모른다는 제 불신이 주인의 눈에 보일까 두려웠다.

우려는 현실이 되었다. 마왕은 진첩결의 불신을 알았다. 공포로 군림하여야 할 주인을 종이 걱정하고 있음을 알게 된 것이다. 진첩결이 가장 두려워하는 일이 이것이었다.

"믿지 않았어."

황종류가 드물게 말을 되풀이했다. 외중각주 관음지 허규의 눈에 비친 황종류는 실망하고 있었다.

외전각주 섭영귀, 외후각주 항불, 외우각주 혈랑도객. 세 사람은 제마성에 인접한 산에서 수하들과 함께 시체로 발견됐다. 그들 역시 진첩결의 명을 받고 명을 달리했다. 그들이 받은 명령은 탈주자를 쫓는 것이었다.

겨우 탈주자를 쫓는 일에 각주들을 동원했음은 의문스러운 일이다. 각주들이 순순히 명을 받고 움직인 것도 그랬다.

절창 기소위의 부재 이유가 자연히 세 사람의 뒤를 따랐다. 섭영귀가 홀로 맞닥뜨려 죽었고, 항불과 혈랑도객이 함께 달려들어 죽었다. 도왕을 꺾은 기소위의 무위를 생각하면 당연한 일이었다. 그들은 기소위를 만났을 때 싸우는 대신 원군을 기다려야 했다. 그리고 그들을 내보낸 진첩결을 책망해야 했다.

그러나 제마성의 부성주는 제 몸을 사리는 자가 아니었다.

진첩결의 비어 있는 오른쪽 소매는 펄럭이지 않도록 단단히 묶여 있었다.
 "마음먹었다면 언제든 떠날 수 있는 자였지."
 하지만 그 마음먹기가 불가능한 자다. 그랬다면 마왕의 수하로 들어오지도 않았을 것이다.
 비백면주 황상은 황종류에게서 깊은 의문을 발견했다.

 그래서 또 한 사람, 이곳에 불리지는 않았으나 사라진 서해영의 부재가 드러났다.
 진첩결은 한 통의 서찰을 황종류에게 바쳤다. 서해영이 황종류에게 전하라며 남기고 간 물건이었다.

 마왕이여, 나는 당신의 여인이 되지 않기로 결정했습니다. 나는 한 남자를 가질 것입니다. 그리고 그를 위해 당신이 묶어둔 모든 것을 버리겠습니다. 제 말을 아시겠지요? 활곡기문서가가 당신의 손에 의해 진실로 황상의 가문이 된다면 그것은 내 탓이 아니라 어린 계집을 제물로 바쳐 살아남고자 한 저들의 구차함 때문일 것입니다.
 하나만 짚어 드리겠습니다. 내가 가지려 하는 남자는 당신과 다르지만 그것이 곧 낫다는 뜻은 아닙니다. 사람을 원한다는 것은 누구를 누구와 비교해 나은 자를 고르는 장터의 거래가 아닙니다. 사람이 사람을 사랑하는 이유는 논리와 인과, 타산으로 설명할 수 없는 것입니다. 당신은 아마 끝까지 모르겠지요. 이는 당신이 어리석어서가 아니라 인생을 대하는 태도의 차이이니 안심하시길 바랍니다.

미안한 일이지만 절창을 데려가겠습니다. 절창은 나의 벗이고, 당신이 품을 수 없는 자입니다. 당신이 절창을 묶어둔 방법은 인간으로서 해서는 안 될 짓이었습니다. 그에 비하면 나를 묶은 줄은 가는 실에 불과할 것입니다. 보고를 따로 받으셨겠지만 백파검이 당신의 손에 없으니 절창 또한 이곳에 있을 필요가 없지요. 그러니 절창에게 신의가 없다고 욕하지 마십시오. 당신에게 그를 욕할 자격도 없겠지만 말입니다. 나에 대해서는 얼마든지 욕하십시오.

그럼 다시 만날 일 없기를 바랍니다.

서찰을 다 읽은 황종류가 물었다.
"이 아이가 그 일에 대해 어떻게 알게 되었지?"
백파검에 대한 일은 제마성의 비밀 중에서도 일급으로 분류되어 극히 소수만이 아는 사실이었다. 이 자리에서도 아는 자는 황종류와 진첩결뿐이었다.
"…모르겠습니다."
책사가 주군에게 할 수 있는 가장 치욕적인 말이다. 하나 남은 진첩결의 손이 부들부들 떨리고 있었다.
"제가 알려줬습니다."
두 사람뿐이어야 할 백파검의 진실을 알고 있노라 나선 자가 있었다. 황지엽이었다.

"삼 공자!"

마왕의 안전임을 잊고 진첩결이 소리쳤다. 담아두어야 할 일을 발설했다는 책망이 아니었다. 어째서 자신이 했다고 곧이곧대로 토해냈냐는 절규였다.

황지엽이 백파검의 진실을 알게 된 것은 부차적인 일이다. 타인에게 전파했고, 그로 인해 작금의 사단이 난 것도 부차적인 일이다. 핵심은 지금의 고백으로 황지엽에게 내려질 처분이었다. 연금으로 그칠지 처형당할지 처분의 내용은 중요하지 않았다. 어쨌든 처분이 내려진 순간 황지엽이 제마성의 다음 주인 될 가능성도 완전히 사라지는 것이다.

아니, 이미 사라졌다.

제마성은 진첩결 자신의 뜻대로 수백 년을 이어 무림을 지배하며 영화를 꽃피우리라는 의지가 지금 이 순간 황지엽의 입에서 부정당한 것이다.

"어떤 벌도 달게 받겠습니다."

자신의 의지로 백파검의 진실을 밝힌 것은 아니다. 그러나 황지엽은 서해영의 술법에 당했다는 말을 하지 않았다.

서해영을 마음에 깊이 두지 않았다면 당하지도 않았을 것이다. 술법을 펼치기도 전에 황지엽은 이미 제 영혼이 그녀에게 사로잡혀 있었다고 생각했고, 그것이 자신의 죄라고 여겼다.

"……."

황종류는 말이 없었다. 황무기는 아버지의 얼굴에서 모든 표정이 사라졌음을 알았다. 처음으로 모두가 보는 황종류의 얼굴이 일치하는 순간이었다.

말이 없던 황종류가 자리에서 일어섰다. 마주 앉아 있던 이들 모두 황망히 일어섰다. 황종류는 이제 절반이 된 자신의 수족을 바라보며 말했다.

"내가 당년에 제마성을 세우고자 했을 때 한 가지 목적이 있었다. 홀로는 할 수 없는 일이 내 앞을 가로막았기 때문이다. 그게 무엇인지는 다들 알고 있을 것이다."

무림일통(武林一統)! 제마성이 내건 기치를 모르는 이 없었다. 그런데 지금 마왕이 왜 이 말을 꺼냈는지 아는 자는 아무도 없었다.

"그래서 부성주가 많은 고생을 했다. 또 여기 있는 그대들 모두 수고가 많았다. 덕분에 제마성을 세우고 반쪽이나마 목적을 달성한 거겠지."

노고를 치하하는 마왕을 누가 상상이나 했겠는가? 놀란 칠인을 향해 황종류의 말이 이어졌다.

"이만하면 됐다."

"……?"

"나는 이제 제마성이 필요없다. 그대들도 나에게 필요없는 자들이 되었으니 더는 나를 위해 일할 필요도 없다."

우당탕탕!

의자가 넘어지며 큰 소리를 냈다. 얼마나 급했는지 허규는 문을 부수고 방을 나갔다. 나머지 여섯 명은 허규의 돌발적인 행동에 놀라며 서로를 바라봤다. 허규가 부수고 나간 문을 보며 마왕이 말했다.

"중각이 그나마 나를 이해하는군."

남은 자들을 향한 황종류의 눈에 경멸의 빛이 떠올랐다. 비백면주 황상이 황종류를 이해했고, 비적면주 고호가 이해했다. 세 아들이 동시에 아버지를 이해했다.

책사가 주군의 뜻을 마지막으로 이해했다.

그러나 그들은 마왕을 이해하는 데 너무 오랜 시간이 필요했다. 마천상야공의 검은 기운이 어느새 발밑에 퍼져 있었다.

"주군!"

황상이 피를 토하며 절규했다. 마천상야공의 검은 기운이 발목부터 올라와 뱀처럼 그의 전신을 휘감았다. 공력을 일으켜 마천상야공에 대항하는 황상에게 황종류가 말했다.

"필요없는 물건은 버리지 않으면 반드시 방해가 된다."

파앗!

황상을 휘감았던 검은 기운이 졸라매듯 압축됐다. 황상을 안에 담았던 검은 기운의 크기가 가는 막대기 하나로 줄어들었고, 사방으로 흩어졌다. 응당 있어야 할 황상의 시체를 찾을 수 없었다.

"……!"

고호는 말없이 두 눈을 부릅뜨고 마왕을 노려봤다. 그 또한 마천상야공의 검은 기운에 먹혀 시체도 없이 사라졌다.

"아버님! 아버님!"

"살려주십시오! 제발… 끄아악!"

"……."

마천상야공은 피붙이를 가리지 않았다. 마왕의 세 아들도 어김없이 마천상야공의 검은 기운 속으로 사라졌다.

마천상야공의 검은 기운은 순식간에 다섯 명을 집어삼키고 대전을 가득 메웠다. 오직 진첩결만이 온전한 모습으로 황종류 앞에 서 있었다.

대전은 어두워 온통 밤인데, 진첩결을 중심으로 계란 같은 공간만이 낮이었다. 그 안에서 진첩결이 외쳤다.

"왜! 대체 왜 이러시는 겁니까! 왜!"

진첩결이 울부짖었다. 황종류는 표정없는 얼굴로 진첩결에게 말했다.

"제마성이 필요한 건 내가 아니라 너지."

황종류의 말이 벼락처럼 진첩결을 때렸다.

황종류에게 제마성은 수단이지 목적이 아니었다. 그렇기 때문에 창건과 운영 모두를 진첩결에게 위임한 것이다. 처음부터 황종류는 제마성을 언제든지 버릴 수 있었다. 반면 진첩결에게 제마성은 수단이 아니라 목적이 된 지 오래였다. 제마성은 진첩결의 꿈이고 이상이었다.

진첩결은 황종류의 말이 무슨 뜻인지 알았고, 그렇다면 차라리 자신도 지금 죽는 게 낫다고 생각했다.

그러나 마왕은 잔인했다.

"너에겐 삶이 죽음보다 고통스럽겠지."

그 말과 함께 마천상야공의 검은 기운이 황종류에게로 수렴

했다. 측량할 수 없는 고통의 크기에 진첩결은 넋을 잃고 서 있다가 비틀거리며 의자에 앉았다.

"호오……."

황종류가 호기심을 표했다. 검은 기운이 사라진 대전에 온전한 이는 진첩결만이 아니었다. 황지엽 또한 멀쩡히 살아 있는 것이다. 황지엽은 하얗게 질린 얼굴로 형들이 있던 자리를 보고 있었다.

마왕이 아들에게 물었다.

"어찌한 게냐?"

아들이 대답했다.

"받아들였습니다."

두 형과 달리 황지엽은 모든 걸 포기하고 마천상야공의 검은 기운에 몸을 맡겼다. 그러자 검은 기운은 황지엽이 본래 가지고 있던 마천상야공과 호응하여 하나가 되었다. 황지엽은 아무런 위해도 입지 않았고, 오히려 가지고 있던 마천상야공의 위력이 배가 되는 행운을 얻었다.

황종류는 몸을 돌렸다. 뒤는 두꺼운 벽이었지만 황종류에게서 나온 검은 기운이 커다란 구멍을 뚫어 문을 만들었다.

대전 밖으로 나가려는 황종류를 황지엽이 붙잡았다.

"죽이지 않으십니까?"

황종류가 말했다.

"나는 마인이 아니다. 나를 방해하지 않을 생명을 취할 이유는 없다."

"제가 방해가 안 된다고 생각하십니까?"

재차 묻자 황종류가 고개를 돌렸다. 황지엽은 아주 잠깐 폐관수련에 들어가기 전 아직 자신의 아버지였던 황종류를 볼 수 있었다.

"너는 예전부터 네 형제들과 다른 점이 있었지. 마왕의 아들이 아니어도 살 수 있었던 건 너뿐이었으니 네가 홀로 살아남은 게 어쩌면 내 뜻이겠구나."

그 말을 마지막으로 아버지는 사라졌다. 황지엽은 힘없이 쓰러져 무릎을 꿇었다.

"주군… 주군……!"

넋을 잃고 앉아 있던 진첩결이 황지엽을 지나쳐 황종류의 뒤를 쫓았다. 뒤따른 진첩결의 눈에 모든 것을 파괴하는 어둠이 들어왔다. 마왕에게 굴복했던 제마성의 구성원들은 모두 검은 기운에 빠져 허우적거리다 죽어갔다. 진첩결은 몇 번이나 그 속에 뛰어들어 죽으려 했지만 마천상야공의 검은 기운은 진첩결에게 손톱만큼의 위해도 끼치지 않았다. 진첩결은 이미 마음에 지옥을 담고 있었다.

그날, 제마성은 사라졌다.

*　　　*　　　*

누구에게서 시작되었는지 제마성의 붕괴는 곧 중원 전역으로 퍼져 나갔다. 소문을 접한 이들 중 충격과 공포에 빠지지 않은 자가 없었다.

제마성은 사파의 고수들이 모여 만들어진 단체다. 그들로 인해 정파 무림맹이 창설되었고 무림 전체가 불안에 떨어야 했다. 무림 역사상 가장 비극적인 사건으로 기록될 정사대전(正邪大戰)은 이미 기정사실이었다. 문제는 시기일 뿐 반드시 일어날 거라는 게 모든 이들의 예측이었다.

그러니 제마성의 붕괴를 들었을 때, 사람들은 누구나 안도의 한숨을 내쉬고 기쁨을 감추지 않았다. 일대 혈겁이 일어나기 직전에 멈췄으니 누구라도 그럴 것이다.

그러나 이야기는 항상 반전을 가지고 있다. 제마성이 왜 붕괴되었는지 그 원인을 들은 사람들의 얼굴은 하나같이 공포에 질려 있었다. 차라리 정사대전이 백번 나을 거라 말하는 사람도 적지 않았고, 어떤 정파의 인물은 제마성 아래 무림이 하나 되어도 이보다 나쁘진 않을 거라 부르짖었다.

강호의 소문은 발만 빠른 게 아니다. 소문은 지극히 발달한 후각을 가지고 있어 자신이 필요한 자가 누구인지 넓은 중원을 훑어 정확히 찾아낸다. 옮기는 이들이 모르는 사이 소문은 원하는 자에게 닿아 있었다.

"그러니까 이제 마왕(魔王)이 아니라 마인(魔人)이로군!"

엽차로 입을 가시던 아자할이 눈살을 찌푸렸다.

건너편 탁자에서 넘어온 말이 그를 자극한 것이다.

"숙부, 어디 가는 거요?"

타사주는 중원 말을 할 수는 있었다. 그러나 시끄러운 객잔에서 들리는 말을 하나하나 구분해 알아들을 수준은 아니었다. 아자할은 건너편 탁자로 다가갔다. 무림인으로 보이는 세 명의 건장한 사내가 말을 멈추고 아자할을 봤다.

"이건 뭐야? 이 객잔은 오랑캐도 손님으로 받나?"

외인(外人)이 낯선 고장이다. 사내들은 아자할을 조롱하며 쫓아내려 했다.

"밥맛 떨어지게 어딜! 야, 꺼져! 윽!"

저리 가라며 손을 내젓던 사내의 머리통이 탁자에 처박혔다. 어느새 따라온 타사주가 한 짓이다.

"야, 이 호래자식들아! 지금 뭐라고 씨부렸냐?"

말은 미숙한데 욕만큼은 발음도 높낮이도 정확하다. 아자할은 한숨을 쉬며 타사주의 뒤통수를 때렸다. 타사주는 머리를 문지르며 대들었다.

"왜 때려! 이것들이 먼저 무시했잖아!"

타사주의 무위는 아자할을 능가한 지 오래였다. 그러나 강해진 만큼 타사주의 아자할에 대한 신뢰도 강해졌다. 아자할은 타사주가 강해지든 말든 조카로 대했고, 지금처럼 문제의 소지가 있다고 판단될 때에는 거침없이 손을 썼다.

"힘을 내세워서 될 게 있고 안 될 게 있다. 내가 이들에게 들을 이야기가 있는데 너 때문에 어디 말이나 제대로 나오겠냐?"

"아 씨! 그런 건 진작 말을 해야지!"

"말보다 손이 빠른 버릇 좀 고쳐라."

두 사람이 고향의 언어로 대화하니 알아들을 수 있는 자가 없었다. 하지만 나이 많고 적은 두 남만인에 대한 이야기는 이미 저잣거리에 파다하다. 사내들은 자신들이 누구를 조롱했는지 깨닫고 사시나무처럼 벌벌 떨었다.

"수, 수왕……!"

사내들이 자신을 알아보자 타사주의 얼굴이 험악해졌다.

중원인들은 사람을 대함에 있어 누구인지 알고 모르고의 차이가 컸다. 아는 사람에게는 잘 대하고, 그가 조금이라도 대단한 사람이면 지극정성을 다 한다. 반면 모르는 사람이거나 그가 자신보다 못한 이라면 아주 박대를 하며, 심한 경우에는 사람 취급도 하지 않았다.

그래서 타사주는 사람들이 저를 알아보는 걸 썩 좋아하지 않았다. 고향과 다른 중원인들의 속성이 처음에는 이해할 수 없었고, 나중에는 혐오스럽기까지 했다. 타사주는 중원에서 한창 이름을 날리던 아비가 왜 고향으로 돌아갔는지 알 것 같았다.

어쨌든 상대를 알아본 사내들은 아자할이 묻는 말에 순순히 대답했다. 대답을 다 듣고 돌려보낸 아자할의 얼굴에 수심이 가득했다.

"숙부, 왜 그래? 마왕이란 자가 그렇게 무섭소? 걱정 마시오. 모용천을 처리하고 나서 마왕도 내가 때려눕혀 줄 테니까."

타사주가 아자할을 달랜답시고 말했다. 아자할은 쓰게 웃으며 타사주를 안심시키고 사내들의 말을 곰곰이 되짚어봤다.

'마왕은 분명 마천상야공을 십성 익히고 마성을 완벽히 통제하는 데 성공한 사람이다. 스스로 되고자 하지 않는 이상 마인이 될 이유가 없는데……. 대체 무슨 일이 벌어진 건지 모르겠군.'

아자할은 지난날 황종류의 강호행을 수행하며 그의 진정한 무위를 목도한 바 있다. 그가 아는 황종류는 절대 마성에 사로잡힐 위인이 아니었다. 천제(天帝)를 굽어볼 만큼 오만하고 스스로를 사랑하는 자다. 마천상야공의 이전 주인이었던 마인도 황종류에게는 비웃음거리일 뿐이었다.

그런 그가 마성에 몸을 맡겨 마인이 되었다? 상상하기 쉽지 않은 일이다. 아자할은 다른 여러 가능성을 떠올려 봤지만 결국 결론은 하나였다.

황종류는 마인이 되지 않았다. 애초에 될 수 없는 자다.

그렇다면 제마성은 왜?

거기까지는 알 수 없었다. 아자할은 단지 무참히 살해당했다는 이들 중에 방난화가 없기만을 바랐다.

며칠 후 아자할과 타사주는 뜻밖의 사람들과 만났다. 간단히 요기나 할까 들어간 객잔에 이미 두 사람이 있었는데, 바로 서해영과 절창이었다.

아자할이 먼저 다가가 포권의 예를 취했다.

"오랜만입니다."

절창도 마주 포권의 예를 취했다. 서해영과 절창도 제마성의 소문을 이미 들었던 것이다. 더구나 아자할은 제마성을 떠나 기한이 넘도록 돌아오지 않았으니 자신들을 추격했을 리 없다.

더구나 아자할의 뒤에 선 젊은 남만인의 기도는 절창의 눈을 사로잡기에 충분했다. 절창은 그가 바로 최근 인구에 회자되는 새로운 수왕임을 알아봤다. 아자할은 더는 마왕의 사람이 아닌 것이다.

"그대가 수왕과 관계가 있을 줄은 몰랐군."

절창은 가볍게 놀라움을 표했다. 그러나 아자할은 그에게 자신의 가계(家繼)를 읊을 생각이 없었다.

아자할은 대충 둘러대고 제 용건을 꺼냈다. 경우고 뭐고 급한 마음을 누를 수 없었다.

"두 분께서는 비혹면주를 못 보셨습니까?"

아자할은 두 사람이 먼저 제마성을 탈출했음을 모르고 있었다. 그저 황종류가 벌인 참극에서 무사히 빠져나왔다고 생각할 뿐이었다. 다른 누구도 아닌 절창이었으니 충분히 할 수 있는 착각이었다. 그리고 두 사람이 무사한 만큼 다른 생존자가 충분히 있을 거라고 생각했다.

절창과 서해영은 서로를 바라봤다. 다짜고짜 비혹면주를 못 보았냐고 묻는 의도를 알 수 없었던 것이다. 아자할은 두 사람이 대답을 못하고 망설이는 게 자신이 너무 무례했던가 생각하고 얼른 말을 더했다.

"무례를 용서하십시오. 두 분께서도 제마성에서 쉽게 나오신 게 아닐 터. 무사하셔서 다행이라는 말씀을 먼저 드렸어야 하는데 죄송합니다."

그제야 두 사람은 아자할이 자신들의 처지를 어떻게 생각하는지 알았다. 그 생각을 굳이 수정할 필요가 없어 서해영은 고개를 끄덕였다. 아자할은 서해영이 고개를 끄덕이는 것을 보고 재차 방난화의 행방을 물었다.

"실은 제가 비흑면주에게 맡긴 물건이 있어 반드시 찾아야 합니다. 혹시 비흑면주를 보셨거나 들은 게 있으면 말씀해 주십시오. 부탁드립니다."

마왕이 일으킨 혈겁 속에서 남이 맡긴 물건을 간수할 정신이 있었겠는가? 자기가 생각해도 참으로 구차한 핑계였다.

"비흑면주는······."

절창의 말을 서해영이 자르고 끼어들었다.

"그녀는 보지 못했어요. 저희도 정신이 없어서 다른 사람을 신경 쓸 여유가 없었거든요. 죄송해요."

"아닙니다. 이해합니다."

아자할은 쓸쓸히 말했다. 언젠가 다시 만나자는 기약 없는 인사를 하고 서해영을 절창을 끌다시피 해서 객잔을 나왔다.

"왜 그러느냐?"

절창의 말에 불만이 서려 있었다. 아자할과 특별히 친분은 없었지만 새로운 수왕이라는 청년에 대해 좀 더 알고 싶었던 것이다.

"눈치 못 챘어?"

"뭘 말이냐?"

"비청면주 말이야. 비흑면주랑 뭔가 관계가 있었던 거 아냐."

"관계라니?"

"으이그, 하여튼 세상 참 심심하게 살았어. 비청면주랑 비흑면주랑 그렇고 그런 관계라고. 겨우 맡긴 물건 찾는다고 저렇게 안절부절못하겠냐고. 하긴, 사랑을 해봤어야 알지."

절창이 무공 한길에 매진하였다고는 하나 젊은 날 지나간 인연이 서넛쯤 있었다. 그런데 자기 나이의 절반도 살지 않은 서해영에게 무시당하니 살짝 기분이 상했다.

서해영은 절창의 기분을 살피지 않고 할 말을 했다.

"그런 사람한테 기어코 비흑면주가 모용 형에게 당했다고 얘기해야겠어? 안 그래도 여기저기 원한이 많은 사람인데."

서해영의 말하는 품이 예사롭지 않아 모용천이 마치 정혼자라도 된 듯 챙기는 것이다. 자유분방한 무가의 여식도 마음에 둔 정인을 말하기 부끄러워하는 세태와 거리가 멀었으니 절창이 잘 걸렸다며 맞불을 놓았다.

"참으로 지극 정성이다만 당사자의 마음이 망자에 묶였는데 다 부질없는 짓일지도 모르지 않느냐?"

"그러니까."

서해영은 절창의 눈을 똑바로 쳐다봤다. 마왕을 상대로 거래를 하고 남장을 한 채 강호를 주유했을 만큼 당찬 소녀다. 그 정열을 불살라 가문이라는 족쇄를 풀고 한 사람만 보고자 하니 이제는 거침이 없었다.

"그 망자에 묶인 마음을 내가 풀어줄 거라고."

"무슨 수로?"

소녀는 혀를 날름 보이며 사랑스러운 표정을 지었다.

"다 큰 처녀한테 못하는 질문이 없어. 아주 색마야, 색마."

절창은 그저 웃고 말았다.

우연한 만남의 여운이 가시기 전에 또 다른 인연이 아자할을 찾아왔다. 강을 건너기 위해 배를 기다리던 나루에서 허규를 만난 것이다.

제마성의 외중각주 이전에 관음지라는 이름으로 악명 높은 그다. 그런데 나루터 한쪽에 쪼그려 앉아 있는 행색이 초라하기 짝이 없었다. 하마터면 아자할도 보지 못하고 지나칠 정도였다.

허규는 아자할을 무시하고 종종걸음으로 지나쳐 배에 탔다. 이윽고 배가 나룻터를 떠나 강의 한가운데에서 물길을 탔다. 다른 승객들과 떨어져 선미에 홀로 앉은 허규에게 아자할이 다가갔다.

"보중하셨으니 다행이구려."

출렁이는 물결을 내려다보며 아자할이 말을 꺼냈다. 허규는 허둥거리며 좌우를 살폈다. 그는 아직도 황종류에게서 받은 공포에 사로잡혀 있었다.

어리둥절해하는 아자할의 눈빛이 허규를 일깨웠다. 허규는 멋쩍게 웃으며 말했다.

"추태를 보였군. 이해하시오. 이러지 않고는 안심이 안 되니까 말이오."

"대체 성에서 무슨 일이 있었던 거요? 정말 마왕이 마인으로 전락해 살육을 벌이기라도 한 거요?"

"마인? 크큭! 큭! 당신도 그런 말도 안 되는 소문을 믿는단 말이오? 마왕을 아는 사람이?"

"그럼 소문이 틀렸단 말이오?"

"마인이라면 마성에 빠져 천지 분간을 못해야 그게 마인이지. 눈깔을 뒤집고 닥치는 대로 살인을 저지르는 주군이 상상이나 가오? 그 오만한 자가? 그 세상없이 오만한 자가? 죽어서 저승에 가도 염라대왕을 턱짓으로 부릴 것 같은 분이? 죽어서도 저승사자가 가마를 가져와 타십사 청해야 겨우 갈까 말까 한 자가? 그리고 마인이 됐다면 제마성 주변 촌락들도 싹 피바다가 되어야 하는 거 아닌가? 그런 얘기 들어봤소?"

말하는 도중에도 허규는 종종 주변을 의식했다. 쉬지 않고 다리를 떨었고, 했던 말을 되풀이하기도 했다. 특히 황종류를 지칭하여 '그', '분', '자', '주군' 등을 오가며 말할 때마다 달리 쓰니 큰 충격을 받아 아직 헤어나지 못한 것 같았다.

"마인 같은 건 아니지만 달라지긴 달라졌소. 폐관수련을 마치고 나온 주군은 뭐랄까, 글쎄, 뭐라고 설명할 수가 없군. 분명 인간의 껍질을 쓰고는 있는데, 그 사람이 맞는데 그 사람이 아닌 기분이랄까. 그 느낌이 어느 순간 확 강해지는데 무서워서 도저히 그 자리에 있을 수가 없더라고. 뒤도 돌아보지 않고 냅다 뛰었지. 제마성을 무단으로 나가는 자는 엄벌에 처하도록 되어 있는데 내가 알게 뭐야? 당장 죽게 생겼는데."

"더 강해졌소?"

허규는 몸을 낮추고 주변을 둘러봤다. 그가 말하기를, 대낮에도 종종 마왕이 자신을 감시하는 환상을 본다는데 지금도 그런 게 아닐까 싶었다.

허규는 손으로 입을 가리고 속삭이듯 말했다.

"말도 못할 만큼!"

허규가 다른 건 몰라도 눈치만큼은 당대 제일이다. 덕분에 지금 목숨을 부지하고 있으니 그의 말은 믿을 수 있었다. 하지만 마인이 된 게 아니라면 제마성을 왜 자기 손으로 부쉈는지 의문은 여전했다.

"다 천리안 그 노인네 때문이오."

허규는 진첩결의 탓이라고 딱 잘라 말했다.

마왕을 위하고자 모용천을 제거하려 하다 은삼교와 방난화를 잃었다. 그 일을 수습하기도 전에 서해영과 절창이 도주하는 사달이 났고, 뒤쫓던 항불과 혈랑도객, 섭영귀가 죽었다. 마왕을 위한답시고 한 일이 돌이킬 수 없는 결과를 불러일으킨 것이다. 이는 모두 진첩결이 마왕을 믿지 못한 탓이었다.

"그는 마왕보다 제마성을 더 중요하게 생각하는 자요. 그러니 주군의 얼굴에 똥칠을 하는 줄도 모르고 더러운 일을 저지른 거지. 도대체가 모용천이 마왕을 이길지도 모른다는 게 말이나 되는 소리요? 나라도 내 수하가 그딴 식으로 나오면 열불이 나겠군."

사왕을 베어 넘긴 모용천을 직접 본 허규다. 그 역시 당시에는 모용천과 황종류의 싸움에 승자를 예측하기 어렵다고 판단했다. 하지만 그럴수록 황종류가 모용천을 누르고 위엄을 다시 보여야 한다는 게 허규의 생각이었다. 그것이 주인 된 자에게 주어진 의무다.

그런데 진첩결은 황종류로 하여금 그 의무를 행할 기회조차 빼앗았으니, 허규가 볼 때 이는 단순한 하극상 차원의 문제가 아니었다.

"아까… 뭐라고 했소?"

허규가 말을 잠시 멈추고 숨을 고를 때 아자할이 끼어들었다. 믿기 힘든 일이 허규의 말 가운데 들어 있었다.

"응? 뭐 말이오?"

"비혹면주가… 무진총에서 죽었다고?"

"천리안이 독단으로 모용천을 죽이라고 보냈다가 당했지. 요검도 덤으로. 이게 다 천리안 탓이라고 내가 몇 번이나 말했잖소."

아자할이 더 묻지도 않고 자신을 보지도 않자, 허규는 고개를 절레절레 흔들며 선실로 들어갔다.

물결이 선체에 제 몸을 던져 하얗게 터뜨렸다. 그러나 거품은 곧 물속으로 사라졌다. 수심이 깊은 지역인지 물은 검었고, 하얀 거품을 아무렇지도 않게 집어삼켰다.

'그녀가 죽었다고……?'

망연자실한 아자할은 검은 물을 내려다봤다. 검은 물이 방난화를 떠올리게 했다.

방난화는 유독 검은색을 좋아했다. 보통 여인과 조금 다른 심성이 있었고, 아자할은 그 점에 끌렸다. 그녀를 만나기 위해 마왕의 수하가 된 게 아닐까 여긴 때도 있었다.

아자할은 방난화의 마지막 모습이 어떤 것이었는지 생각했다. 방난화는 아자할이 왜 황지엽을 지지하고 나서지 않느냐며 화를 냈고, 아자할은 그런 방난화와 제마성의 정치적 대립이 지겨웠다. 두 사람은 떨어져 있을 필요가 있었고, 머리를 식힐 시간이 필요했다. 그것이 앞으로도 사랑하기 위한 길이라고 그때는 그렇게 생각했다.

아자할이나 방난화나 둘 다 적지 않은 나이다. 이별은 특별한 게 아니라 일상이라는 걸 모를 두 사람이 아니었다. 하지만 아자할은 두 사람이 황지엽의 일로 다퉜던, 늘 반복해 온 다툼이 그대로 마지막 모습일 줄은 상상하지 못했다. 이별이 그래서는 안 됐다.

"좋아했던 사람이오?"

어느새 다가와 선 타사주가 물었다. 전에 절창이라는 자에게도 그렇고 지금 허규라는 자에게도 그렇고 같은 사람을 애타게 찾으니 모를 수가 없었다.

"그런 셈이지."

아자할은 착잡한 마음을 누르고 돌아섰다. 타사주는 굵은 주먹을 서로 부딪치며 말했다.

"싸울 이유가 하나 더 늘었군. 내가 복수해 주겠소."

타사주의 얼굴에 자신감이 가득했다. 아자할의 의도대로 타사주는 공산 진인과의 일전을 통해 많은 깨달음을 얻었다. 교룡의 내단이 주는 무한한 내공을 어떻게 써야 하는지 알게 된 것이다.

아자할은 타사주가 그 말대로 모용천을 이길 수 있으리라 생각했다. 그런다고 방난화가 돌아오지는 않겠지만, 그렇게라도 넋을 달래주어야 한다. 망자가 아니라 살아 있는 아자할 자신을 위해서 말이다.

"그래, 그러자꾸나."

강 위에 바람이 셌다. 아자할은 타사주의 어깨를 두드리고 선실 안으로 이끌었다.

*　　　*　　　*

제마성의 붕괴가 불러일으킨 파장은 무림 곳곳으로 퍼져 나갔다. 사파의 고수들을 하나로 모았다는 사상 초유의 집단은 존재 자체로 무림을 급격하게 변화시켰다. 대표적인 예로는 정파 무림맹이 있을 것이며, 그 외 무림 전역에 실핏줄처럼 퍼진 변화는 말로 다 할 수 없을 정도였다. 그런데 변화가 채 자리를 잠기도 전에 제마성이 사라졌으니 천하가 극심한 혼란에 빠져 헤어날 줄을 몰랐다.

혼란은 여기 암왕 곽현원을 당주로 하는 살수 집단 벽암당에도 어김없이 찾아왔다. 이들은 어차피 무림의 움직임에 한 발 비껴서 있는 자들이라 제마성의 출현 이후로도 달라진 건 없었다. 그저 돈을 받고 의뢰를 받아 표적을 제거할 뿐이었다.

그럼에도 불구하고 제마성의 붕괴로 인해 이들이 겪고 있는 혼란은 다름이 아니라 신용에 관한 문제였다.

벽암당은 지난날 제마성의 부성주 진첩결로부터 한 가지 의뢰를 받았다. 표적은 벽암당에게 실패의 쓴맛을 몇 번이나 안겨주었던 모용천이었고, 암왕 곽현원은 기꺼이 의뢰를 받아들였다. 그들은 현재 모용천의 동선을 완전히 파악하고 때를 기다리는 중이었다.

그러던 중, 제마성이 붕괴하고 의뢰인인 부성주 진첩결은 생사가 불분명해졌다. 선금을 받았으나 의뢰를 성공한 후 잔금을 받을 길이 사라진 것이다.

푸르스름한 어둠 속에 세 사람이 마주 앉아 있었다.

그들 중 한 사람이 말했다.

"어차피 수지가 맞지 않는 장사였습니다. 본 당에게는 천운이나 다름없으니 이 의뢰는 이대로 고이 묻어두는 편이 나을 거라 사료됩니다."

목소리는 다소 가늘었는데, 남자인지 여자인지 잘 분간할 수 없었다.

"이유는?"

돌아온 것은 철판을 끌로 긁는 목소리였다. 어둠에 묻혀 자세히 보이진 않으나 그가 벽암당의 수좌 암왕 곽현원이었다.

준비했다는 듯 대답이 돌아왔다.

"의뢰받은 표적 모용천의 무위는 현재 십왕 내에서도 대적할 자가 절반 이하일 경지에 올랐습니다. 실력이 아직 여물지 못했던 지난날 본 당이 그로 인해 받았던 피해도 막심합니다. 성공 확률은 절반. 당주께서 나섰을 때에야 가능한 수치입니다. 게다가 성공 시 얻을 수 있는 이득을 실패 시 입을 손해가 압도하고 있습니다."

"……."

"외람된 말이오나 애초에 의뢰를 받지 말았어야 한다고 생각합니다."

조심스럽게 덧붙인 목소리 옆에서 굵은 목소리가 들려왔다.

"걱정이 지나치군."

"……."

"놈으로 인해 본당이 입은 인적, 금전적 손해가 실로 막심하다. 이번 의뢰의 표적이 놈이라는 말을 들은 당원 모두 이번에는 기필코 성공하겠다는 의지가 역력한데 찬물을 끼얹을 셈인가?"

"죽는 것보다야 낫지."

"뭐?"

"내 말은 귓등으로 흘려들었나? 나는 모용세가에서 놈을 보았고, 종리세가에서도 놈을 봤다."

가는 목소리가 잠시 멈추고 방향을 바꿨다.

"가까이에서 놈을 지켜본 입장에서 저는 그가 십왕의 시대에 종지부를 찍을 자라는 것을 확신합니다."

"놈! 당주께 그 무슨 망발이냐!"

굵은 목소리에 노기가 충천했다. 날카로운 살기가 일고 푸른 어둠 속 공기가 흉험해졌다.

암왕이 두 사람을 불렀다.

"좌가살(左可殺), 우망살(右望殺)."

부유하던 살기가 금세 가라앉았다. 고요한 어둠을 향해 암왕이 말했다.

"우망살, 좌가살의 말에 흥분할 것 없다. 십왕의 시대라는 게 나와 무슨 상관이 있느냐? 나는 벽암당의 당주 그 이상도 이하도 아니다. 날더러 암왕 운운하는 것은 무지한 것들의 유희인 줄 세우기에 불과한데 어찌 관심을 두겠느냐?"

"옳습니다."

벽암당주의 양팔 중 하나라는 우망살의 굵은 목소리가 어느 정도 누그러져 있었다.

"좌가살, 네가 모용천과 접촉이 있어 그에 대해 잘 아는 것은 이해한다. 놈이 사왕을 베었다면 나도 벨 수 있을 것이다. 성공 가능성이 절반에 불과하다는 것도 맞는 말이다."

"송구스럽습니다."

"그러나 좌가살, 내 말에 답해보아라. 우리가 무엇이냐?"

"살수이옵니다."

"살수란 무엇이냐?"

"……."

가는 목소리, 벽암당주의 양팔 중 나머지 하나인 좌가살의 입이 닫혔다. 암왕의 목소리가 그를 대신해 대답했다.

"살수란 검이다. 우리는 의지를 구현하는 방법이다. 우리에게 의지가 있다면 그것은 큰 잘못이다."

암왕 곽현원의 철학은 확고했다.

살수는 누군가의 검이 되어야지 스스로 검을 쥐어서는 안 된다. 살수가 의지를 가지고 살인을 저지르는 순간 천하가 혼탁해질 것이다. 그래서 곽현원은 벽암당이라는 독립된 살수 집단을 만들었고, 정사지간의 중립을 고수하며 들어오는 의뢰에 차별을 두지 않았다.

그리고 시간이 흘러 곽현원은 암왕이 되었고, 벽암당은 무림 최고의 살수집단으로 성장했다. 그리고 각 문파나 단체는 비밀리에 보유하고 있던 살수들을 정리하기 시작했다.

살수란 가지고 있으면 언제든 쓸모가 있지만, 양성과 유지에 드는 비용이 일반 무사의 몇 배나 된다. 또한 정파의 경우에는 보유했다는 사실이 드러나기만 해도 지탄을 받고, 심한 경우 공적으로 몰리기도 했다. 그렇기 때문에 살수들은 일을 성공하고도 처분되는 경우가 적지 않았다.

그러던 차에 벽암당과 같이 신뢰할 수 있는 살수 집단이 나타났으니 여러 가지로 부담이 큰 살수들을 보유할 이유가 사라진 것이다. 곽현원은 비밀리에 각 단체와 교섭하여 그들이 처분하고자 했던 살수를 헐값에 매입해 단번에 세를 불릴 수 있었다.

벽암당이 정사지간에 위치해 무차별적인 살행을 저질러도 무림의 공적으로 몰리지 않을 수 있었던 까닭은 살수란 의지를 가지고 있지 않아야 한다는 곽현원의 철학이 인정받았기 때문이다.

"손에서 떨어진 검이 어찌 홀로 움직이겠느냐? 홀로 움직이는 검은 헛된 피만 흘릴 뿐이다."

"그 말씀은……?"

"본 건은 보류하겠다."

암왕 곽현원의 결정은 단호했다.

"좌가살, 천리안에게 받은 선금은 금산상회의 금고에 넣어 둬라. 천리안이 나타날 때까지 누구도 그 돈에 손대는 일이 없도록 하라. 그리고……."

잠시 망설임이 있었다. 좌가살과 우망살은 주인의 망설임이 무엇 때문인지 몰라 몸을 움츠렸다. 곧 곽현원이 나머지 말을 이었다.

"우가살은 천리안의 행방을 알아보아라. 미결된 의뢰를 안고 있는 것처럼 꺼림칙한 일도 없으니. 죽었다면 죽은 증거를 찾아서 의뢰를 명확히 취소시켜야 할 것이고, 살았다면 데려와 잔금을 치르도록 해야 할 것이다."

"알겠습니다."

무한의 밤은 고요하다.

모용천이 무한에 도착한 때는 자시(子時:23시~01시)를 한참 넘어 성문이 굳게 닫혀 있었다. 모용천은 병졸들의 눈을 피해 성벽을 넘었다. 성벽을 넘으며 모용천은 예전 일이 생각났다. 그때는 문이 닫힐까 두려워 진이 다 빠질 때까지 뛰었다. 성벽을 넘는다는 건 상상도 못했던 일인데, 이제는 이 높은 성벽도 수월히 넘을 수 있다.

어느 분야에서든 위로 올라갈수록 성장세가 둔화되어 아주 작은 차이라도 진보하기 위해서는 아래에 있을 때보다 몇 배의 노력이 필요한 법이다. 모용천은 강호에 출도했을 때 이미 절정의 고수였는데 불과 이 년 만에 천하제일을 다툴 정도가 되었으니 이러한 성취는 고금을 통틀어 찾아보기 어려운 것이었다.

그러나 모용천에게 지금이 만족스러우냐고 묻는다면 고개를 저을 것이다. 이 년간 모용천은 많은 것을 잃었고, 고통스러워했다. 천하제일을 다투는 무공? 그가 잃어버린 것들에 비하면 아무것도 아니었다. 이 년 새 이룩한 무공의 성취는 어쩌면 상실의 대가인지도 몰랐다.

모용천은 되돌릴 수 없는 시간을 거슬러 무림맹 본영에 다다랐다. 도시와 마찬가지로 그 안에 있는 무림맹 본영도 적막하기 짝이 없었다. 사람의 기척이 느껴지지 않을 정도였다. 주야로 교대하며 경계를 늦추지 않던 무사들은 그림자도 보이지 않았다.

이 년 전에는 신창권문이었을 무림맹 정문.

모용천은 바로 들어가지 않고 몇 걸음 앞에 서서 그 문을 바라보았다. 이 년 전, 저 문을 통과하는 순간 자신의 운명은 정해졌던 걸까? 모용천은 서해영을 생각하고 기명자를 생각했다.

각기 다른 이유였겠지만, 어쨌든 두 사람 모두 자신에게 저 문 안으로 들어가지 마라 경고했었다. 특히 기명자는 저 안으로 들어가면 죽을 만치 괴로운 일만 가득할 거라고 했다. 모용천은 다시 만나게 된다면 그가 진정 역학자임을 인정해 주어야겠다고 다짐했다. 두 사람이 다시 만날 일은 없으리란 걸 알면서도 모용천은 다짐하고 또 다짐했다.

문 안으로 들어갔지만 역시나 사람의 기척이 없었다. 신창권문이 자랑하는 수백의 문도도, 무림맹을 지탱하던 맹원도 보이지 않았다. 모든 것이 모용천이 알던 그대로였는데 그 자리에 사람만이 사라졌다.

멀리 저편에 불빛 하나가 아른거렸다.

실내 연무장 중 하나다. 불빛의 크기를 어림잡아 위치를 파악하고 모용천이 걸음을 옮겼다.

달빛을 가린 실내 연무장 안은 횃불 십여 대가 타오르고 있었다. 그 가운데 쓰러져 있는 이소가 보였다.

"이 선배!"

모용천의 신형이 먼 거리를 넘어 순식간에 이소의 곁에 닿았다. 모용천이 안아 드니 정신을 차리진 못하지만 숨소리가 들렸다. 살아는 있구나, 안심이 됐다.

그러나 목숨을 부지할 뿐, 이소의 몰골은 말이 아니었다. 입술은 터지고 아물기를 반복했는지 탱탱했고, 코는 주저앉아 이상한 방향으로 꺾여 있었다. 얼굴에는 피딱지가 덕지덕지 붙어 있었다.

모용천은 이소에게 내력을 주입했다. 뜨거운 기운이 들어와 피를 돌리자 이소가 눈을 떴다. 퉁퉁 부어 절반도 뜨지 못한 눈에 흐릿하게 모용천이 들어왔다.

"우음… 우웅……."

이소의 입에서 말 대신 이상한 소리가 맴돌았다. 이가 몇 대 나가고 입안이 터져 마음먹은 대로 혀가 움직이질 않았다. 모용천은 이소를 안고 일어났다. 다리가 부러져 움직일 때마다 고통스러운 듯 터진 입에서 신음 소리가 새어 나왔다.

"으음……."

고통마저 표현하기 힘든 이소를 보니 새삼 분노가 일었다. 명색이 정파 무림맹의 맹주라는 자가 사람을 다루는 법이 시정잡배나 다름없지 않은가?

그래도 다행인 것은 이소에게 가한 수법이 아주 악랄하지만은 않았다는 점이다. 산공독이라도 썼는지 내공이 모이질 않는 것 같았지만 단전이 무사했고, 나중에라도 힘을 쓸 때 지장이 있는 뼈는 건드리지 않았다. 무공을 잃은 건 아닌 것이다.

"이 선배, 조금만 참으시오. 내 금방 끝내리다."

모용천은 이소를 적당한 곳에 내려놓고 다시 연무대 위로 올랐다. 그리고 소리쳤다.

"당장 나와!"

웅혼한 내공이 실린 사자후(獅子吼)에 횃불이 일제히 흔들렸다. 드르륵 소리를 내며 건물의 기왓장도 따라 흔들렸다.

"……."

사자후가 가시고 기왓장이 진정될 무렵, 횃불이 비추지 못하는 사각지대에서 어둠을 뚫고 한 인영이 모습을 드러냈다. 이곳의 주인 되는 자, 권왕 우진이었다.

"내공이 많이 늘었군. 용의 꼬리라도 잘라 먹었나?"

미지(未知)는 두려움의 근원이다. 미지의 존재와 맞닥뜨린 사람들의 반응은 두 가지인데, 하나는 아예 무시하는 것이고 하나는 자신이 아는 범주 내로 끌어당기는 것이다. 사람들의 선택은 대개 후자로, 모용천을 대하는 자들의 반응이 좋은 예였다. 상식을 벗어나는 모용천의 무위를 목도한 이들은 하나같이 그 원인이 영약이나 영물같이 자신이 아는 범위 내에 있기를 희망했다. 그래야만 모용천을 이해할 수 있고 두려워하지 않을 수 있었으니 말이다.

오랜만에 본 우진도 그들과 같은 말을 꺼냈으니, 모용천은 내심 실망스러웠다. 우진은 그가 만난 첫 번째 십왕이었다. 그를 처음 봤을 때의 충격이 아직도 생생했다. 무공을 익히기는 하였으나 그로부터 큰 기쁨을 알지 못했던 모용천에게 처음으로 호승심이라는 감정을 일깨워 준 이이기도 했다.

오랜만에 만나서일까? 그토록 컸던 우진이 더는 커 보이지 않았다. 호승심이 들끓던 과거가 너무 먼 옛날처럼 느껴질 만큼 우진을 보는 마음이 이상하게 차분했다. 이소로 인한 분노도 어쩐지 허망하게만 느껴졌다.

모용천은 한참 말이 없었다. 우진이 다시 말했다.

"뭐… 상관없겠지. 어쨌든 잘 돌아왔다. 기다리고 있었다."

"날 기다렸다고?"

모용천의 반문이 우스워 우진은 껄껄 웃었다. 천하가 다 아는 사실을 모용천 홀로 모르고 있구나 싶으니 우스운 일이었다. 이렇게 세상에 어두운 자에게 평생의 숙원이 무너졌으니 그 또한 우스운 일이다.
"나, 무림맹주이자 권왕인 내가 모용천이라는 애송이 하나를 어찌하지 못해 그의 종복을 인질로 잡으려 했음이 이미 온 강호에 쫙 퍼졌다. 그를 위해 내가 파견한 백 수십 명에 달하는 고수들이 모두 네 손에 죽임을 당했다는 사실도, 그 모든 일을 계획한 나를 죽이기 위해 여기 무한으로 올 거라는 것도."
"……"
모용천은 대답하지 않았다. 우진은 모용천을 한동안 바라보다 몸을 돌리며 말했다.
"따라와라."
우진은 천천히 걸어 연무장을 나섰다.
한때 무림맹은 밤에도 낮처럼 환하였고 항상 사람들로 북적였다. 제마성과 같은 사악한 무리에 맞서 싸우겠다는 의기 넘치던 이들도 있었고, 말석이나마 차지하여 무림맹으로 재편된 새로운 천하에 한몫 챙기고자 하던 이들도 있었다.
이제는 그들 중 누구도 남아 있지 않았다.
언제부터 이렇게 된 걸까? 넓은 장원의 한가운데 선 우진이 걸음을 멈췄다. 따라 멈춘 모용천의 얼굴을 읽었는지 우진이 두 팔을 벌리며 말했다.
"똑똑히 보아라! 이게 네가 한 일이다!"

우진의 목소리가 쩌렁쩌렁 빈 무림맹에 울려 퍼졌다.

"내가 한 일이라니? 내가 무슨 일을 했다고?"

모용천이 반문했다. 우진은 큰 목소리로 좌우를 둘러보며 말했다.

"이게 안 보이느냐? 텅 빈 무림맹이? 무림맹을 와해시킨 네가 스스로 무슨 일을 했는지 모른단 말이냐?"

모용천은 우진의 말을 받아들일 수가 없었다. 무림맹이 와해된 줄도 몰랐던 그다. 한바탕 혈전을 각오하고 왔는데 오히려 사람이 없어 맥이 풀릴 정도였는데, 그런 자신에게 왜 그런 소리를 하는지 알 수가 없었다.

여전히 알 수 없다는 표정인 모용천에게 우진이 말했다.

"무림맹은 나 한 사람의 것이 아니었다. 시간이 멈춘 것처럼 정체되어 있던 기존 무림에 진저리가 난 자들 모두의 것이었다. 그런 자들이 힘을 모았고, 마침 변화의 바람이 불기 시작했지. 역사라는 거대한 흐름이 변화를 원했고, 바로 우리가 그 변화를 일으켰단 말이다! 바로 우리가!"

우진은 어느새 모용천의 바로 앞으로 다가와 있었다. 알고는 있었지만 우진에게서 살기가 느껴지지 않아 모용천은 기꺼이 곁을 허락했다.

"그걸 네놈이 다 망쳤다. 새로운 세상을 닫고, 미친 무림을 예전으로 되돌려 놓았단 말이다."

우진은 숨이 느껴질 만큼 얼굴을 가까이 들이밀고 말했다. 모용천은 눈살을 찌푸리며 대답했다.

"그런 걸 말해봐야 소용없소. 난 역사라느니 새로운 세상이라느니 하는 거창한 건 모르니까."

따지고 보면 우진의 말이 틀린 것도 아니었다.

구파일방과 오대세가라는 커다란 틀에 고정된 채 흘러온 무림이다. 무림이 아무리 크다 한들 정체된 세월이 수백 년이다. 썩지 않으면 그게 오히려 이상할 시간이다.

이 썩어빠진 체제를 뒤엎고 완전히 새로운 판을 짠다. 그리고 그 신(新) 무림의 패자(覇者)가 될 것이다.

우진의 야망은 거대했지만 허황되지 않았다. 십왕 중 가장 젊은 우진의 능력은 꿈을 이루기에 부족함이 없었고, 실제로 거의 이루어지기도 했다. 때마침 황종류가 만들어준 제마성의 존재가 정파 무림 내에서 일어나고 있던 변혁을 가속시켜 준 것이다. 꼭 그 덕이라고 할 수는 없지만 영향을 무시할 수 없어 우진은 구파일방과 오대세가 중 일부를 제 아래로 끌어들일 수 있었다. 이 모든 게 계획의 일부였지만 예상보다 쉽고 빨랐다. 하늘이 자신을 돕고 있다고 여기기에 충분했다.

변화는 희생을 요구하고 진보는 피를 탐한다.

지금은 구파일방과 오대세가가 무림맹에 힘을 실어주고 있지만 곧 그들은 새로운 무림을 부정하고 제자리를 찾으려 할 것이다. 아니, 이미 무림맹 내에서 그들은 영향력을 발휘하며 예전과 동일한 권력을 갖고자 하고 있었다. 그들은 곧 자신들을 통제하려 하는 우진을 부정하고, 나아가 무림맹을 부정할 것이다.

그런 자들은 제거해야 한다. 그러나 우진은 자기 손에 기존 권력의 피를 묻히고자 하지 않았다. 그 일은 대척점에 선 자의 몫이다.

그래서 황종류가 제마성을 세웠다는 소식이 우진에게는 마치 숙명처럼, 하늘의 안배인 것처럼 들렸다. 황종류 역시 역사상 최초의 무림일통을 원할 것이고, 그를 위해 정사대전을 일으킬 것이다. 그 정사대전이 우진에게 있어 걸림돌이 될 기존 세력의 잔재를 말끔히 씻어줄 것이다. 우진은 황종류 역시 자신과 마찬가지로 새로운 세상의 패자가 되고자 한다고 생각했고, 그런 황종류의 야망이 바로 자신을 도울 거라 생각했다.

구시대의 잔재를 쓸어버리는 것은 황종류에게 맡기자. 우진의 손에 묻힐 것은 황종류의 피로 충분하다.

이는 거부할 수 없는 역사의 흐름이다. 모든 것이 완벽했다. 새로운 하늘이, 무림이 우진의 발밑에 엎드릴 날이 머지않은 것이다.

"그걸 네가 다 망친 거다. 네가!"

우진은 모용천의 멱살을 잡고 흔들었다. 모용천은 우진의 손을 뿌리치고 말했다.

"억지 좀 그만 부리시오! 그렇게 무림맹이 소중했다면 왜 나를 건드렸소? 아니, 차라리 나를 건드릴 것이지 왜 유 총관을 노렸느냔 말이오!"

우우웅—

손을 뻗으면 닿을 거리에서 우진이 내력을 일으켰다. 거대한 공력은 백색의 기운으로 화하여 우진의 주변을 감싸고 돌았다. 태산과 같은 압력이 모용천을 압박했다.

우우웅—

모용천도 지지 않고 내력을 일으켰다. 푸른 기운이 산들바람처럼 일렁이다 우진의 백색 기운을 만나자 광풍을 일으켰다.

콰콰쾅!

두 사람의 공력은 어느 한쪽으로 밀리지 않고 완전한 대치를 이루었다. 우진의 눈에 새삼스런 이채가 서렸고, 모용천은 분노를 감추지 않았다.

"내가 눈엣가시였다면, 당신은 직접 나를 찾아왔어야 했소."

모용천이 검을 휘둘렀다. 동시에 우진도 맨주먹을 뻗었다.

콰콰콰쾅!

쇠붙이와 피륙이 격돌한 지점으로부터 굉음이 터졌다. 사나운 바람이 사방으로 불어 나갔다.

"너는 모른다."

굉음이 그치지 않아 오히려 모든 소리가 묻혀 버린 공간에서 우진의 목소리가 선명했다. 우진이 일시에 주먹을 세 번 뻗었다. 어느 하나 개세 신력을 담지 않은 주먹이 없었다. 모용천이 검과 좌장을 바쁘게 움직였다.

쾅! 쾅! 콰콰쾅!

우진의 주먹을 막아내며 모용천이 물었다. 그의 목소리 역시 굉음 속에서 더욱 선명했다.

"당신에게 나는 모르는 것투성이로군."

모용천의 검이 어지러운 검로를 그렸다. 동시에 좌장에서 결발된 장력이 우진의 어깨 위로 쏟아졌다.

쾅!

허초에 불과한 모용천의 검에 놀아나지 않고 우진은 주먹으로 모용천의 좌장을 쳐냈다. 큰 원을 그리며 모용천의 왼팔이 뒤로 넘어갔다. 우진의 앞에 심장을 무방비로 드러낸 것이다.

쉬익!

권왕의 주먹이 한 자루 창처럼 모용천의 심장을 향해 날았다. 신창권의 절초 신창관심(神槍貫心)이다. 희고 푸른 기운이 한데 섞여 권왕의 팔에 소용돌이쳤다.

퍽!

주먹이 모용천의 가슴을 때리고, 백색 기운이 창처럼 모용천의 등 뒤를 빠져 나갔다. 모용천은 우진의 주먹 앞에 아주 잠깐 그대로 멈춰 섰다가 뒤로 붕 하고 날아 뒹굴었다.

"크억!"

몇 바퀴 굴러 선 모용천이 입에서 피를 토했다. 붉은빛이 생생한 선혈(鮮血)이 그가 입었을 내상을 짐작케 했다. 먼지 묻은 소매로 피를 닦는 모용천에게 우진이 말했다.

"네가 어찌 알겠느냐? 위에 선 자의 몸은 제 것이 아니라는 걸. 나라고 너를 직접 찾아가 단죄할 마음이 없었겠느냐? 몇 번, 아니, 몇 십 번을 고민했다!"

우진은 겨우 제 나이의 반을 산 모용천을 상대로 울분을 토했다.

"그래, 네 말대로 널 직접 찾아갔다면 아마 지금의 사태가 오지도 않았겠지! 하지만 어떤 자리는 스스로 움직여서는 안 되는 법이란다. 천지 분간 못 하고 너처럼 날뛸 수가 없단 말이다!"

우진이 강하게 진각을 밟으며 주먹을 내밀었다. 몇 바퀴나 굴러 두 사람의 사이는 다섯 장 이상 떨어져 있었는데, 우진의 주먹이 재차 모용천에게 적중했으니 거리가 무색했다.

퍼퍽!

미처 다스리지 못한 기혈이 다시 요동쳤다. 모용천은 또다시 피를 토하며 뒤로 날아 벽에 부딪쳤다.

"크윽!"

벽은 모용천이 박힌 지점을 중심으로 거미줄을 그렸다. 모용천은 입가에 흐르는 피를 닦지도 않고 말했다.

"큭… 움직이고 싶어도 움직이지 못하는 그런 자리를 왜 탐하였소?"

우진이 눈을 부릅떴다.

"함부로 떠들지 마라! 네놈이 뭘 안다고!"

모용천은 검을 지팡이 삼아 몸을 일으켰다. 울컥 뱃속에서 열기가 올라왔다. 식도를 태우며 역류한 피가 다시 입 밖으로 나왔다.

"커헉!"

고하(高下)는 이미 갈렸다. 그러나 우진은 끌어올린 살기를 유지하며 모용천에게 한 걸음 다가갔다. 모용천은 다가오는 우진을 보며 말했다.

"당신도, 마왕도 똑같이 미련한 자들이야……."

쾅!

우진의 주먹이 다시 폭음을 내며 모용천을 때렸다. 모용천은 겨우 검을 들어 우진의 주먹을 막았지만, 막대한 내력이 검을 타고 모용천의 안으로 침투하는 것까지 막을 순 없었다.

주르륵―

모용천의 몸이 선 채로 밀려났다. 그가 서 있던 자리로부터 밭고랑 같은 홈 두 개가 깊고 길게 파였다. 다시 수 장 밀려난 모용천이 숨을 헐떡이며 물었다.

"당신도 마왕도… 어째서, 십왕이라는 이름으로… 살아왔지?"

"……."

모용천은 간신히 내상을 다스리며 두 발로 섰다. 검이 이토록 무겁게 느껴지기는 처음이다. 모용천은 힘겹게 검을 들며 말했다.

"내가 본 십왕이라는 이들은 모두 강한 자들이었소. 그래, 왕이라는 이름이 어울리는 자들이었지. 하지만 당신과 마왕은 그들과 달랐어. 왜 이런 실력이 있으면서 십왕이라는 이름으로 묶이는 걸 거부하지 않았지? 찾아가 비무를 청하고 고하를 가릴 생각을 안 했느냐고!"

모용천의 말이 비수가 되어 우진의 가슴에 꽂혔다. 우진은 쓰게 웃었지만 그 말에 대답해 줄 수는 없다고 생각했다.

무림이 스스로를 일반 사회로부터 분리시켜 말하고는 하지만 그 또한 사람이 사는 곳이다. 무림을 움직이는 것이 힘의 논리이기는 하지만, 그 힘이 온전히 무력은 아니라는 말이다. 무림 역시 정치 논리에 지배받기로는 일반 사회나 마찬가지인 것이다. 우진이 제 힘만 믿고 새로운 무림을 세우겠노라 날뛰었다면 배척당해 결국 마왕이나 다름없는 존재로 인식되었을 것이다.

우진은 아직 어린 모용천에게 이러한 현실을 이해시킬 자신이 없었다. 사실 우진이 꿈꿨던 세상, 만들고자 했던 새로운 무림이 바로 그러한 곳이었다. 지저분한 정치의 논리가 개입될 여지 없는 올곧은 세상. 그러나 그런 세상을 열기 위해서 바로 그 지저분한 정치의 세계에 투신했어야 함을 어떻게 설명한단 말인가?

"네가 만약 순순히 내 곁에 있었다면……."

그랬다면 찬찬히 충분한 시간을 들여 가르쳐 주었을 것이다. 너에게는 네가 말하고 바라는 그런 세상을 보여줄 수 있었을 것이다. 그리고 자랑스럽게 이 세상을 내가 만들었노라 이야기할 수 있었을 것이다.

"…아니, 아니다."

마지막이라고 생각해서였을까? 어울리지 않는 감상에 빠졌던 우진은 이내 고개를 저었다.

우우우웅―

 우진의 몸을 밝히던 백색 기운이 두 주먹을 감싸며 소용돌이쳤다. 모용천을 죽이고 다시 처음부터 시작할 것이다. 시간이 얼마나 걸리든 반드시 이루고야 말 것이다. 우진은 모용천을 자신과 동류(同流)라 여겨 제자들에게도 주지 않았던 각별함이 작금의 사태를 불러일으켰음을 곱씹었다. 이제 그 숨통을 끊고 실패의 모든 여지를 제거할 것이다!

 무시무시한 힘이 우진의 두 주먹에 집중되고 있었다. 모용천은 가만히 제 내상을 헤아리며 두 손으로 검을 꽉 쥐었다. 뒤틀린 기혈의 틈에서 한 방울 순수한 진기가 떠올랐다.

 "……."

 한 방울의 진기는 그 순수함으로 인해 즉시 강이 되고 바다가 되었다. 진탕된 속이 순식간에 가라앉고 회복된 내력은 모용천의 몸을 나선으로 돌았다.

 휘리릭!

 검신에 푸른 기운이 휘몰아쳤다. 우진의 주먹에 다음이 없음을 알고 모용천 역시 내력을 남김없이 끌어올린 것이다.

 '큭……!'

 내상으로 인해 막힌 듯 심장 근처에 통증이 느껴졌다. 모용천은 태연을 가장하며 우진을 향해 검을 들었다.

 누가 먼저랄 것도 없이 두 사람이 서로를 향해 달려들었다.

 화악!

 희고 푸른 두 기운이 충돌했다. 두 다른 색의 기운이 힘을 겨루고, 서로의 꼬리를 물었다가 다시 삼키고 뱉어내기를 반복했다. 그리고 마침내 두 색은 그저 하나의 빛으로 소리없이 폭발해 사방을 환히 비추었다.

*　　*　　*

모용천은 문득 정신을 차리고 눈을 떴다. 검은 밤하늘이 쪽물을 푼 듯 푸르스름하다. 그 사이사이 박혀 있는 별이 희미했다.

"…으윽!"

화들짝 놀란 모용천은 바닥에 대자로 누웠던 몸을 일으켰다. 온몸에 스며든 격통이 절로 신음 소리를 내게 했다.

'얼마나 정신을 잃었던 거지?'

밤은 어렴풋해 새벽에 가까웠다. 최소 한 시진은 정신을 잃었다는 뜻이다. 모용천은 힘겹게 일어나 주변을 살폈다. 멀지 않은 곳에 쓰러진 누군가가 보였다.

모용천은 힘겹게 한발 한발 그에게 다가갔다. 숨을 쉬지 않는 우진의 가슴이 열려 있었다. 목 옆, 벌어진 틈의 끝부분에 부러진 검신이 꽂혀 있었다. 그제야 모용천은 손에 든 검이 토막 나 있음을 알았다.

"……"

무학의 성취는 하늘에 닿았고, 품안의 야망은 천하를 덮었다. 새로운 세상을 꿈꿨던 일대종사도 숨을 거두니 여느 시신과 다를 게 없었다. 모용천은 한참 그를 내려다보다 깊은 한숨을 쉬었다. 토막 난 검은 제 반쪽을 꽂은 우진의 옆에 버리고 모용천은 이소를 찾았다.

정신을 못 차리는 이소를 업고 무림맹을 빠져나왔지만, 마땅히 갈 곳이 없었다. 하늘은 아직 새벽에 걸친 밤이었고, 거리는 고요했다.
"후우……."
이소를 들쳐 멘 모용천은 깊은 한숨을 내쉬었다.
개 한 마리 돌아다니지 않는 거리에는 아무런 기척이 없었다. 이른 시간이라 사람이 없는 것은 그렇다 쳐도 무림맹 안에서와 같이 기척도 없는 건 말이 안 된다. 내력으로 청력을 돋우어보니 응당 들려야 할 새근거리는 소리, 코 고는 소리 등이 들리지 않았다. 눈앞에 펼쳐진 길 양옆은 완전한 무음(無音)의 공간으로 순백의 천을 깔아놓은 것 같았다. 그러나 이미 깎일 대로 깎여 극도로 날카로워진 감각은 그 순백의 공간 가운데 억눌린 살기를 놓치지 않았다.
"또 누구냐……?"
모용천은 이소를 바닥에 앉히고 나직이 물었다. 우진에게 당한 내, 외상은 말소리를 내는 파동에도 민감하게 반응했다. 사지에 멀쩡한 부분이 없었는데, 이런 때에 또 누군가 자신을 노린다는 게 착잡하기도 하고 화가 나기도 했다.
아니, 오히려 이런 때라서 달려드는지도 모르지. 모용천은 새삼 자신의 손에 죽어간 이들에 정사 구분이 없음을 깨달았다. 남들이 자신을 두고 말하는 게 오히려 진실이 아닌가 싶었다.

'내가 정말 무림의 공적이구나!'

휙

네 개의 검은 그림자가 순간 모용천을 덮쳤다. 모용천은 오른손을 검처럼 휘둘렀고, 곧 흑의인들의 가슴에서 피가 솟았다.

"……!"

피가 솟구치는 격통에도 흑의인들은 신음 한마디 흘리지 않았다. 모용천을 둘러싼 흑의인들이 바닥에 내려선 순간, 그들의 가슴에서 각기 한 자루 검이 솟아났다. 동료의 시신을 이용해 모용천의 눈을 속이는 수법은 처음부터 준비된 합인 양 정교하고 치밀했다.

네 자루 검은 전 방위를 점하여 몸을 어떻게 움직이든 피할 수 없었다. 하늘 위로 솟구치자니 이소를 보호할 수가 없어 모용천은 피하는 대신 쇄도하는 검 중 하나를 손으로 잡았다.

"……!"

손안에 예기를 느끼며 모용천은 자신을 축으로 검을 휘둘렀다. 시신과 그에 겹쳐 있던 그림자가 모용천의 힘을 못 이기고 끌려 돌았다.

쿠쿠쿵!

휘둘러진 시신과 그림자는 자신의 오른쪽으로 이끌려 모용천의 좌측을 공략하던 자와 부딪쳤다. 모용천의 좌측을 공략하는 시신과 그림자가 다시 제 우측으로 날아 모용천의 후방을 공략하던 자와 충돌했고, 그 또한 충격에 밀려 모용천의 우측을 공략하던 자와 부딪치는 연쇄반응이 일어났다. 자객 넷의 몸을 매개로 모용천이 제 공력을 한 바퀴 돌린 것이다.

시신의 뒤에 숨어 있던 네 개의 그림자가 일제히 피를 토하며 쓰러졌다. 모용천의 공력에 깊은 내상을 입었는데, 그들 또한 작은 신음도 내질 않았다. 흑의인들의 독하고 기계장치 같은 수법과 심정이 어딘가 익숙했다.

"벽암당?"

머리가 잊고 있던 이름을 입이 기억했다. 그 이름을 내뱉은 것을 단죄하듯 실 같은 침이 하늘을 가득 메웠다.

'위험하다!'

모용천은 이소를 덮었던 장포를 빼내 휘둘렀다. 장포가 강한 바람을 일으키고 수천, 수만 개의 침이 그 바람에 휘말려 길을 잃었다.

"하압!"

모용천은 기합을 지르며 머리 위에서 빙글빙글 돌리던 장포를 땅바닥에 메쳤다. 모용친의 머리 위에서 원을 그리던 침들도 줄기를 이루며 그를 따라 땅바닥 한 점에 꽂혔다. 수많은 침이 겹쳐진 지점을 중심으로 누런 흙이 검게 물들었다. 땅의 생기마저 꺾을 수 있는 독이었다.

"하아… 하아……."

여덟 구의 시체에 둘러싸인 모용천의 숨소리가 거칠었다. 권왕에게 입은 피해를 다스리기도 전에 무리해서 공력을 운용한 결과였다.

"……."

살수 여덟 명과 수만 개의 침이 허무하게 무위로 돌아가서일까? 잠깐의 소강상태가 찾아왔다. 모용천에게는 다행스러운 일이었다.

모용천은 선 채로 운기공행을 하며 누구의 의뢰를 받은 것일지 생각해 봤다. 자신에게 원한을 품었을 사람들이 차례로 떠오르는데 수가 꽤나 많았다. 물론 그중 대부분은 죽었지만.

모용천이 움직이지 않자 초조한 쪽은 벽암당이었다. 이대로 날이 밝으면 암습을 위해 주민들을 내몬 의미가 사라진다. 이번 살행에 벽암당의 일급 살수 전부를 쏟아부었는데, 성 내에서 그것도 사람들이 돌아다니는 밝은 시간에 이 정도 규모의 집단이 살행을 저지른다면 관부가 개입할 가능성이 컸다.

그리고 무엇보다 지금 모용천의 상태가 암왕을 유혹하고 있었다.

권왕과 일전을 치른 직후다. 신체 내외로 입은 상처가 만만치 않다. 움직이지 않는다는 것은, 다시 말해 움직일 힘도 아껴야 할 만큼 상태가 좋지 않다는 뜻이다. 지금이야말로 다시 오지 않을 기회라고 할 수 있었다.

'당주님, 명령을 내려주십시오.'

급한 마음은 수하들이 앞서는 모양이다. 결단을 촉구하는 우망살의 음성이 암왕 곽현원의 귓가에 꽂혔다. 시간은 그들의 편이 아니다.

곽현원은 고개를 끄덕였다.

밤으로부터 수십의 흑의인이 쏟아져 내렸다. 모용천은 푸른빛 일렁이는 손날을 세웠다.

둥— 둥—

묘시(卯時:05시~07시)를 알리는 북소리가 울리고 뿌연 안개가 무한에 내려앉았다. 머뭇거리는 어둠이 겹쳐 시야는 그리 멀지 않았다.

순찰병 심국은 거리를 제 집처럼 성큼성큼 걸어나갔다. 관의 모집에 응해 병사가 된 후 십 년을 하루같이 순찰해 온 길이다. 눈을 감고도 어디에 무엇이 있는지 훤하니, 밝은 대낮이든 캄캄한 오밤중이든 손에 든 장창 하나만 있으면 내 집처럼 활보할 수 있는 것이다.

"심 형, 천천히 좀 갑시다."

졸린 눈을 비비며 뒤따르는 공가 청년이 볼멘소리를 했다. 심국은 요즘 젊은것들은 못쓰겠다고 투덜거렸다. 이래서야 정해진 시간 내에 관할 구역을 전부 돌지 못할 것이다. 이럴 때면 이인 일조의 순찰 체계가 영 글러먹었다는 생각이 든다.

심국은 몸을 돌려 공가 청년을 노려봤다. 심국의 매서운 눈에 공가 청년이 찔끔 겁을 집어먹었다.

"알았소, 알았다고. 거참, 고지식하기는!"

공가 청년을 조용히 시킨 심국은 의기양양하게 몸을 돌렸다.

"으엇!"

심국이 이상한 소리를 내며 넘어졌다. 발이 무언가에 걸린 것이다. 공가 청년 앞에서 이런 망신이 없어 무안하기도 하고 화가 나기도 했다. 걸릴 때의 느낌이 보통 큰 게 아닌데 누가 이런 걸 길바닥에 버렸단 말인가?

"……?"

심국은 바닥을 짚고 일어나려 했다. 그런데 손바닥에 진득한 액체가 느껴졌다. 간밤에 또 어떤 주당이 토악질을 해놨나 생각도 잠시, 뭔가 이상하다 싶어 손바닥을 뒤집어본 심국이 비명을 질렀다.

"으악!"

심국의 손바닥은 물론 바지에는 흙이 아니라 붉은 피가 묻어 있었다. 그 피가 나온 곳은 심국이 걸려 넘어진 물건, 흑의인의 시체였다.

"이, 이건……!"

기분 탓인지 불과 잠깐 새 안개가 걷힌 듯 바닥에 널린 시체들이 눈에 들어왔다. 스물? 서른? 길바닥 가득한 시체는 한눈에 담기도 힘들 정도로 많았다.

"으으… 으으……."

공가 청년은 놀란 나머지 얼이 빠져 말도 제대로 하지 못하고 있었다. 어둑한 빛과 안개는 참혹한 광경을 일부 가려주었는데, 그것이 보는 이로 하여금 더욱 공포를 느끼는 효과를 불러일으키는 것이었다.

"저, 저, 저, 저거……!"

공가 청년이 손가락을 들어 안개 너머를 가리켰다. 자기도 모르게 심국은 공가 청년이 가리킨 방향으로 고개를 돌렸다. 서서히 걷혀가는 안개 속에 한 사람이 서 있었다. 바닥에 깔린 시체들이 안개 너머 서 있는 사람을 향해 줄지은 듯 보였다.

"저게… 대체 뭐지?"

공가 청년에 못 박힌 듯 멈춰 서서 중얼거리기만 하는 것과 달리, 심국은 지금 무엇을 해야 하는지 잘 알고 있었다. 이런 짓을 벌일 자들은 무림인밖에 없는 것이다. 가뜩이나 무림맹이라는 단체가 와해되어 혼란스러운 시기이니 날뛰는 놈들이 많으리라.

심국은 공가 청년을 붙잡고 속삭였다.

"잘못하다가는 우리도 사달이 날 수가 있어. 돌아가서 증원군을 요청하고. 어서."

"예, 예!"

심국이 공가 청년을 붙들고 돌아선 순간, 거대한 그림자가 두 사람 앞을 가로막았다. 심국과 공가 청년은 입도 뻥끗 못하고 혼절하듯 제자리에 쓰러졌다.

"거의 다 끝났는데 산통을 깨면 쓰나?"

두 사람의 혈도를 짚고 중얼거린 거대한 그림자는 타사주였다. 그 옆에서 아자할이 말했다.

"아무 데나 안전한 곳으로 옮겨놔라."
"이런 건 꼭 나한테만 시키더라?"
아자할은 투덜대면서 두 사람을 번쩍 들어 민가 사이 골목에 놓고 왔다.
"아직 시작 안 했지?"
"그래."
아자할은 팔짱을 끼고 안개 너머 선 그림자 모용천을 바라봤다. 해가 지면 가까이 올랐는지 빛이 좀 더 강해졌고, 모용천의 모습이 아주 조금 더 선명해 보였다.
그리고 그 모용천의 그림자 너머 더 먼 곳에 또 하나의 그림자가 나타났다. 먼 거리를 넘어 아자할을 엄습하는 그림자의 기운이 강렬했다. 옆에서 타사주가 물었다.
"저게 암왕이라는 놈이오?"
"그렇다."
"…대단하군."
공산 진인과 일전을 통해 몇 단계나 성장한 타사주도 암왕의 기운에 놀라움을 금치 못하고 있었다. 그러면서도 손은 주먹을 쥐고 있으니, 타고난 호승심은 누구에게도 뒤지지 않을 것이다. 아자할은 고개를 끄덕이며 말했다.
"잘 봐라. 이런 싸움은 다시 보기 힘들 테니까."
아자할의 말이 아니어도 타사주는 이미 대치하는 두 그림자에 정신을 집중하고 있었다.

벽운천강수의 수법으로 쓰러뜨린 흑의인이 몇 명이나 되는지 기억도 나지 않는다. 어쨌든 오만 가지 수법으로 덤벼드는 자들을 하나하나 모두 베어 넘겼다. 어딘가 모르게 낯익은 자도 하나 끼어 있었다. 얼굴은 복면에 가렸으니 모르는 게 당연했지만 어쩐지 아는 사람이라는 느낌이 있었다.

 아무렴 어떤가? 모용천은 자신의 손을 올려 눈과 높이를 맞췄다. 진기가 고갈되어 살을 보호해야 할 푸른 기운이 일렁이지 않는다. 이래서야 그냥 손에 불과하다.

 모용천은 허리를 굽혀 검을 하나 집었다. 제 손에 죽은 벽암당 살수 중 하나가 놓은 물건이다. 단검과 장검의 중간 정도 길이를 가진 검이었다.

 '이거면 됐지.'

 모용천은 검을 들고 섰다. 그의 뒤에는 여전히 정신을 못 차리고 있는 이소가 앉아 있었다. 수십 명의 살수가 어우러져 벌인 혈전 속에서도 이소는 무사했다.

 '애초에 멀쩡하지 않은 사람을 두고 무사했다니 말이 좀 이상하군. 또 상처를 입지는 않아 대항이라고 해야 옳을까.'

 모용천은 어쨌든 이제 이소를 놔두고 한 발 앞으로 나섰다. 몇 걸음 앞에 마지막 남은 자일 흑의인이 서 있었다. 모용천이 입을 열었다.

 "그대가 암왕이오?"

 "……."

 수하를 모두 잃은 암왕은 대답이 없었다. 모용천이 다시 무었다.

"대답 안 해 줄 거 아는데, 하나만 묻겠소. 누가 또 나를 표적으로 의뢰한 거요?"

"……."

여전히 대답은 없었다. 모용천은 고개를 흔들었다.

"그럴 줄 알았어. 그럼 하던 일이나 마저 하시구려."

암왕이 하던 일이라면 모용천을 죽이는 것이다. 섬뜩한 소리를 아무렇지도 않게 내뱉고 모용천은 검을 들어 암왕을 향해 겨눴다. 비스듬히 세워 겨냥한 검봉으로부터 무형의 기운이 풀 먹인 옷처럼 빳빳하게 솟아 암왕에 닿았다.

'지독한 놈!'

내공은 바닥이 났을 테고, 권왕에게 당한 사지가 마음대로 움직일 리 없다. 그럼에도 불구하고 모용천은 벽암당의 일급 살수 수십을 상대로 싸워 이겼고, 급기야 당주인 자신마저 나서게 만들었다.

자신의 승패와 관계없이 벽암당은 이미 무너진 것이다.

모용천이 말했다.

"힘이 없으니 그대가 오시구려. 난 이 자리에서 한 발짝도 움직이지 못하겠소."

사실이 그렇다. 모용천은 지금 숨 쉬는 힘조차 아쉬울 지경이었다. 그럼에도 불구하고 말을 하는 까닭은 그것으로 상대가 흔들리기를 바라서였다.

모용천의 의도가 맞아떨어진 걸까? 암왕은 살기를 억누르지 못하는 자신을 발견했다. 살기가 없이 그저 완벽한 검이 되고자 했던 지난날이 무색해지는 순간이었다. 아니, 이미 모용천의 앞에 모습을 드러낸 순간부터 곽현원은 스스로 지고 들어간 것이다. 어디서부터 잘못된 걸까?

곽현원의 신형이 새벽을 가르며 모용천에게 쏘아져 갔다. 수면을 스치며 먹이를 낚는 새처럼 곽현원의 몸이 모용천을 때리고 지나갔다.

카캉!

곽현원의 손에 무엇이 들려 있는지 알 길이 없었지만 어쨌든 금속성의 소리가 났다. 모용천은 얼른 고개를 돌렸고, 그곳으로부터 다시 곽현원의 신형이 날카롭게 쏘아졌다.

카앙!

또다시 쇳소리를 내며 모용천을 스쳐 지나간 곽현원의 신형이 대지를 박차고 방향을 바꿔 다시금 쇄도했다.

카앙!

도야객의 경신술을 능가하는 속도는 회를 거듭할수록 가속이 붙어 빨라지고 있었다. 모용천은 그저 두 손으로 검을 쥐고 날아오는 검은 그림자를 쳐내기에 급급했다.

카앙! 카카캉!

모용천을 스쳐 지나가던 곽현원의 신형은 곧 선이 되어 털실처럼 제 그림자로 모용천을 크게 감쌌다. 아무리 십왕이라 해도 인간의 몸으로 저런 움직임이 가당키나 한 것인지 타사주의 입이 딱 벌어졌다.

"저러다 죽는 거 아냐? 왜 저렇게 매가리가 없어?"

수세에 몰려 보이지도 않는 모용천을 향해 타사주가 발을 동동 굴렀다. 오로지 모용천과 다시 싸우기 위해 고향을 버리고 먼 길을 온 그다. 모용천이 자기 아닌 누군가에게 먼저 패배한다는 것은 상상조차 하지 못한 일이었다. 모용천을 무릎 꿇리는 자는 누구도 아닌 자신이어야 한다고, 타사주는 그렇게 생각했다.

"가만히 보기나 해라."

아자할의 눈에도 모용천의 처지가 좋지 않았다. 내상을 입었는지 모용천은 한 발짝도 움직이지 않고 암왕의 공격을 받아내고 있었다. 암왕의 공세는 왜 그가 십왕의 일인인지 여실히 보여주고 있었지만, 모용천이 움직이지 않아서 그 위력이 배가되는 측면을 고려치 않을 수 없었다.

'죽지 마라!'

아자할이 속으로 부르짖었다.

'내 손에 너의 피를 묻히기 전까지 죽어서는 안 된다! 네 피는 누구도 아닌 나의 것이다! 그 피를 바쳐 그녀를 위로하리라!'

쉴 새 없이 퍼붓는 암왕의 공세 속에서도 모용천은 제 요처를 잘 막아내고 있었다. 암왕의 무공은 그 위력이 실로 대단해 내력이 고갈된 모용천으로서는 막기조차 힘들었다. 하지만 모용천은 잘도 암왕의 공격을 막아내고 있었다.

어쨌든 그렇게 막고 또 막아내는 동안에 고갈되었다고 느낀 내공이 단전으로부터 솟구쳤다. 많은 양은 아니되, 잘만 모으면 일격을 가할 정도가 될 수 있었다.

카카카카캉!

이제는 숫제 충돌의 쇳소리도 수차례 꼬리 붙어 들린다. 한 번 충돌에 한 번의 소리가 들려야 정상인데, 온몸을 던지는 그 초식들이 계속 이어지는 탓이다.

그러나 모용천은 그 가운데에서 한 가닥 실마리를 발견했다. 그것은 그가 지금껏 살아남을 수 있었던 이유이기도 했다.

일방적인 공세 속에서도 모용천이 살아남을 수 있었던 이유는, 암왕의 무공이 자연스럽게 초식과 초식으로 이어지는 것이 아님에 있었다. 암왕의 무공은 언제나 제 모든 것을 던지는 일격필살(一擊必殺)이었고, 실제로 두 번째 공격이 필요했던 경우는 드물었다. 암왕은 살수였고, 숨을 끊는 행위는 의뢰의 완수가 아니라 확인이었다. 모든 조건이 갖추어졌을 때 비로소 암왕은 표적의 숨통에 칼을 꽂아 버릇하였으니 제이, 제삼의 일격이 필요할 리 없었던 것이다.

그리하여 맞지 않는 단추를 채운 듯 조금씩 어긋난 공세가 모용천으로 하여금 살길을 모색하게 만들었다.

캉!

귀신처럼 스쳐 지나간 곽현원이 몇 장 떨어져 있는 담벼락을 박차고 다시 모용천을 찾았다. 인간의 신형이 선(線)으로 화하는 기적을 선보인 곽현원을 향해, 아니, 제자리에서 누구로도 향해 있지 않은 채 모용천은 제 손에 든 검을 꼈다.

파사삭!

기어코 끌어올린 한 모금 진기로 제 검을 부수고 모용천은 이소를 끌어안고 옆으로 굴렀다.

허공에 잘게 부수어진 검의 파편이 떠오르고, 그 속을 곽현원의 신형이 빠른 속도로 지나쳤다. 검의 파편을 온몸에 박은 채 곽현원은 그대로 날아 민가의 벽에 부딪쳤다.

콰콰쾅!

굉음과 함께 벽이 무너지며 잔해가 곽현원을 덮쳤다. 모용천은 무너진 벽으로 몸을 날렸고, 손바닥을 높이 들었다. 잔해 속에서 몸을 일으키려던 곽현원의 머리 위로 모용천의 우장이 내려왔다.

"크헉!"

곽현원은 일곱 개의 구멍에서 모두 피를 흘리며 잔해 속에 다시 누웠다. 모용천은 숨을 헐떡이며 곽현원을 내려다봤지만 이미 시체가 된 그는 새끼손가락 하나 움직이지 않았다.

모용천은 곽현원이 절명했음을 확인하고도 한참 동안 움직이지 않았다. 않았다기보다 움직일 수 없었다고 해야 할 것이다. 검을 부수는 데 한 모금 진기를 썼고, 바위에서 물을 짜내는 심정으로 다시 내공을 모아 일장을 날린 대가였다.

그러나 언제까지 이러고 있을 수는 없다. 거리가 온통 벽암당 살수의 시체로 가득하다. 순찰병의 눈에 띄어 관부의 조사가 이루어질 것이다. 그전에 도망가지 않으면 귀찮은 일에 휘말리고 말 텐데……

몸이 무너지는 가운데 흐려져 가는 모용천의 눈에 생각지도 못한 얼굴이 들어왔다. 모용천은 왜 그가 여기 있는지 모르겠다는 생각을 마지막으로 정신을 잃고 말았다. 어쩌면 꿈을 꾸고 있는지도 모른다. 아주 달콤한 꿈을.

정신을 잃고 누군가의 품안에 안긴 모용천에게 아자할과 타사주가 다가섰다.
척—
붉은 술을 흔들며 한 자루 창이 앞을 가로막았다. 천하에 창 한 자루로 두 사람을 멈춰 세울 수 있는 자는 단 한 사람.
모용천에게로 향하는 같은 길이 주선한 두 번째 만남이었다.

* * *

깨어나고 싶지 않다.
조금만 더 이 꿈 속에 있고 싶다. 가능하다면 영원히.

그러나 역설적으로, 그토록 바라던 일이기에 모용천은 자신이 꿈속에 있음을 알 수 있었다. 그의 바람은 결코 이루어질 수 없는 것이었으니까.

깨어나고 싶지 않아.

모용천은 잡고 있던 남궁미인의 손을 더 세게 쥐었다. 그리고 잠에서 깨어났다.

"……."

낯선 천장이 눈에 들어왔다.

모용천은 자신이 침상 위에 누워 있음을 알았다. 아직 멍한 머리로 여기가 어디인지, 어떻게 오게 되었는지 떠올려 봤지만 아무것도 생각나지 않았다.

"으음……."

의식을 고통이 따라왔다. 온몸에 새겨진 고통이 우진과 벌인 일전, 암왕을 비롯한 벽암당 살수들과 충돌했던 싸움의 증거였다.

'잘도 살아 있군.'

모용천은 쓰게 웃으며 상체를 일으키려 했다. 그러나 짚어야 할 오른손이 자유롭지 않았다. 부드러운 살이 모용천의 손을 꼭 잡고 있었다.

고개를 돌려 보니 제 손을 잡은 채 침상 위에 엎드린 이가 있었다. 파묻은 얼굴은 보이지 않았지만 숨을 따라 오르내리는 가는 어깨가 어쩐지 낯익었다.

"……?"

모용천은 자신이 아직 꿈속에 있는 걸까 하고 생각했다. 왜 그런 생각을 했을까? 무슨 꿈을 꾸었던 건지, 방금 전만 해도 완전히 알고 있었던 꿈의 내용이 기억나질 않았다.

이게 꿈이 아니라는 것만은 확실했다.

"깨어났나."

낮은 목소리가 꿈이 아니라고 재차 확인시켜 주는 것만 같았다. 고개를 돌려 보니 그곳에 절창이 있었다.

"기 선배……?"

모용천은 절창을 바라보다 다시 자기 손을 잡고 침상 위에 엎드린 이를 보았다. 눈에 익은 작고 가는 어깨. 얼굴을 보지 않아도 서해영의 것임을 알 수 있다.

"하아……!"

모용천은 일어나려는 의지를 잃고 다시 침상에 누웠다. 이소를 되찾은 후에는 두 사람을 찾으러 제마성에 가야 한다. 그리 생각하고 있던 모용천에게 제마성이 와해되었다는 우진의 말은 청천벽력과 같았다. 절창과 서해영의 생사가 불분명했으니 이소가 아니라 그들을 먼저 찾아야 했을까 하는 의문이 우진과 싸우는 내내, 아니, 그 뒤로 암왕과 싸울 때까지 모용천의 안에서 떠나질 않았던 것이다.

그런데 지금 두 사람이 눈앞에 있으니 맥이 탁 풀리는 기분이었다. 실망이 아니라 팽팽했던 긴장의 끈을 놓아도 된다는 안도감이었다. 그래, 살아 있었구나.

"…고맙습니다."

절창은 아무 말도 하지 않았다. 모용천은 왼손으로 침상 옆에 의자를 놓고 앉아 엎드려 있는 서해영을 가리켰다.

"자고 있는 겁니까?"

"밤새 그러고 널 간호했다. 피곤할 거다."

'밤새?'

묘시를 알리는 북소리가 귀에 선했다. 그런데 밤새라니?

모용천의 속을 들여다봤는지 절창이 대답했다.

"암왕과 싸운 뒤로 꼬박 하루를 누워 있었다."

크흠. 그대로 끝날 줄 알았던 말에 뒤가 더 있었다. 절창은 헛기침을 하고 말을 이었다.

"고작 하루 혼절했을 뿐인데 아주 난리를 피우더군. 영영 깨어나지 못하면 어쩔 거냐고 의원을 협박하기까지 했다."

자면서도 꽉 잡은 손에서 손으로 서해영의 온기가 고스란히 전해졌다.

모용천은 서해영이 깨지 않도록 조심스럽게 손을 뺐다. 그런데 서해영이 그 손을 꽉 쥐면서 벌떡 일어났다.

"모용 형!"

잠을 설쳤는지 퀭하니 눈 밑이 검었다. 그럼에도 불구하고 서해영의 미모는 남장이 무색하도록 빛나고 있었다. 때마침 창으로 들어온 아침 햇살이 그녀의 얼굴을 환하게 비췄다.

"깨어났군요!"

"…그래."

서해영의 웃는 얼굴이 모용천의 마음속에 남아 있던 마지막 긴장의 끈을 잘라 버렸다. 눈이 절로 감기며 모용천은 다시 잠들었다. 이번에는 꿈조차 꿀 수 없는 깊은 잠이었다.

모용천이 다시 깨어난 것은 점심때를 훌쩍 지나서였다.

 충분히 움직일 수 있다고 했지만 서해영의 극구 반대에 부딪쳐 침상에서 내려오지도 못했다. 점소이를 시켜 식사를 방으로 가져오게 해 끼니를 때웠고, 의원이 와서 지어주고 갔다는 약을 먹었다.

 이소는 외상이 심해 의원이 제 집에 데려다 놓고 치료 중이었는데 아무리 무림인이고 강골이라지만 최소 두 달은 정양이 필요하다고 했다.

 서해영이 잠시 자리를 비웠을 때, 모용천이 절창에게 말했다.

 "저와 함께 갈 곳이 있습니다. 한시가 급합니다."

 "이제 와 급할 게 무어냐?"

 절창답지 않은 언사였다. 세상사에 미련이 없어 마치 탈속한 수행자라도 되는 양 싶었다. 모용천은 고개를 저으며 일어나 앉았다.

 "기 선배를 기다리는 분이 계십니다. 그분께 시간이 얼마 없습니다. 제가 이러고 있을 계제가 아닙니다."

 그리 말하며 모용천은 침상에서 내려오려 했다. 절창은 모용천의 어깨를 지그시 눌러 앉혔다.

 "너를 기다리는 사람들도 있다."

 "저에게 원한을 가진 이들은 많지만 기다리는 사람은 별로 없을 텐데요."

 "그 원한을 갚기 위해 하루 하고 반나절을 기다렸지."

대답은 문밖에서 들려왔다. 아자할과 타사주가 문을 열고 들어왔다.

익히 아는 두 사람이다. 모용천은 담담히 물었다.

"당신은 제마성의 사람이지만 나와는 직접적으로 싸워본 일도 없을 텐데, 내가 기억하지 못하는 원한이 있소? 그리고 당신은 어찌 이 먼 곳까지 와서 있지도 않은 원한을 찾고 있소?"

아자할이 대답했다.

"망자의 원한을 대신 갚고자 한다. 다른 이유가 필요한가?"

'복수인가······.'

아자할의 표정이 결연했다. 모용천은 고개를 끄덕였다.

"충분하오. 그럼 당신은?"

"나? 나, 나는······."

타사주는 얼른 대답하지 못했다.

원한이 있다면 우물 안 개구리였던 자신의 처지를 깨닫게 해준, 그것을 원한으로 삼아야 할까? 타사주는 문득 자신이 아버지의 뜻을 거역하면서까지 교룡의 내단을 얻고 이 먼 중원 땅까지 모용천을 쫓아온 까닭이 정말 별게 아님을 깨달았다.

모용천이 그 존재 자체로 자신을 초라하게 만들었기에 그 원한을 갚겠노라 말하기에는 타사주의 중원 말이 아직 부족했다. 설령 능통했다 해도 어찌 당사자에게 그런 말을 할 수 있단 말인가?

우물쭈물하는 타사주를 대신해 아자할이 말했다.

"너와 비무를 하고 싶어 찾아온 놈이다. 원한과는 거리가 멀지."
 "뭐……?"
 그건 아니라고 항의하려는 타사주의 입을 아자할이 손으로 막았다. 자신이 마음만 먹으면 아자할의 손쯤은 충분히 떨칠 수 있는데, 그 마음이 먹어지지가 않는다. 타사주는 그 이유를 몰라 다만 숙부가 하는 대로 두고 볼 수밖에 없었다.
 "비무? 비무라……. 그것도 좋지."
 죽고 죽이는 사투가 아니라 그저 비무라니? 모용천은 어쩐지 웃음이 나왔다. 비무라는 단어 자체가 신선하게 다가온 것이다. 비웃음이 아니라 너무 기분이 좋아서 나는 웃음이었다. 그러고 보면 원한을 갚겠다며 온 아자할의 태도도 담백한 게 원한과는 거리가 멀었다.
 모용천의 얼굴에 웃음이 피자 타사주가 주먹을 들이밀었다.
 "지금 비웃은 거냐?"
 "아니, 아니오. 그런 게 아니라……."
 모용천이 말을 마치기도 전에 작은 손이 타사주의 주먹을 밀쳐 냈다. 서해영이었다.
 "이게 지금 뭐 하는 짓이야? 사람 아파 누운 거 안 보여? 사내새끼가 추잡하게 아픈 사람 상대로 주먹질이야, 주먹질이! 그렇게 주먹에 자신 있으면 아픈 사람 말고 멀쩡한 나나 때려 보시지? 응? 때려보라고!"
 타사주는 눈을 부릅뜨고 덤비는 서해영의 작태가 어이없었다. 엄지손가락으로 눌러 죽일 수 있을 것처럼 작은 녀석이 목에 핏대를 세워가며 막말을 하는데, 이걸 확! 하면서도 손이 마음대로 나가질 않았다. 아니, 마음이 손을 움직이지 못하게 하니, 말하자면 마음이 마음먹은 대로 움직여 주지 않는다고 해야 할까?

"에이, 씨!"

생각이 복잡해지고 정리가 되질 않자 타사주는 신경질을 내며 주먹 쥔 손을 풀었다.

'쯧쯧, 어리석은 놈.'

사내 옷 좀 입었다고 계집을 몰라보니 눈깔이 삔 게다. 아자할은 속으로 혀를 차며 앞으로 나섰다.

"나는 모용 공자가 정상이 아니라 다행이라고 생각하는 사람이오. 그대가 나에게 했던 거짓말을 잊지 않았겠지?"

'쳇!'

서해영은 지난번 아자할에게 거짓말을 한 적이 있다. 정확히는 방난화에 대해 말을 하지 않은 것이지만. 어쨌든 아자할이 그때의 일을 내세워 말하니 딱히 할 말이 없었다.

"그래서 지금 아픈 사람에게 원한을 갚겠다는 건가요?"

"지금이 아니면 원한을 언제 갚을 수 있겠소?"

서해영의 얼굴이 굳었다. 명색이 제마성의 비적면주였던 자가 이렇게 나올 줄은 몰랐던 것이다. 서해영은 황급히 절창에게 시선을 돌렸다.

아자할은 한숨을 길게 쉬며 말했다.

"하지만 난 하지 않겠소."

"…왜?"

아자할의 말에 의문을 표한 것은 모용천이었다. 아자할은 고개를 좌우로 저으며 타사주를 봤다.

"지금 내가 원한을 갚느라 모용 공자를 죽인다면 이 녀석이 날 가만두지 않을 테니까."

"……."

"그리고 절창이 설마 보고만 있겠소? 내가 움직이는 순간 목이 날아갈 거요."

아자할 역시 절정의 경지에 오른 고수인데 엄살이 심했다. 그러나 방난화의 복수를 포기하겠다는 말에는 진심이 있었다.

"마음대로 하시오. 나는 사람을 먼저 죽이는 자가 아니니까."

모용천의 말에 뼈가 있었다. 아자할은 고개를 끄덕여 그 말에 동의를 표했다.

"비무는 언제가 좋겠소? 난 지금이라도 괜찮소."

모용천이 타사주를 돌아봤다. 타사주가 어이없어하며 말했다.

"그 몸으로 나와 싸우겠다고?"

"죽을 염려가 없으니 못할 건 뭐요?"

빙그레 웃는 모용천은 자신이 왜 이렇게 마음이 편한지 스스로도 설명할 수가 없었다. 하룻밤 새 권왕과 암왕 두 사람의 절대고수와 상대한 후 또 한 번 자신이 달라진 것 같았다. 그도 그럴 것이, 하룻밤 새 죽음의 문턱을 수백 번 넘나들은 모용천이다. 마음가짐이 그대로일 수가 없었다.
 타사주는 화가 치밀었으나 꾹 참고 말했다.
 "웃기지 마라. 다 나을 때까지 기다려 줄 테니."
 말을 하는 자신이 우스웠다. 싸우자고 불원천리 먼 길을 마다 않고 달려와서 또 스스로 거절하다니 이게 대체 무슨 헛짓거리인가!
 '중원의 법도라는 게 참 쓸 데가 없군. 내 나라만 한 곳이 없구나. 젠장!'
 모용천이 회복할 때까지 마냥 기다리고 있을 수는 없었다. 타사주는 치밀어 오르는 화를 어디든 풀어야겠다며 길을 재촉했다. 아자할도 말없이 조카를 따랐다.
 지금까지 아자할이 타사주를 이끌었다면, 이제는 타사주 스스로 가는 길을 뒤따르는 게 자신의 일이라고 여긴 것이다.
 떠나는 두 사람에게 모용천이 한 인사는 이랬다.
 "가을이 되면 심양으로 찾아오시오. 모용세가에서 두 분을 기다리고 있겠소."

 모용천은 며칠 더 객잔에 머무르며 내상을 다스렸다. 자상 외에 뼈가 부러지거나 하는 외상이 없는 게 다행이었다. 심후한 내공이 스스로를 치유하며 그 과정에서 불순한 것들을 덜어내고 있었다. 내력이 커진 것은 아니지만 며칠 새 그 순도(純度)가 몰라보게 높아졌다. 이렇게 되니 내상을 입기 전보다 더 나은 점이 있었다.

 절창은 그런 모용천을 두고 이렇게 말했다.

 "이전에 그런 예가 없었다 하여 눈앞의 존재를 부정하는 건 어리석은 일이지. 고금에 이르러 명멸한 생명이 수없이 많을 텐데, 그중에 스스로 강한 자 하나 없다는 게 더 이상한 일이 아니겠느냐?"

 모용천은 자신이 그렇게까지 특별한 사람이라고 여기진 않았지만, 달리 설명할 길도 없었다. 그 말이 맞다 생각하는 게 속은 편했다.

 내상을 모두 회복한 모용천은 절창과 서해영을 떠나보냈다. 백파검과 도야객이 머무르고 있는 거처를 가르쳐 주고 그곳으로 보낸 것이다.

 서해영이 그랬던 것처럼 모용천은 절창에게 백파검에 대해서는 한마디도 하지 않았다. 그곳에 도착하면 어차피 다 알게 될 것이다. 백파검의 진실을 알게 된다면 절창은 바로 마왕을 찾아갈 거란 걸 모용천도 알고 있었다. 절창은 그런 사람이니까.

 모용천은 절창이 백파검의 진실을 알아 마왕을 찾아 나서기 전에 자신이 먼저 마왕을 만나야 한다고 생각했다.

 문제는 서해영이었다. 군말없이 그곳으로 가보겠다는 절창과 달리, 서해영은 모용천에게서 떨어지려 하지 않았다. 서해영은 곤란해하는 모용천을 협박했다.

"자꾸 그러면 절창에게 다 말할 거예요."

서해영은 모용천이 무엇을 꺼리는지 알고 있었다. 그의 마음이 제 마음과 같으니 모르는 게 이상했다.

모용천은 서해영에게 다짐을 받고 또 받았다.

"마왕과 싸울 때는 나 혼자 갈 거야. 그때는 따라올 생각 하지 마. 내가 돌아올 때까지 그 자리에서 기다려야 해."

"돌아오지 않으면요?"

"꼭 돌아갈게."

마왕과 싸우겠다는 말을 하면서도 모용천의 말은 지극히 담담했다. 서해영은 그가 하룻밤 새 두 사람의 십왕과 싸웠음을 알지만 마냥 안심하고 있을 순 없었다. 사실 모용천이 마왕과 굳이 일대일로 싸울 필요는 없다. 절창이 함께 싸운다면 쉽게 승리할 수 있을 것이다. 모용천이 도움을 청할 일도, 절창이 응할 일도 없을 걸 알면서도 서해영은 떠나간 사람을 못내 안타까워했다.

소문은 쉬지 않고 달려 모용천이 하룻밤 새 십왕 중 두 사람을 쓰러뜨렸음을 중원 곳곳으로 실어 날랐다. 이야기는 사람과 사람 사이를 넘나들며 권왕의 자리에 새로운 수왕을 끼워 넣기도 하였고, 때로는 십왕 중 세 사람이 모용천 하나를 당하지 못했다는 식으로 바뀌기도 했다. 간혹 믿지 못하는 자도 있었으나, 십왕 중 그 행적이 가장 은밀하다는 암왕의 시신을 관부가 발견하여 입증했으니 의혹을 거둘 수밖에 없었다.

입에서 입으로 전해지며 변화를 계속하는 모용천과 달리 황종류에 관한 소문은 좀 더 명확했다. 아니, 소문이 아니라 모두가 주목하고 있는 사실이었다.

제마성의 붕괴로 인해 발생한 소문. 마왕이 주화입마로 인해 마인이 되어 전설 속 혈겁을 현세에 되살렸다는 소문이 곧 사실로 드러난 것이다.

산서성 오대산, 제마성이 위치했던 곳으로부터 시작된 마왕의 행적은 지난날의 강호 출도와 여러 모로 흡사했다. 마왕의 발자국마다 혈화(血花)가 피었고, 꽃이 핀 길마다 혈하(血河)가 흘렀다.

지난날의 강호 출도와 달리 감히 마왕을 잡겠다거나 앞을 가로막는 자들은 없었다. 구파일방은 이미 돌이킬 수 없는 피해를 입어 자신을 추스르는 것만으로 힘겨웠고, 남아 있는 오대세가의 검, 도, 독 세 왕은 추이를 지켜볼 뿐 누구도 먼저 나서질 못하고 있었다.

그럼에도 불구하고 마왕의 길은 핏빛이었다. 무림인들만이 아니라 일반 백성들도 마왕의 행로에 휘말려 꽃의 씨앗이 되었고, 강을 이루는 한 방울이 되었다. 강호의 금기(禁忌)조차 서슴없이 깨버린 황종류는 더 이상 마왕이 아니라 마인이었다.

지도에 그려진 마인의 혈로는 행선지가 뚜렷했다.

무한!

마인은 무한을 향해 남하하고 있었다.

불과 얼마 전이라면 사람들은 황종류가 드디어 해묵은 승부를 가리기 위해 우진을 찾아가는 거라고 생각했을 것이다. 그러나 지금 무한에는 우진도 신창권문도 존재하지 않았다. 그곳에는 대신 모용천이 있었다.

모용천이라면 마인과 능히 대적할 수 있을 것이라는 기대감이 팽배해졌다. 사람들은 자신들이 지난날 모용천을 어떻게 얘기했는지 까맣게 잊은 듯했다.

몰락한 세가의 분수를 모르는 후예, 정파 무림의 촉망받는 기린아, 여색에 눈이 멀어 수절한 과부마저 탐을 낸 색마, 마왕의 주구, 무림의 공적……

이 모든 이름이 지워지고, 사람들은 오직 모용천을 마인으로부터 무림을 구할 수 있는 유일자로 말하기 시작했다. 수절한 과부를 탐하였던 색마는 지고지순한 사랑의 상징이 되었고, 마왕의 주구는 제마성을 내부로부터 부수기 위해 오명을 감내하고 투신한 열사가 되었다.

누가 시켜서도 아니고, 어느 한 사람이 원한 일도 아니었다. 마인의 출현으로 인한 불안감과 실제로 전설적이라고밖에 표현할 길이 없는 모용천의 행적이 뒤섞여 묘한 상승작용을 일으켰다고밖에 할 수 없었다.

마치 모용천 자신처럼 이야기는 스스로 또 다른 이야기를 만들어내며 무한히 증식했다. 어느새 사람들은 모용천을 이름 대신 천검(天劍)이라 부르고 있었다.

모용천 역시 황종류에게 이끌리듯 북쪽으로 향했다. 황종류가 일으키는 혈겁은 마치 모용천에게 '내가 여기 있다'고 말하는 것 같아 다음 행로를 짐작하기가 어렵지 않았다.

장마가 시작된 여름의 어느 날.
두 사람은 당연한 것처럼 하남성 여남(汝南)을 앞둔 관도에서 마주쳤다.

*　　　*　　　*

쏴아아아
하늘은 어두워 닫혀 있는데 대체 어디에 구멍이 뚫린 건지 모르게 장대비가 내렸다. 빗줄기 하나하나가 손가락만큼 굵어 도롱이도 별반 무소용이었다.
눈도 뜨기 힘든 빗속에서 모용천이 먼저 입을 열었다.
"마인이 아니셨군."
멀찍이 멈춰 선 황종류가 물었다.
"아쉽나?"
모용천은 비에 젖어 이마에 붙은 머리를 넘기며 대답했다.
"조금은. 마인이라면 쉬울 거라 생각했소."
"미안하군."
그의 말대로 이지 잃은 마인이라면 차라리 상대하기 수월했을 것이다. 그러나 황종류는 정신이 멀쩡했고, 이전보다 오히려 깊은 눈을 하고 있었다.

"왜 일반 백성들까지 죽이고 다니셨소?"

"방해가 되니까."

거창한 대답을 바란 건 아니었지만, 이리 허무한 답을 듣고자 한 것도 아니었다. 모용천의 한쪽 눈썹이 올라갔다.

"보이나?"

황종류는 몸을 비틀어 제가 걸어온 뒤를 보였다.

"뭐가 말이오?"

"오다가 재미있는 이야기를 들었네. 내가 걸을 때마다 피 꽃이 피고 피의 강이 흐른다며."

황종류가 아무리 많은 사람을 학살한다 한들 부처도 아닌데 걸을 때마다 꽃이 필 리 없다. 모용천은 고개를 저었다.

"나도 듣긴 했소만 믿지 않았소. 나에 대한 말들을 지어내는 걸 보니 황 선배에 대한 말도 믿을 게 못 되겠더군."

번쩍! 콰르릉!

흰빛이 번쩍이고 천둥이 쳤다. 잠깐이지만 선명히 보였던 황종류의 얼굴은 박장대소를 하고 있었다.

"그네들 말처럼 강을 이룰 정도는 아니지만 내 길이 혈로인 것만은 틀림이 없지. 하지만 내가 여기까지 피의 강을 이루고 왔다 한들 이 비에 남아 있을 리가 있겠나?"

빗소리가 섞여서일까? 황종류의 목소리에 웃음기가 있는 것 같았다.

"다 씻겨 내려갔다고 말하고 싶은 거요?"

이번에는 황종류가 고개를 저었다.

"아니야. 그런 게 아니야. 사람들이 왜 나의 혈겁을 이야기하고 내가 만든 혈로를 이야기하는 줄 아나?"

"모르오."

"그네들이 그 피의 주인에게 가치를 부여했기 때문일세. 그들에게 피는 곧 생명이고, 생명은 곧 존귀하다는 믿음이 있기 때문일세."

"당연한 말을……."

"당연하다고?"

번쩍!

다시 한 번 번개가 쳤다. 번개와 함께 명멸한 세계가 모용천의 망막에 새겨졌다. 허공에 멈춘 빗줄기와 일그러진 얼굴로 웃는 황종류.

콰르르르릉!

멀리서 천둥소리가 들리고, 황종류의 음성이 그보다 크게 모용천의 귀를 때렸다.

"그런 걸 당연하게 여겨선 안 되는 걸세. 나는 마천상야공의 십이층에 이르렀고, 끝내 천하에서 가장 자유로운 자가 되었지. 자유의 비결이 뭔지 아나?"

"……."

모용천의 말을 기다리지 않고 황종류가 말을 이었다. 황종류는 본래 말을 극히 아끼는 사람이었다. 그런데 이제 스스로 묻고 답하며 웃기조차 하니 모용천이 알던 황종류가 아니었다. 그제야 모용천은 자신이 변한 만큼 황종류도 변했음을 알았다.

"나 외에 모두에게서 가치를 거두어들이면 된다네. 이전의 나는 그 간단한 이치를 몰랐고, 미망에 사로잡혔지. 마왕이라는 허명에 가치를 두었고, 천하에 내가 가져야 한다는 가치를 두었다네. 제마성이라는 것에 또 천하를 얻기 위한 수단이라는 가치를 두었고. 그 모든 게 나를 묶어두고 있었던 게야."

황종류의 말은 모용천이 평소에 품고 있던 생각을 확장한 것이나 마찬가지였다. 모용천은 황종류나 우진 등, 강호에 나와 만난 수많은 고수들이 무공이 아닌 조건에 묶여 운신의 폭이 좁음을 보았다. 모용천이 그들을 보며 느꼈던 의문과 아쉬움, 그리고 자신의 행동에 대한 제약을 황종류는 단번에 뛰어넘은 것이다.

그러나 황종류의 말이 옳은가? 모용천은 그렇지 않다고 생각했다. 권왕과 싸우기 전의 자신이라면 황종류의 말이 옳다고 생각했을지도 모른다. 하지만 어쩐지 지금의 모용천은 황종류의 말에 동의할 수 없었다.

자신의 자리를 보전하기 위해 움직이지 않는 자들이 있고, 보다 큰 가치를 위해 희생을 마다 않는 자들도 있다.

모용천은 늙은 총관을 떠올렸다. 사랑했던 사람을 떠올렸고, 세 사람의 친구를 떠올렸다. 그리고 그들과 같이 자기 밖에서 가치를 찾아 희생하였을 수많은 이들을 떠올렸다.

황종류는 말로써 그들을 능욕하고 있었다.

"자네라면 내 말이 무슨 뜻인지 알 걸세."

황종류의 말이 은근했다. 모용천은 세차게 고개를 저었다.

"황 선배의 방식을 나에게 강요하지 마시오."

번쩍!

이제 수시로 치기 시작한 번개가 또 한 번 세상을 밝혔다. 빛 아래 드러난 황종류의 얼굴이 미묘했다. 분노와 함께 수치심이 드러났다. 같이 놀자는 제안을 거절당한, 마치 어린아이 같았다.

곧 황종류의 표정이 평온을 되찾았다.

"뭐… 나도 그러자고 자네를 만나러 온 건 아니지."

황종류의 몸에서 마천상야공의 검은 기운이 피어올랐다. 촉수처럼 황종류의 몸을 휘감아 오르는 마천상야공의 검은 기운에 실려 장대비가 하늘로 역류했다.

"나 역시."

모용천의 몸에서 푸른 기운이 일렁였다. 푸른 기운은 모용천의 전신을 감싸고 부풀어 올라 거대한 구체를 형성했고, 빗줄기가 그 위에서 수십 개의 파문을 형성했다.

이제 두 사람은 서로를 똑똑히 볼 수 있었다. 치지 않아도 될 번개가 다시 하늘을 찢었다.

번쩍!

내리꽂힌 번개를 신호로 두 사람이 서로에게 달려들었다.

콰르르릉!

두 개의 상반된 기운이 충돌하여 낸 소리인지 천둥소리인지 분간할 수 없는 굉음이 천지를 뒤덮었다. 고금을 통틀어 누구도 닿을 수 없었던 경지에 오른 두 사람이 공교롭게도 한 시대에 존재하였음을 하늘도 슬퍼하는지 비는 더욱 세차게 내렸다.

번쩍!

수십 가닥의 번개가 깊은 어둠을 사납게 찢었다. 그러나 그중 무엇이 번개이고 무엇이 모용천의 검기인지 누구도 분간할 수 없었다.

쏴아아―

어둠은 비와 함께 빛을 집어삼키고 세상을 온통 검게 물들였다. 그러나 어디서부터가 비구름이고 어디서부터가 황종류의 마천상야공인이지 누구도 확신할 수 없었다.

때때로 어둠을 뚫고 빛이 새어 나왔고, 때때로 빛 속에서 어둠이 번져 나갔다.

수직으로 내려야 할 비가 허공에서 소용돌이쳤고, 강줄기를 이루었으며, 수평으로 사방팔방 흩어졌다. 격돌하여 일그러지는 빛과 어둠의 쌍곡선을 탄 빗줄기는 어둔 하늘에 갖가지 기하학적인 그림을 그리고 사라지기를 반복했다.

파열하는 빛과 어둠 속에서 황종류는 문득 시간을 놓쳤다.

시간을 놓치자 일찍이 겪어본 적이 없는 두려움이 엄습해

왔다. 모두에게서 가치를 거두어 결국 내려놓았으니 두려움조차 부질없어야 하거늘 황종류는 허겁지겁 시간을 잡았다.

화악—

시간을 되찾자 눈앞에 익숙한 광경이 펼쳐졌다.

지평선 가득 늘어서서 하늘에 닿은 거대한 벽. 그 장엄함 앞에 황종류는 다시 서 있었다.

어째서일까? 이미 통과해 돌아갈 일 없는 마천상야공 십이층의 문 앞에 서 있는 연유를 알 길이 없었다. 굳게 잠겨 있던 문은 이미 허물어져 겨우 경첩에 매달려 있을 뿐이었다. 황종류는 힘차게 문을 열었다. 이 앞에 있을 광경을 떠올리며.

"……!"

문을 열고 들어선 황종류가 제자리에 멈춰 섰다.

오직 그만의 영역이어야 할 곳.

끝 간 데 없이 온통 하얀 백지의 공간은 과거 누구도 침범하지 못했던 영역이었다. 이곳은 황종류에게는 마천상야공의 십이층이었고, 또 누군가에게는 자신이 익힌 무공의 바깥에 존재하는 또 다른 경지였다.

그 경지가 누구도 아닌 자기 혼자만의 공간이라는 것. 그것이 황종류의 자부심이었다. 하얀 백지의 공간에 자기만의 발자국이 찍히는 심상(心象)이야말로 마천상야공 십이층의 절대적인 위력이었다.

그런데 지금 눈앞에 펼쳐진 순백의 공간에는 황종류의 것이 아닌 발자국이 찍혀 있었다. 발자국은 유유히, 그리고 신이 난

듯 끝없이 달려 보이지 않는 곳까지 이어져 있었다. 마천상야공 십이층의 무한함. 돌아오지 못할까, 황종류가 감히 넘보지 못한 곳까지 발자국은 길을 그리고 있었다.
 번쩍!
 순백의 공간이 종잇장처럼 찢어졌다. 그 틈으로 푸른빛이 어둠을 사르며 황종류를 향해 내리꽂혔다. 벽광(碧光)의 뇌전(雷電)이 미간을 가르는 순간! 황종류의 망막에 끝없이 달리는 모용천의 뒷모습이 찍혀 그림처럼 움직이지 않았다.

 쏴아아아—
 빛과 어둠의 실랑이에 춤추던 빗줄기가 제 모습을 되찾았다. 더는 방해받지 않음이 즐거웠는지 비는 신나게 모용천의 어깨를 두드렸다.
 서 있는 모용천을 적시고 땅으로 내린 비는 황종류를 덮쳤다. 황종류로부터 흐르는 피는 비와 섞여 흙으로 돌아갔다.
 "허억… 헉……."
 모용천은 가쁜 숨을 몰아쉬며 황종류의 시신을 내려다봤다. 다리에 힘이 풀린 모용천은 비틀거리다 검을 땅에 박고 기대섰다. 모든 걸 쏟아낸 단전은 텅 비어 허허로웠고, 끝없이 내리는 비가 체온을 앗아가는 것도 막지 못해 한기가 몸 안으로 들어왔다. 모용천은 두 팔을 교차해 자신을 감싸며 물었다.
 "…왜 그랬소?"
 마지막 순간, 황종류는 보지 말아야 할 것을 본 사람처럼 경악하여 팔다리를 멈췄다. 찰나에 불과한 시간도 두 사람에게는 영원이었으니 해서는 안 될 실수였다.

"……."

황종류는 이미 싸늘해 말이 없었다. 모용천은 한숨을 쉬며 돌아섰다.

그때, 돌아선 모용천의 얼굴이 새하얗게 굳어버렸다. 그 얼굴은 모용천이 본 황종류의 마지막 얼굴과 닮아 있었다.

서너 장 떨어진 곳에 서해영이 몸부림치고 있었다. 빗속에서는 남장도 소용없어 달라붙은 옷 위로 몸의 굴곡이 가감없이 드러나 있었다. 그렇게 여인을 내비치는 서해영은 누군가에게 붙잡혀 달아나고자 안간힘을 쓰고 있었다.

"서 아우!"

모용천이 소리쳤다. 내공이 소진되어 목으로 외친 소리는 곧 빗소리에 묻혀 사라졌다. 목소리조차 닿지 않는 거리에서 서해영이 소리쳤다.

"모용 형! 나는… 으읍!"

혈도를 찔렸는지 서해영은 입을 벌린 채 말을 멈췄다. 그러나 몸은 움직일 수 있어 서해영은 필사적으로 몸부림쳤다. 제압당한 두 팔을 제외하고는 움직일 수 있다는 사실이 그녀를 더욱 절망에 빠뜨렸다.

서해영을 붙잡고 있는 그림자가 한 발 앞으로 다가와 제 얼굴을 드러냈다. 바로 제마성의 부성주 천리안 진첩결이었다.

"당신은……?"

뜻하지 않은 진첩결의 등장에 놀라 모용천은 말을 잇지 못했다. 그가 왜 이곳에? 여남 안의 객잔에 있어야 할 서해영을 데리고?

놀란 모용천의 얼굴이 마음에 들었는지 진첩결이 껄껄거리며 웃었다. 절정의 고수이며 사파를 대표하는 책사 천리안 진첩결이 이토록 비열하게 얼굴을 일그러뜨리며 웃는 모습은 일찍이 누구도 상상하지 못한 일이었다.

웃음을 그친 진첩결이 소리쳤다.

"단죄의 때가 왔다! 단죄의 때가!"

단죄라니? 모용천은 이를 악물었다. 체력, 내력, 심력 모든 걸 소진한 직후 벌어진 일이다. 그래서 더 감당키 어려웠지만, 모용천은 냉정히 말했다. 말하는 데 내력은 필요없다. 아무리 작게 말해도 천리안이 들을 테니까.

"단죄라니? 내가 당신에게 무슨 죄를 지었소?"

모용천의 말을 들은 진첩결이 다시 얼굴을 일그러뜨렸다.

"무슨 죄를 지었느냐고? 네가 정녕 네 죄를 모른단 말이냐?"

"모르겠소."

그 담담한 어조가 진첩결을 자극했다. 진첩결은 사자후를 토해냈다.

"네 죄를 모르는 그게 바로 죄다!"

진첩결은 자신의 모든 것이나 다름없었던 제마성을 잃은 원인을 모용천에게서 찾았다. 모용천이 없었다면 모든 게 자신의 계획대로 흘러갔을 것이다.

황종류를 중심으로 하여 무림을 일통한다. 곧 무림이라는 말은 사라지고 제마성이 바로 무림 자체가 될 것이다. 그리고 황종류가 명예롭게 물러난 자리에 황지엽이 자신을 태사(太師:임금의 스승)로 모시고 올라 천년 제국의 기틀을 닦을 것이다. 진첩결이라는 이름은 곧 제마성과 함께 영원히 남을 것이다.

이 모든 미래, 천리안으로 내다본 예정된 결과가 모용천이라는 변수 하나를 제어하지 못해 무너졌다. 그런데 당사자는 자신의 죄가 무엇이냐고 반문하니 진첩결의 분노는 극에 달했다.

반면 모용천의 머리는 점점 더 차갑게 식어갔다. 후들거리는 다리를 지탱하지 못하고 한쪽 무릎을 꿇은 모용천이 고개를 끄덕였다.

"그 죄, 내 것이라 알겠소. 그러니 서 아우를 풀어주시오."

모용천은 최대한 진첩결을 자극하지 않으려 애쓰며 말했다. 진첩결은 모용천의 말을 듣고 미소 지었다.

"어리석은 놈! 내가 이년을 왜 잡았는지 모르겠느냐?"

"그게 무슨 소리요?"

"나는 너의 앞에서 이년을 죽일 것이다. 그것이 너에게는 죽음보다 더 큰 고통이 되겠지! 너는 영원히 살아 그 고통 속에서 괴로워해라! 그것이야말로 단죄다!"

공포로 굳어버린 서해영의 머리 위로 진첩결이 하나 남은 손을 높이 들었다. 안 돼! 세차게 내리는 빗소리가 모용천의 절규를 묻어버렸다.

번쩍!

온 세상이 하얗게 물들었다.

"……!"

번개가 지나간 어둠 속에서 진첩결과 서해영이 보였다. 진첩결은 높이 든 손을 내리지 않고 있었다.

"어, 어째서……?"

진첩결의 뜻 모를 중얼거림도 비에 씻겨 사라졌다. 진첩결의 몸이 모래성처럼 허물어졌다.

"…당신?"

돌아본 서해영은 혈도가 풀린 줄도 모르고 말했다. 쓰러진 진첩결 뒤로 한 사내가 서 있었다.

황지엽이었다.

'어서.'

황지엽은 엷은 미소를 머금고 어서 가라며 손짓했다. 흔들리는 손가락 틈으로 마천상야공의 검은 기운이 언뜻 보였다.

"……."

서해영은 몸을 돌려 뛰었다. 한걸음에 달려간 서해영은 빗속에서 무너진 모용천을 끌어안았다.

"따뜻하구나……."

넋 나간 사람처럼 서해영의 품에 있던 모용천이 속삭였다. 모용천의 몸이 얼음장처럼 차가웠다.

모용천이 다시 속삭였다.

"돌아가자. 나와 같이 가자."

서해영은 가슴속에서 치밀어 오르는 뜨거운 것을 삼키느라 아무 말도 못하고 그저 고개를 끄덕였다. 모용천은 서해영의 온기에 몸을 맡기고 눈을 감았다. 다시는 무엇도 잃어버리고 싶지 않아. 모용천의 두 손이 서해영을 강하게 붙잡았다.

『천검무결』완결

작가후기

안녕하세요. 매은(梅隱)입니다.

 종로의 M 패스트푸드점에서 충동적으로 서문을 썼던 게 2008년 봄 정도로 기억합니다. 본편을 가을부터 쓰기 시작해서 웹사이트에 연재를 시작했고, 이듬해 6월이 되어서야 비로소 출간이 되었습니다. 그렇게 시작해 6권을 2010년 3월에 내고 근 14개월이 지나 이렇게 7권으로 마무리할 수 있게 되었습니다. 많은 분들께 죄송하고 또 감사하다는 말씀을 드리고 싶습니다. 1년 넘게 내지 못한 책을 마무리 지을 수 있도록 해주신 출판사에 특히 감사드립니다.

 6권을 낸 후 약 1년, 글을 쓰지 못하는 동안 저는 어두운 터널 속을 달리는 기분으로 살았습니다. 언젠가 빠져나갈 수 있겠지 생각만 품은 채 정신없이 달렸습니다. 그러다보니 어느새 어둠에 익숙해져 희망도 놓아버리게 되더군요. 결국 어떻게든 글을 써야만 빠져나갈 수 있다는 것도 모르고 말입니다.
 그래서 안간힘을 다해 썼습니다.
 익숙해진 어둠을 버리는 두려움보다, 천검무결이라는 이야기를 마무리 짓지 못하면 영영 글을 쓰지 못하리라는 두려움이 더 컸던 탓이었습니다. 이렇게 의지가 박약하고, 공포를 동력으로 삼을 수밖에 없이 제가 참 못났습니다.

감사드리고 싶은 분들이 많습니다.

오직 타자 소리로 용기 주신 선배님들께.
내내 음악으로 위로해 준 손지연 누나께.
그저 그곳에 있어 준 가족과 친구들에게.
그리고 무엇보다 독자님들께 감사드립니다.

간신히 터널을 빠져나와 보니 어느새 해가 져서 바깥도 역시 어둡네요. 그래도 좋습니다. 계속 쓰겠습니다. 너무 늦지 않게, 잊지 않도록 열심히 쓰겠습니다.

> 2011년 5월 매은(梅隱) 드림.

저작권 보호!!
장르문학의 성장에 힘이 되어주십시오.

저작물의 무단 전재와 복제, 불법 다운로드! 이것은 관심이 아니라 무관심입니다!

작가님들은 창의적 열정과 시간을 투자해 자신의 꿈과 생계를 유지합니다.
한 권의 책을 만들어 많은 사람들은 자신의 인생과 미래를 설계합니다.

저작물 속에는 여러 사람의 노력과 희망이 담겨 있습니다!

저작물의 무단 전재와 복제, 불법 다운로드는 여러 사람들의 꿈과 생계를 위협함으로써 장르문학을 심각한 상황에 빠뜨리고 있습니다.

이제는 무관심이 아니라 관심으로 장르문학의 성장에 힘이 되어주세요.

[도서출판 **청어람**은 항시적인 저작권 보호를 통해 장르문학과 여러분의 희망을 지키겠습니다.]

저작물의 무단 전재와 복제, 불법 다운로드는 법률에 의해 처벌받을 수 있습니다.
저작권법 제97조의5 (권리의 침해죄)
저작재산권 그 밖의 이 법에 의하여 보호되는 재산적 권리(제73조의 4의 규정에 의한 권리를 제외한다)를 복제·공연·방송·전시·전송·배포·2차적 저작물 작성의 방법으로 침해한 자는 5년 이하의 징역 또는 5천만 원 이하의 벌금에 처하거나 이를 병과(동시에 두 가지 이상의 형벌을 지우는 일)할 수 있다.

장영훈 新무협 판타지 소설

절대강호
絶代强虎

보표무적, 일도양단, 마도쟁패, 절대군림에 이은
장영훈의 다섯 번째 강호 이야기.
절대강호(絶代强虎)!!

악의 집합체 사악련에 맞선 정파강호의 상징 신군맹.
신군맹이 키운 비밀병기 십이귀병, 그들 중 최강의 실력을 지닌 적호.

*"우리가 세상을 얻기 위해 자식을 죽일 때…
그는 자식을 위해 세상과 싸우고 있어. 웃기지?"*

신군맹 후계 자리를 차지하기 위한 대공자와 삼공녀의 치열한 암투 속에서
오직 딸을 지키기 위한 적호의 투쟁이 시작된다.

"맹세컨대, 내 딸을 건드리면…
상상도 할 수 없는 일이 벌어질 거야."

Book Publishing CHUNGEORAM

유행이 아닌 자유추구 -
WWW.chungeoram.com

김용희 新무협 판타지 소설

府天下
천부천하

**강호와 천하를 삼킨 천부(天府).
천부천하를 뒤흔든 게을러빠진 천재가 나타났다!**

어떤 무공이든 한눈에 익힐 수 있는 공전절후한 무위.
좌수(左手) 마두, 우수(右手) 대협으로 펼치는 독창적인 무쌍류.
빼어난 요리 실력과 정도를 아는 횡령(?)까지.
놀라운 재능을 가진 무림의 신성 이무쌍!

그가 친우(親友) 소운과 자신의 안락함을 위해 강호에 섰다!
가슴 따뜻한 무쌍의 인정 넘치는 이야기.
천부천하(天府天下)!

Book Publishing CHUNGEORAM

유행이 아닌 자유추구 -
WWW.chungeoram.com

임영기 新무협 판타지 소설

대중원 大中原

**천룡(天龍)이 지상으로 내려왔다.
구름과 바람과 영웅들이 모여든다.**

운종룡풍종호(雲從龍風從虎).

천룡이 가는 곳에 **구름**이 가고,
범이 가는 곳에 **바람**이 간다.

천룡은 구름과 바람을 일으켜
대중원(大中原)을 호령한다.

Book Publishing CHUNGEORAM

유행이 아닌 자유추구 -
WWW.chungeoram.com

Dragon order of FLAME 폭염의 용제

김재한 판타지 장편 소설

「사이킥 위저드」, 「마검전생」의 작가 김재한!
그가 그려내는 새로운 액션 히어로가 찾아온다!

모든 것을 잃고 복수마저 실패했다.
최후의 일격마저 막강한 레드 드래곤 앞에서 무너지고,
죽음을 앞에 둔 그에게 찾아온 또 하나의 기회!

"네 운명에 도박을 걸겠다."

과거에서 다시 눈을 뜬 순간,
머릿속에 레드 드래곤의 영혼이 스며들었을 때,
붉은 화염을 지배하는 용제가 깨어난다!

강철보다 단단한 강체력을 몸에 두른
모든 용족을 다스리는 자, 루그 아스탈!

세상은 그를 '폭염의 용제' 라 부른다!

Book Publishing CHUNGEORAM

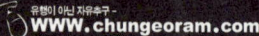
유행이 아닌 자유추구 -
WWW.chungeoram.com